# 나를 위한 선을 긋다

**일러두기**

작가의 문체, 화법의 말맛을 살리고자 어법에 맞지 않는 표현이
다소 나올 수 있습니다.

# 나를 위한 선을 긋다

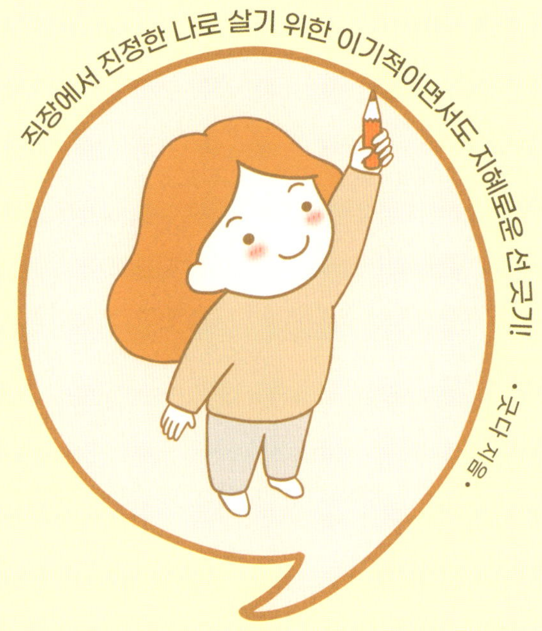



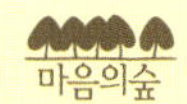

마음의숲

산다는 건 의미를 찾는 순간, 다시 흔들리는 여정과도 같다. 무언가를 깨달은 것 같았는데, 금세 또 다른 물음이 생기고, 겨우 하나 해결했나 싶으면 엉뚱한 데서 마음이 어지러워진다.

20대에 나는 '내가 누구인가'보다도 '어떻게 먹고 살아야 하나'에 집중했다. 존재의 이유도, 사회적 위치도 '어디 다녀요?'라는 질문에서 결정된다고 믿었고, 잘난 꿈 타령도 일단 돈 좀 벌고 나서 다시 생각해 보기로 했다.

서른 해를 훌쩍 넘긴 지금, 결국 나는 불안한 어른이 되었다. 남들처럼 살아야 한다는 불안과, 그 불안을 정답처럼 여겼던 오만함으로 나는 무너지고 말았다. 그 무너짐 이후, 나는 나를 수습하는 데 꽤 많은 시간을 썼다.

그리고 20대에 미처 해결하지 못했던 숙제를 다시 꺼냈다.

'나는 어떤 사람인가.'

조금씩 드러난 나의 모습은 매사를 의심하며, 칭찬조차 불안해하는 사람이었다. 누군가 "잘한다"라고 말해도 순순히 고마워할 수가 없었다. 내가 과연 그 정도인가 스스로를 탈탈 털고, 칭찬의 대가를 돌려줘야 직성이 풀렸다. 때로는 내가 받아선 안 될 말 같아, 그 호의에 영혼까지 바쳐 보답하기도 했다.

이 책은 그런 나를 받아들이는 일에서 시작되었다. 그리고 그런 나와 닮은 이들에게 가닿기를 바라는 마음으로 써 내려갔다.

관계를 망치고 싶지 않아 눈치를 읽고 분위기를 맞추며 회사 안에서 스스로를 낮추는 사람들. 어디서든 열심히 했을 뿐인데 나답게 살아야 한다는 말 때문에 마음 한구석이 괜스레 허전해지는 사람들. 다른 이들보다 조금은 더 많은 마음을 소비하는 그들에게 말하고 싶었다.

때로는 아주 이기적일 정도로 나를 위한 선을 그어야만 비로소 지킬 수 있는 게 있다는 것을. 특별한 인생이 아니더라도, 평범한 하루를 지켜내기 위해 집요하게 노력해야만 하는 우리의 이 고단한 삶에 나의 이름표를 다시 붙여보는 건 어떨까.

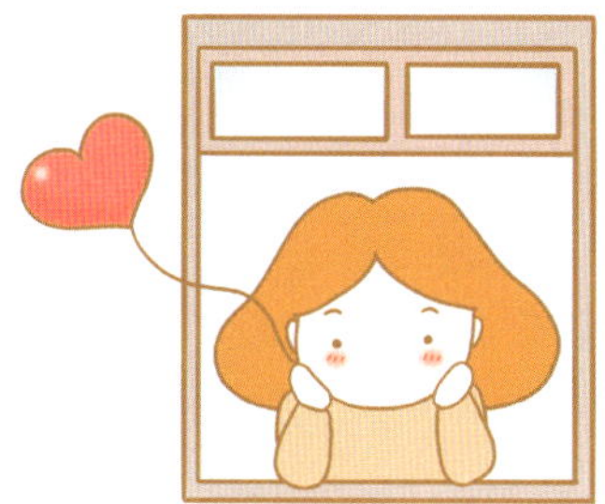

# 차례

작가의 말

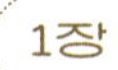

1장

## 나를 위한 생각에 선을 긋다

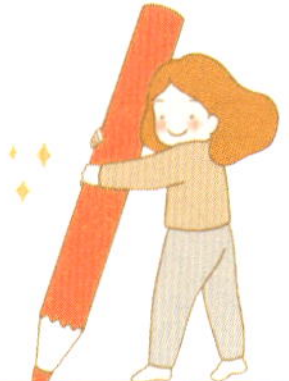

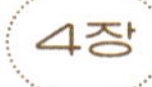

# 4장

# 나를 위한 사랑에 선을 긋다

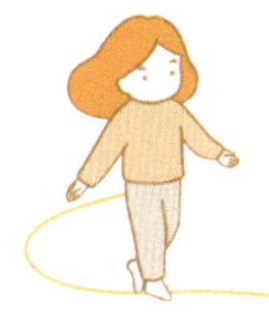

# 1장

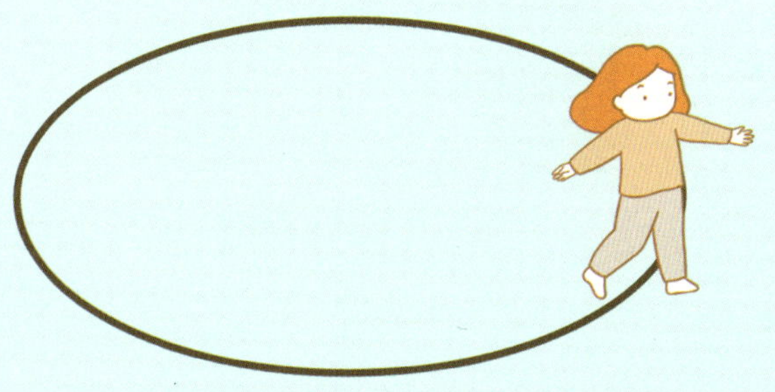

나를 위한 생각에
선을 긋다

# 내 마음의 황금레시피

의욕이 꺼지지 않을 만큼의 불안을 안고,
마음이 병들지 않을 만큼의 여유를 부리며,

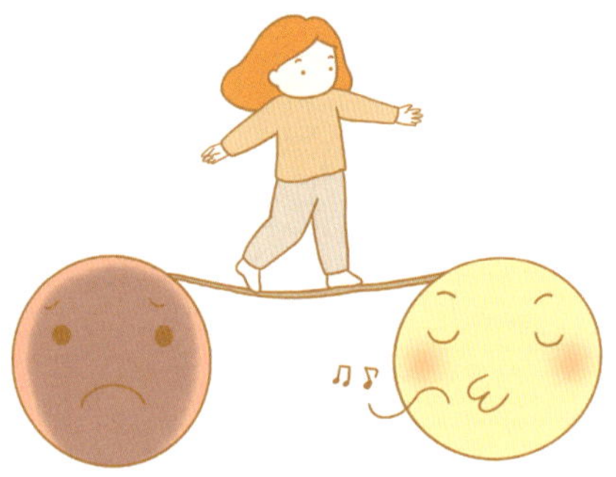

살아간다면 얼마나 좋을까.

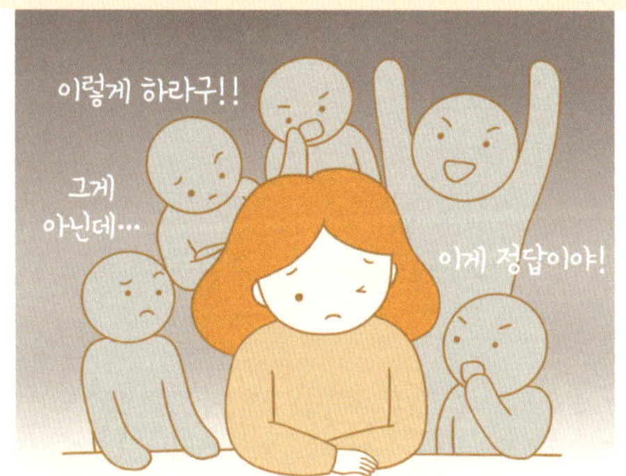



멋대로 내 속을 어지럽히기도 한다.

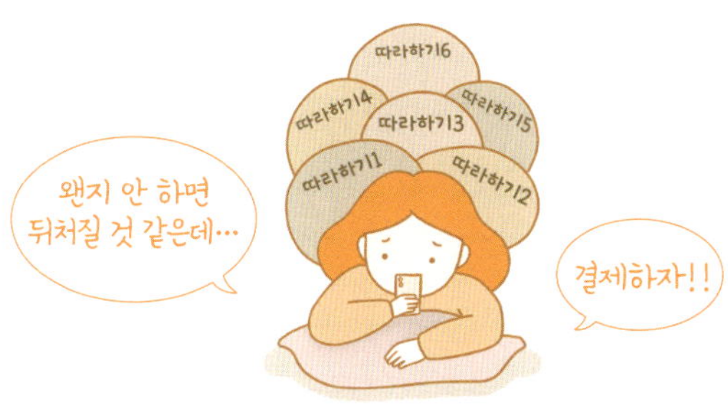


우리의 마음은 분주해진다.



쉴 새 없이 많은 것들을 좇느라
어설프게 불안해하고,

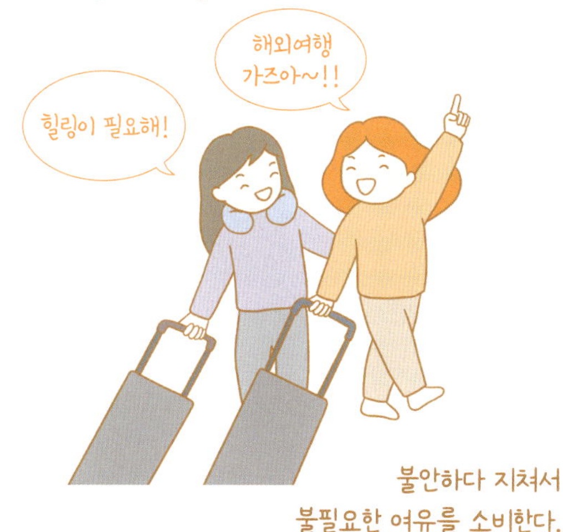


불안하다 지쳐서
불필요한 여유를 소비한다.

이리저리 세상에 흔들릴 때에는

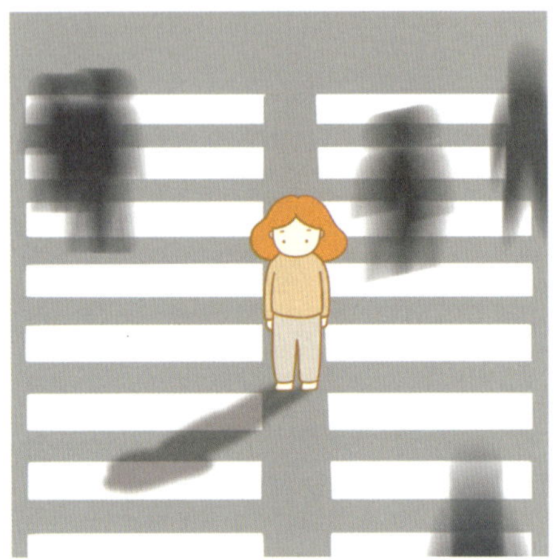

오히려 혼자가 되어야 한다.



온전히 혼자가 되어
다른 이들의 삶을 소비하는 일을 멈추고,

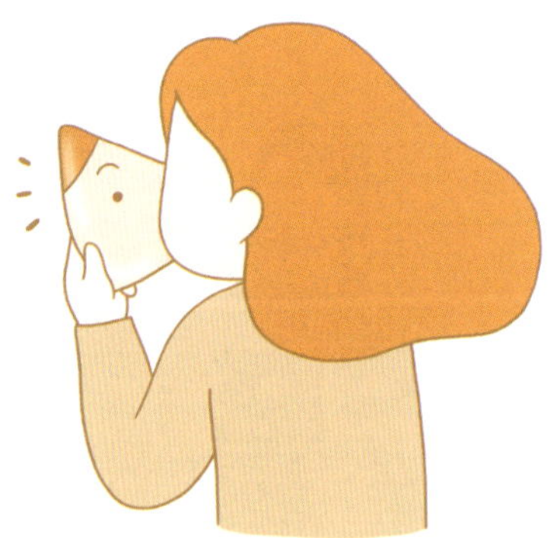

내 안의 세상을 들여다보는 것이다.

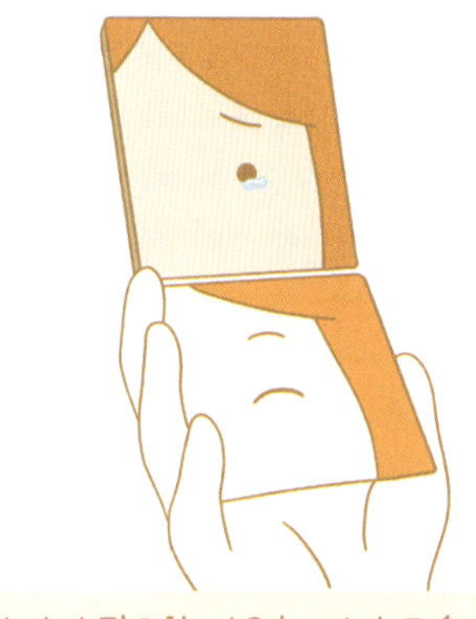



그 둘 사이의 황금레시피가

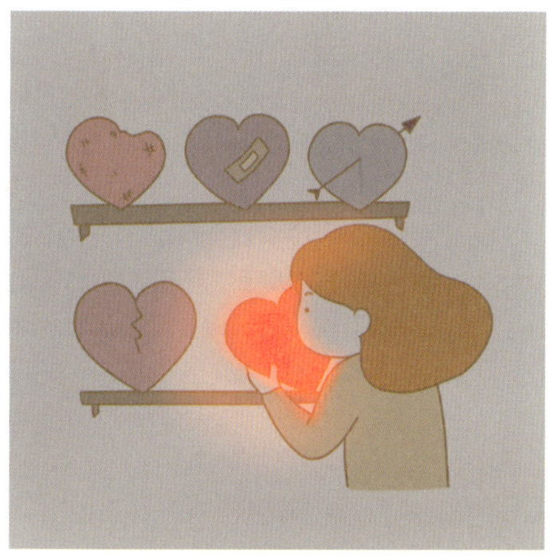

결국은 나의 삶을 끌고 갈 테니까.

주변에서 벌어지는 일에
가끔은 무신경할 정도로,
가치를 두지 않는 것.

그 순간 아이러니하게,
나의 회복은 시작된다.

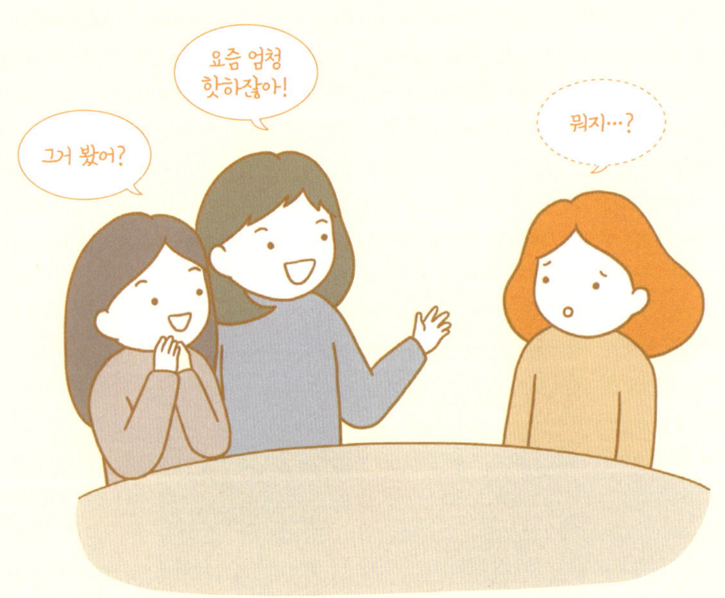

우리의 인생은
늘 계산기를 두들기는 데 여념이 없다.

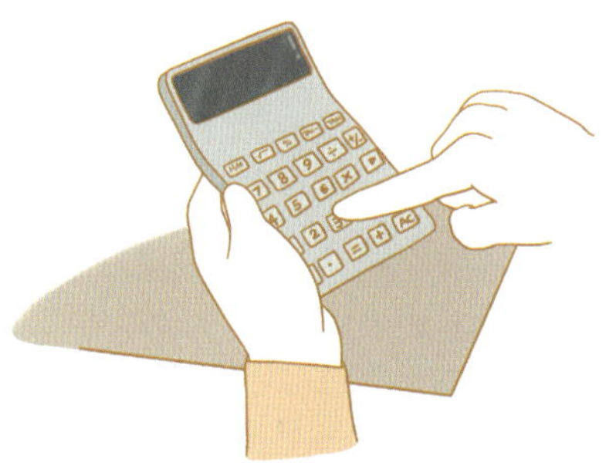

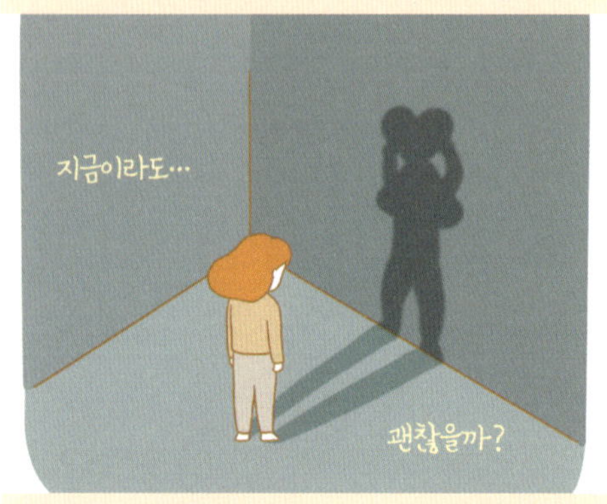



이제 와서 꺼내 보이기가 여간 두려운 게 아니다.



용기를 내어 내면의 스위치를 켜고,

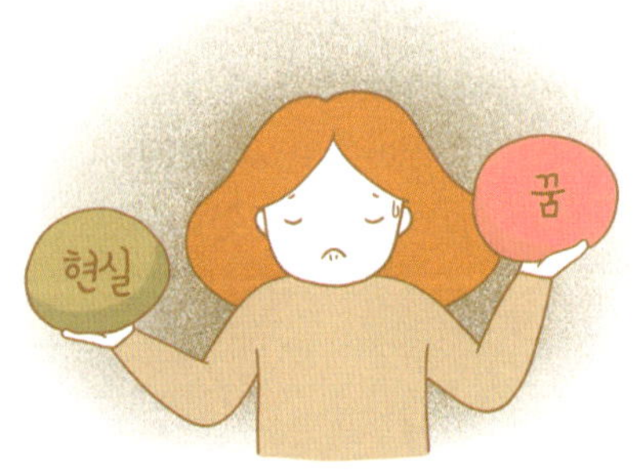



현실과 꿈 사이를 잠시 저울질해 보기도 하지만,

성공을 단정하는 가혹한 숫자들의
행과 열 사이에 갇혀

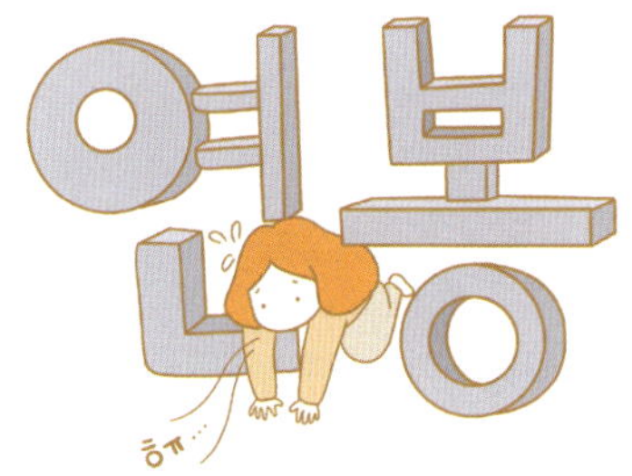


다시 한번 꿈은 꿈으로 잊혀지곤 한다.



하지만 인생은 산수처럼 그리 명쾌하지 않다.

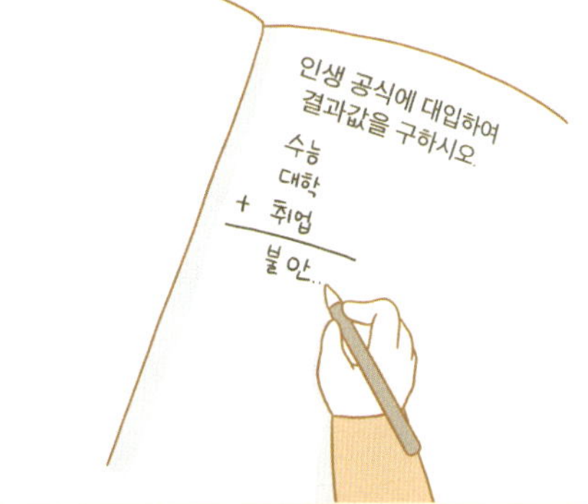


모든 값이 정확하게 떨어지지 않으니까
살아볼 만한 것이다.

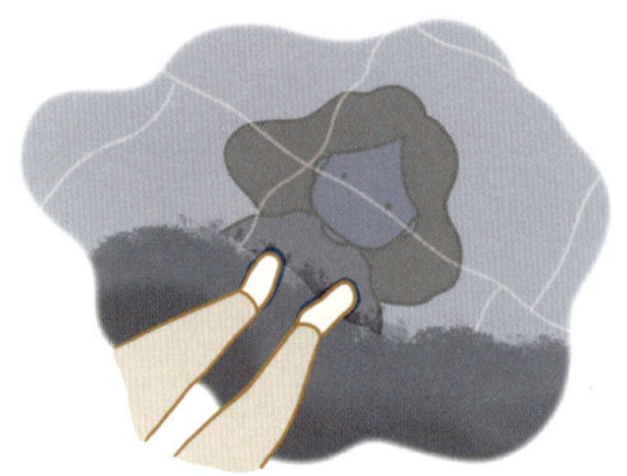





붙잡고 있던 계산기를 잠시 내려놓고,
진짜 나를 위한 나침반을 한번 들어보자.

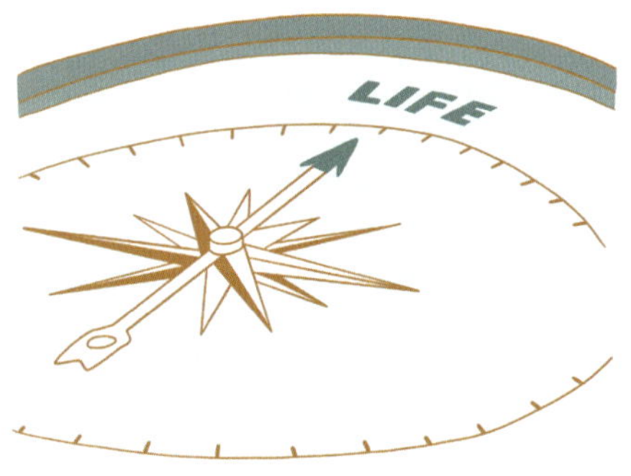


결국 삶은 속도가 아닌 방향이 결정하기 때문이다.

익숙해진다는 건...

달콤한 안정이면서도 점점 타성에 젖어,
함부로 모험할 수 없게 된다.

익숙함이 나를 가두기 전에
일단 먼저 시작해 보자!

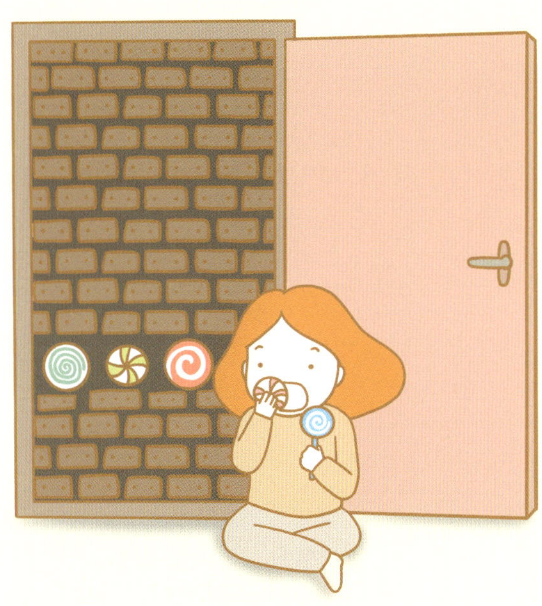

# 나만의 궤적 그리기

좋아하는 일을 하고 있으면,
시간이 사라진 듯한 몰입감에

나 자신과 가장 가까워진 것 같은
단단함을 느끼곤 한다.



특히 정해진 궤도에서 벗어나
나만의 궤적을 하나씩 그려나가는 일은

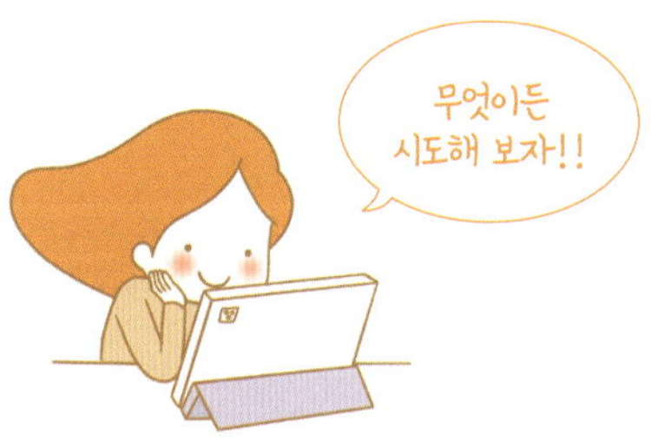


통제할 수 없는 조건 위에서
우월하게 자유를 부리는 짜릿함이 있다.

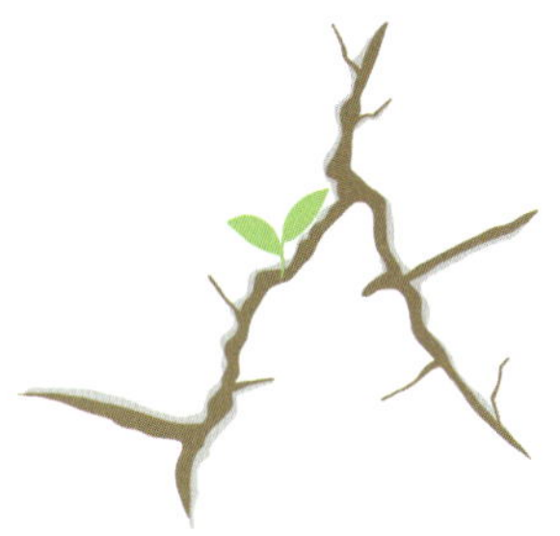



그동안 그렸던 건 단순한 선이 아니라,

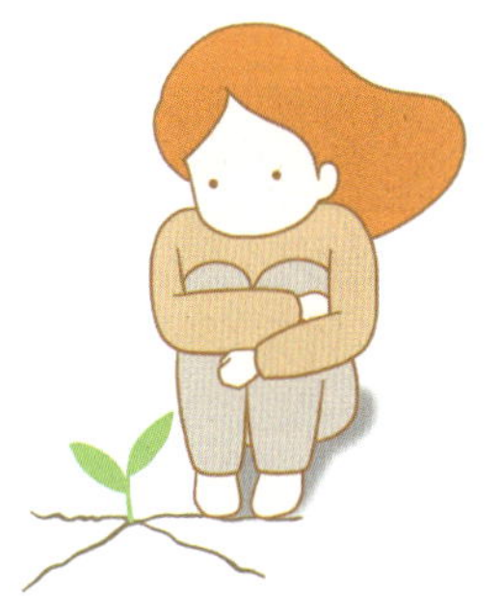

새롭게 나아가기 위한 시작이었다는 것을 말이다.

그래서 통제할 수 없는 거대한 장벽 앞에서
한없이 작게만 느껴지는 순간이 찾아오더라도,

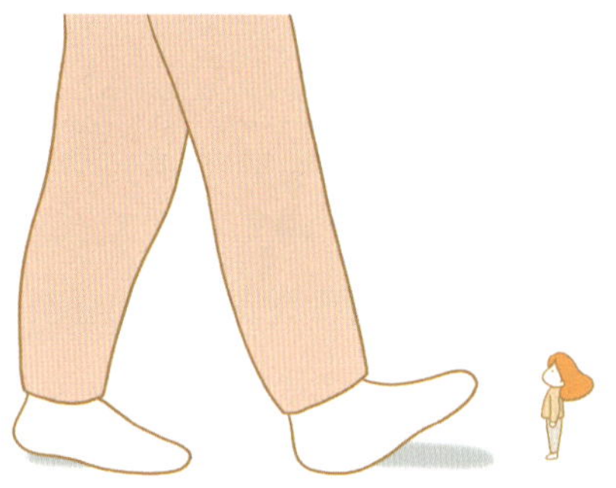

한 발짝만 멀리서 바라본다면,



그저 나는 여전히
그 모습 그대로 빛나고 있었고,

→ 감동받았던 베스트 댓글



내가 느낀 작음과 무력함조차 또 다른 그림을
그리는 데 필요한 재료였다.

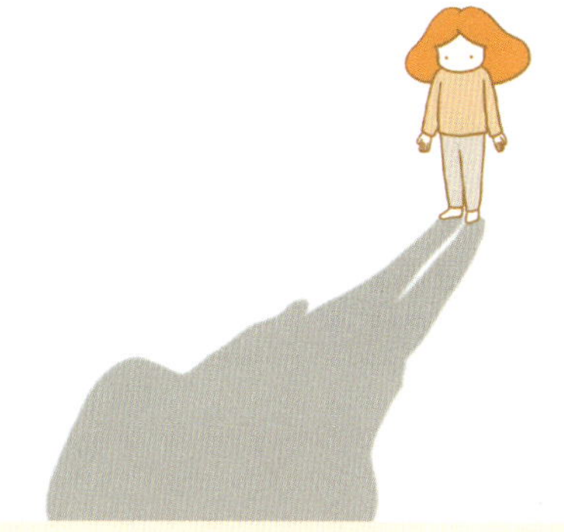





그러니 흐름에 떠밀려가는 하루를
쌓아가기보다는

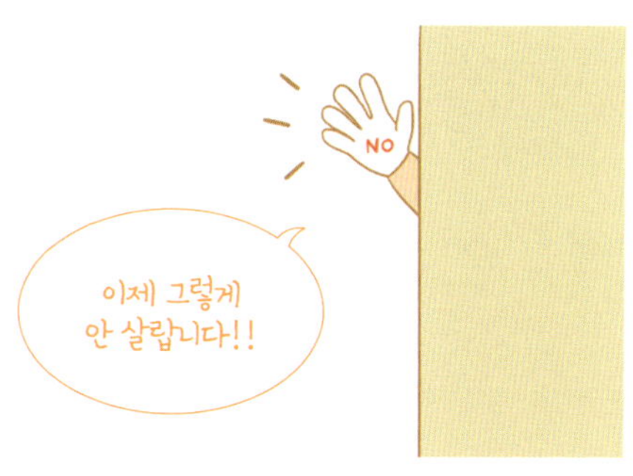



비틀린 선일지라도 나만의 이야기를
한번 만들어보는 것은 어떨까?

흐린 날에는 멈추어 숨을 고르고,
볕이 드는 날엔 온전히 그 빛을 누리며,

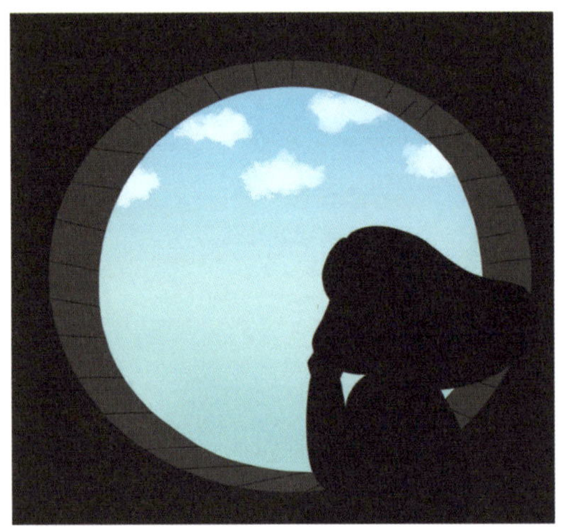

흘러가는 삶이 아닌 살아내는 삶을 살아보자.

앞서 걸어가는
사람들의 뒷모습조차
점점 멀어지고,

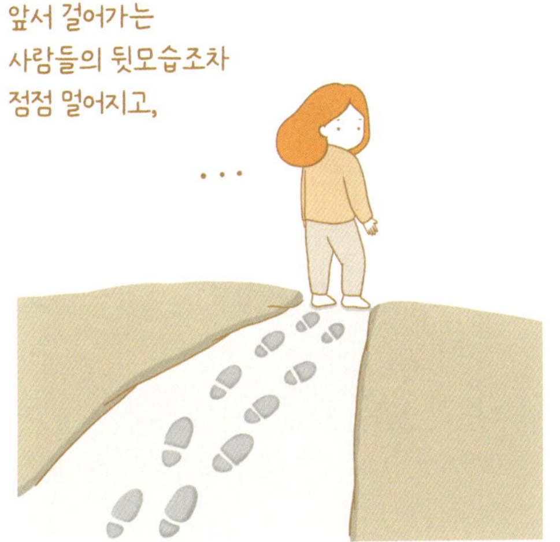

뒤돌아보니, 처량한 나의 발자국만이
희미하게 남아있던 적이 있다.

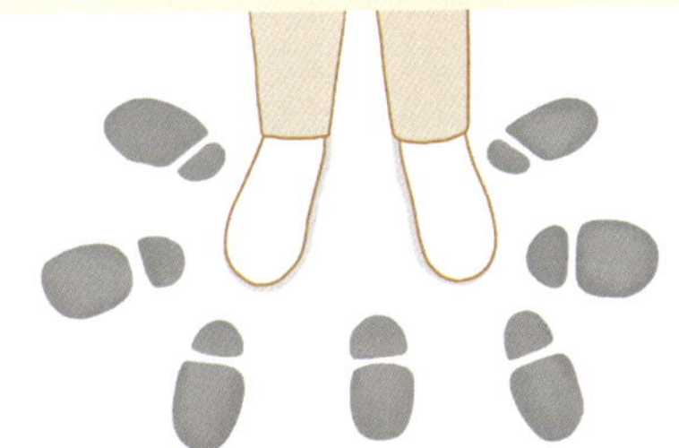

우리는 종종 길을 잃는 순간을

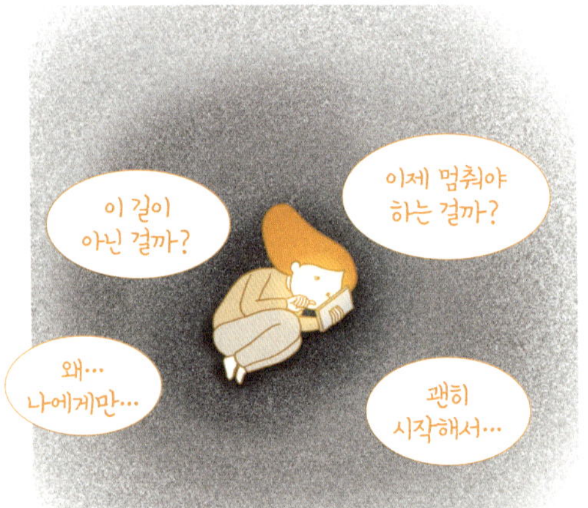


실패라는 단어와 같은 말로 한데 묶어버린다.



하지만 평소엔 세상의 온갖 소음에 가려져

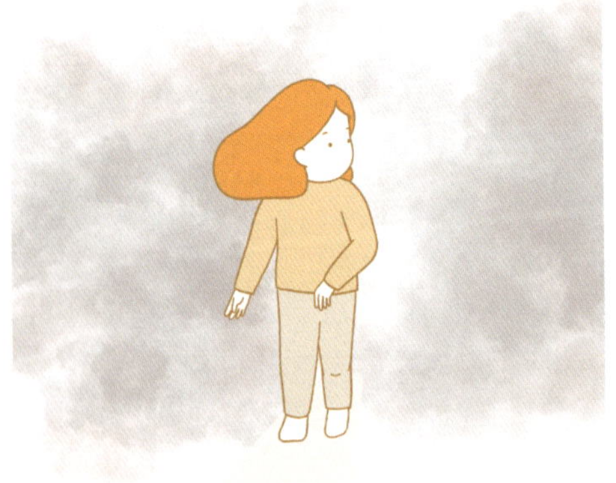

미처 보이지 않았던 것들이 있다.

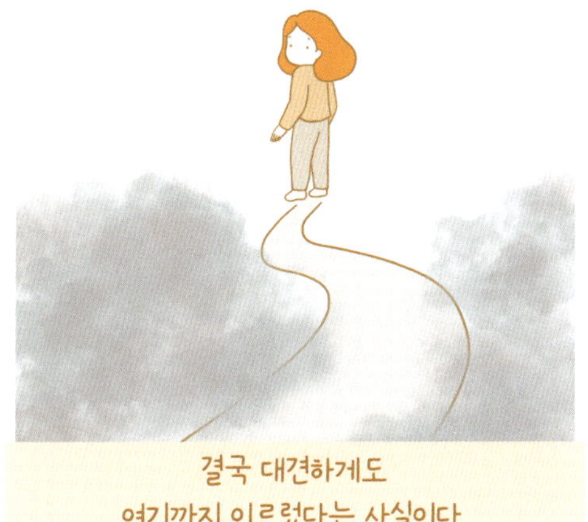







모든 것이 명확해서 분명한 확신을 가지고

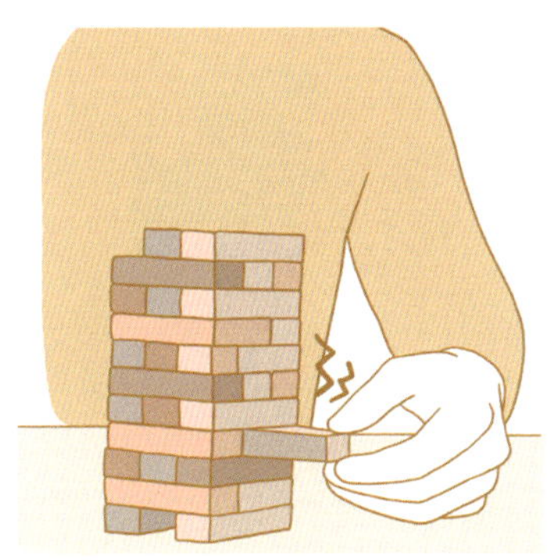

출발하는 이는 없다.

불안과 망설임 등의 수많은 고민을 무릅쓰고도
조심스레 한 걸음씩 내딛다 보니,

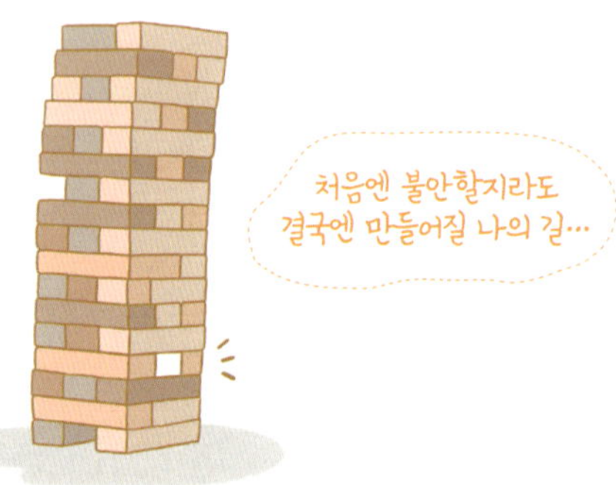


길이 만들어지고 있다는 것을 알게 된 것이다.



그러니 너무 두려워하지도,
괴로워 하지도 말자.

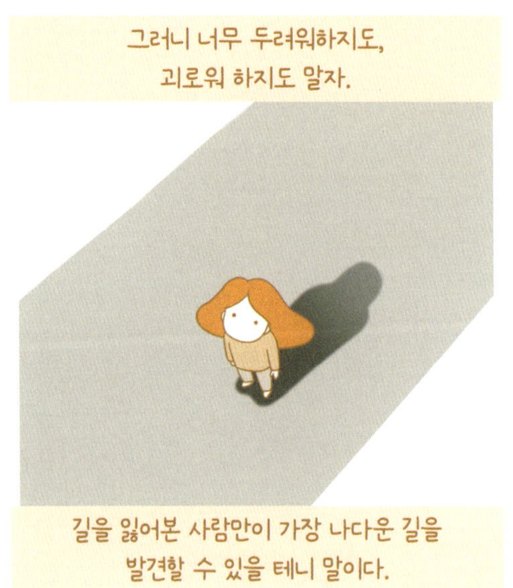

길을 잃어본 사람만이 가장 나다운 길을
발견할 수 있을 테니 말이다.

시작은 평범하고,
과정은 버겁고,
결과는 뜻밖이다.

그게 인생의 묘미이다.

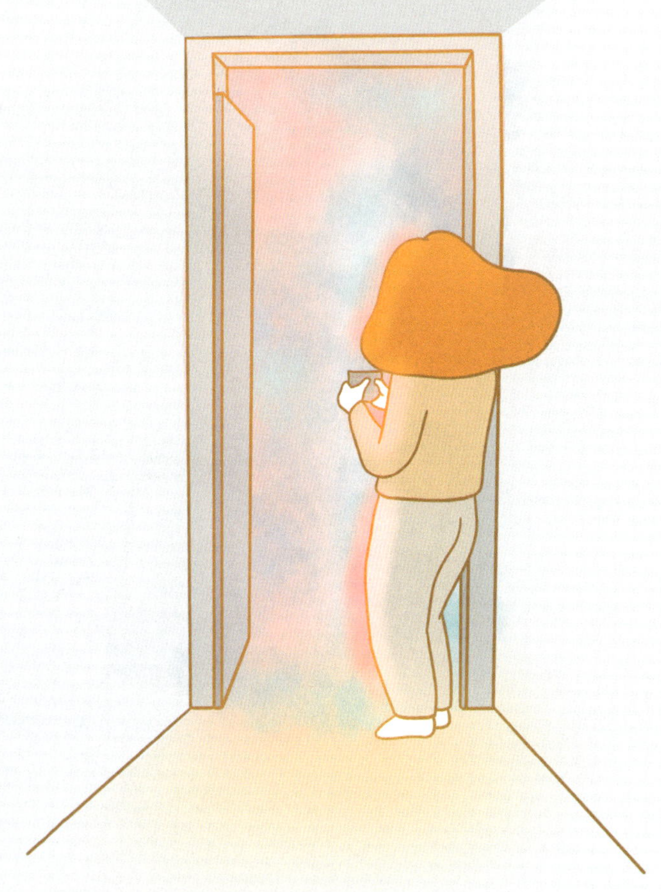

# 사사로운 발전

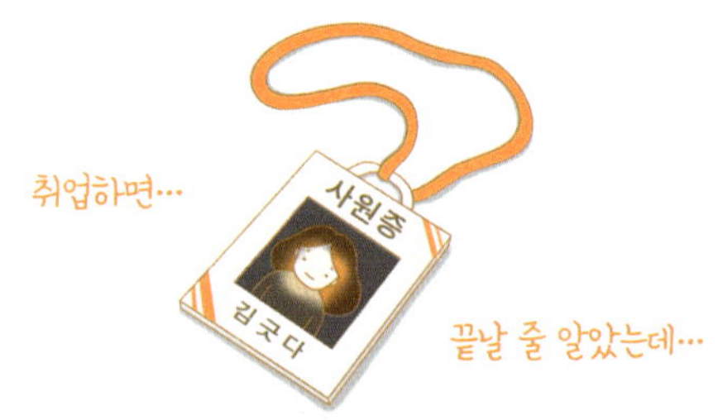
각자의 기준에 따라
성공의 크기는 정말 다양하다.
취업하면…
사원증
김 굿 다
끝날 줄 알았는데…
그럼에도 세상이 인정하는 성공의 기준은
나날이 높아진다.

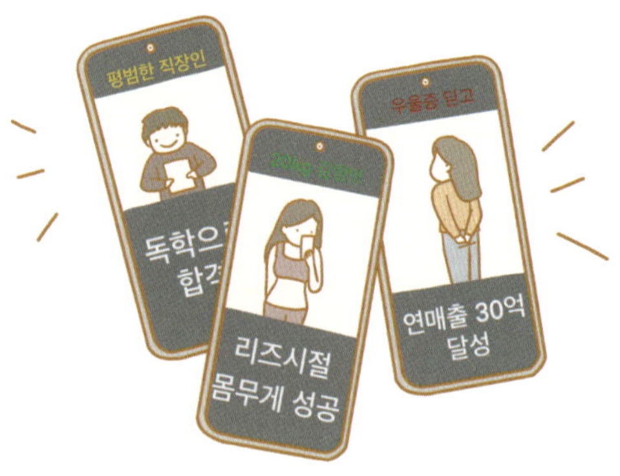
SNS는 세상의 대단한 결과만을 추출해
평범한 직장인
독학으로
합격
리즈시절
몸무게 성공
우울증 딛고
연매출 30억
달성
사람들의 심리를 자극한다.

점점 개개인의 작은 전진은 터부시되고,

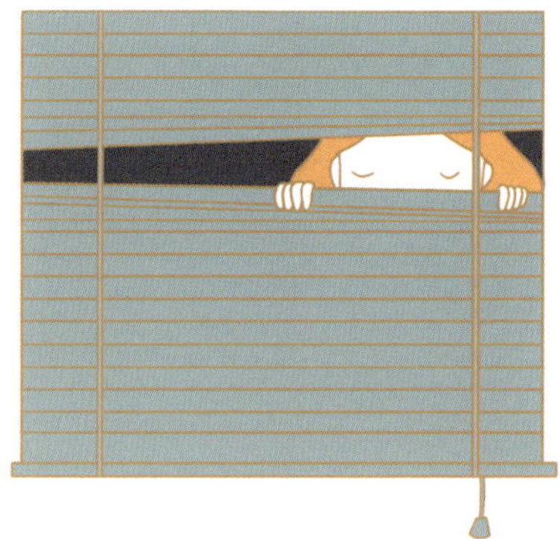

그들 역시 변화하고 있는 자기자신을 외면한다.



하지만 삶의 변화는
스포트라이트 아래서 일어나지 않는다.

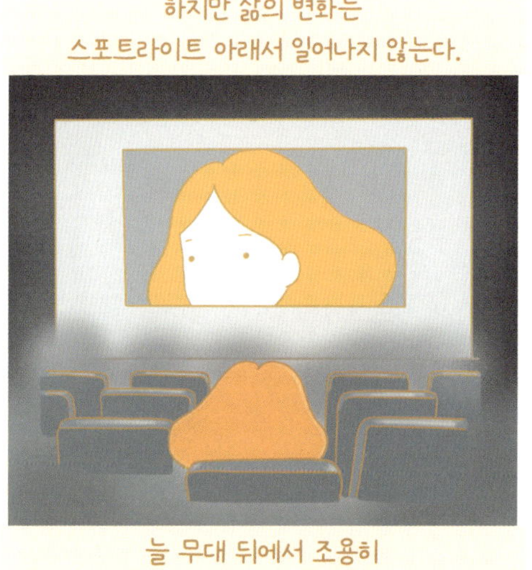

늘 무대 뒤에서 조용히
그리고 끈질기게 진행된다.

매일 어지럽힌 채로 내버려뒀던 이부자리를

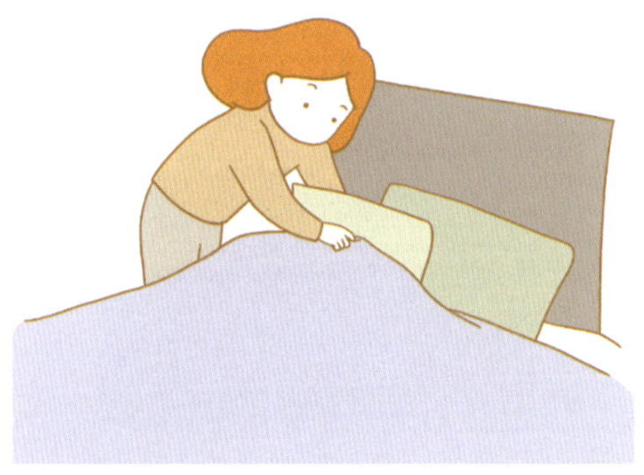

오늘 아침엔 반듯하게 정리하고 출근했다.

항상 고개를 푹 숙이고
시선을 피하기 바빴던 회의 시간에서

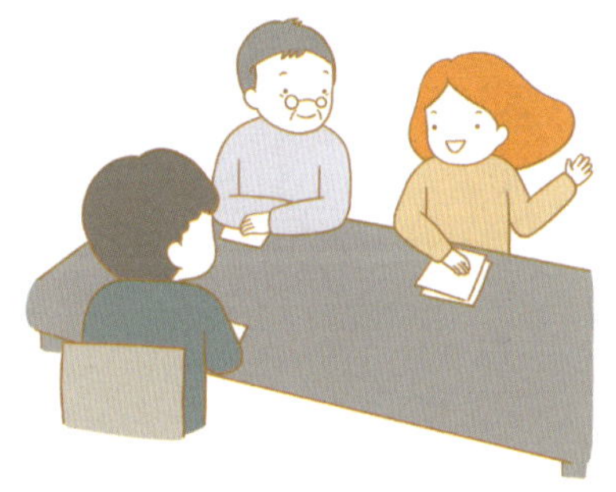

짧은 몇 문장이었지만
오늘은 나의 의견을 야무지게 말하였다.

아무도 모르는
오늘의 아주 사적인 변화들이지만,


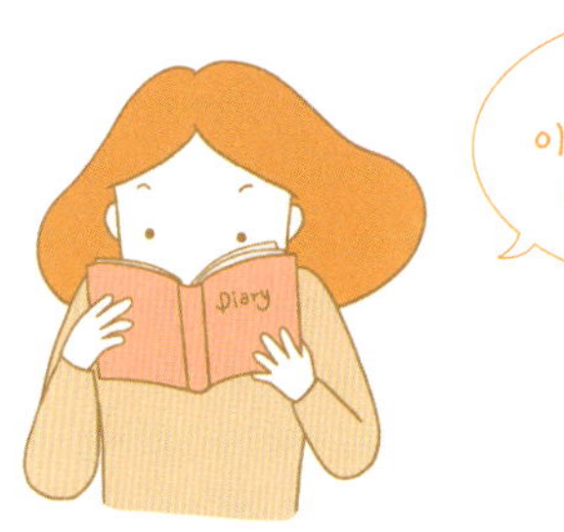

오!
이번 주 계획한 거
다 실행했네!
Diary



사실 그 어떤 것도 결코 사소하지 않다.





사사롭지만 사소하지 않은 이 변화들이 모여


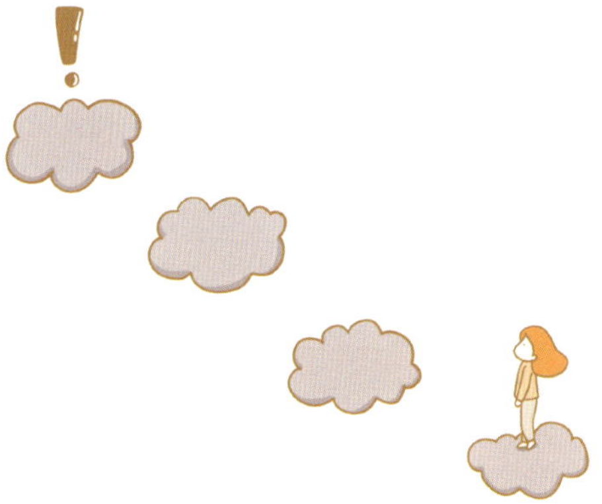


분명한 나만의 성장 드라마를
그려줄 것이라고 믿기 때문이다.

# 아무것도 하기 싫을 때

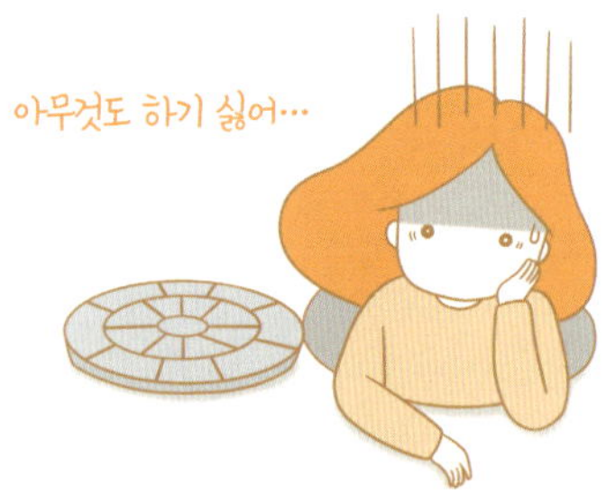




해야 할 일들이 둥둥 떠다니며
머릿속을 어지럽게 마구 헤집어 놓는데도,

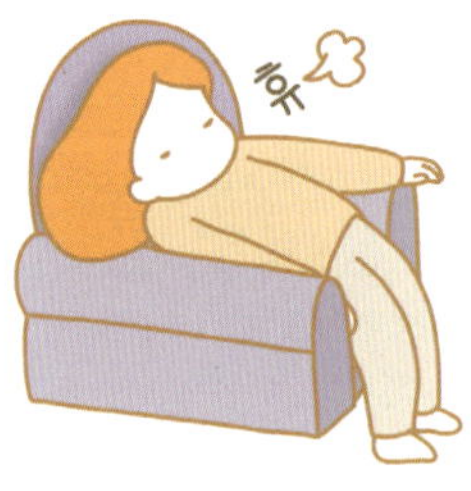

몸은 요지부동이고,

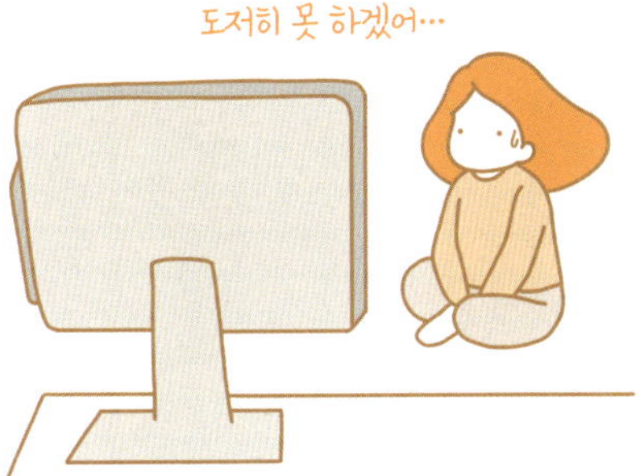


어제까지만 해도 태연하게 하던 일들이었는데,

다시 시작하기가 너무 두렵고 막막하다.



그럴 땐 그냥
대책 없이 버둥대는 수밖에 없다.

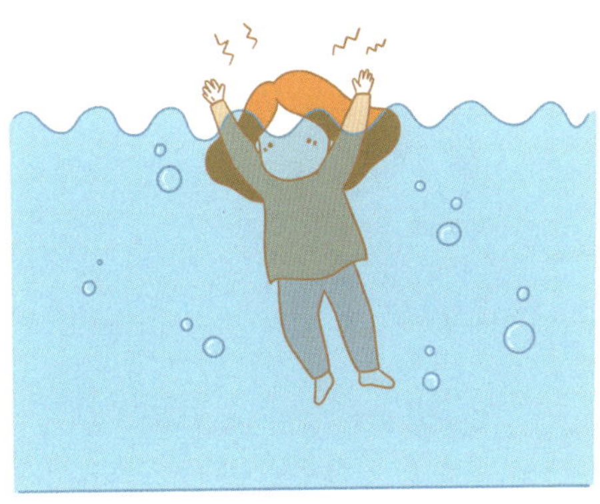

달리던 속도를 줄이고,

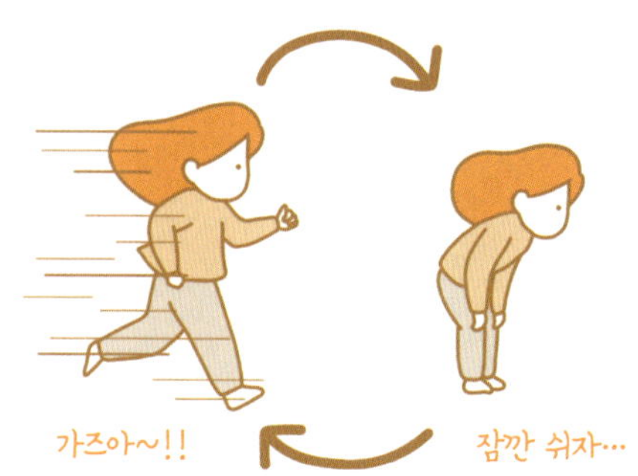


현재의 에너지에 맞게 사는 것이다.

3개 하던 것을 1개만 하고,

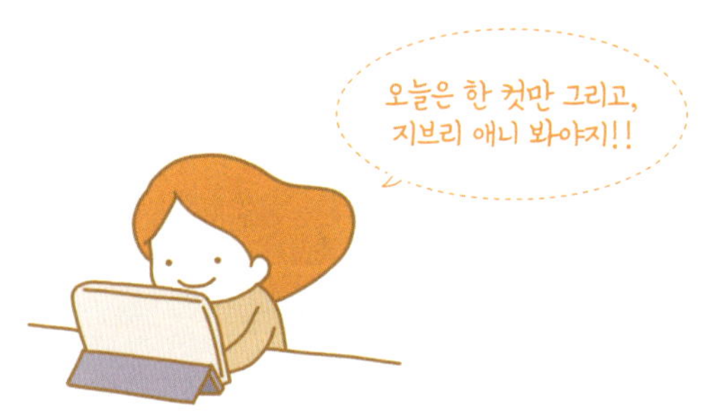


나머지 2개만큼의 에너지는
잠시 저장해두는 것이다.

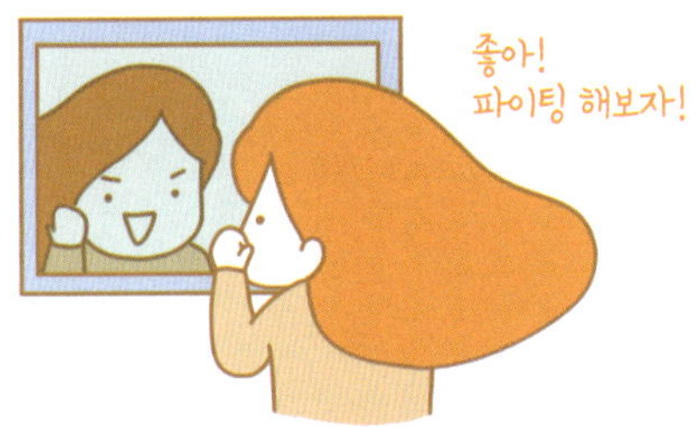




그렇게 각자의 속력으로
한 걸음씩 내딛다 보면,

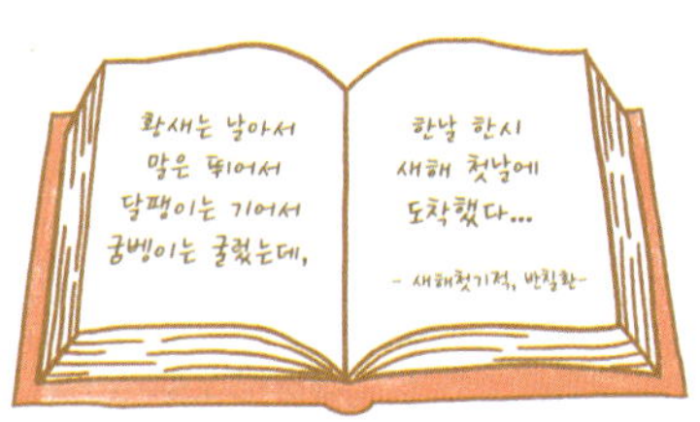


무탈하게 원하던 모습으로
다시 돌아와 있을 것이다.

인생의 상승과 하강
어떤 구간에 있건,
변화를 위한 필연적인 성장통에 관대해질 것.

결국엔 우상향할 테니까.

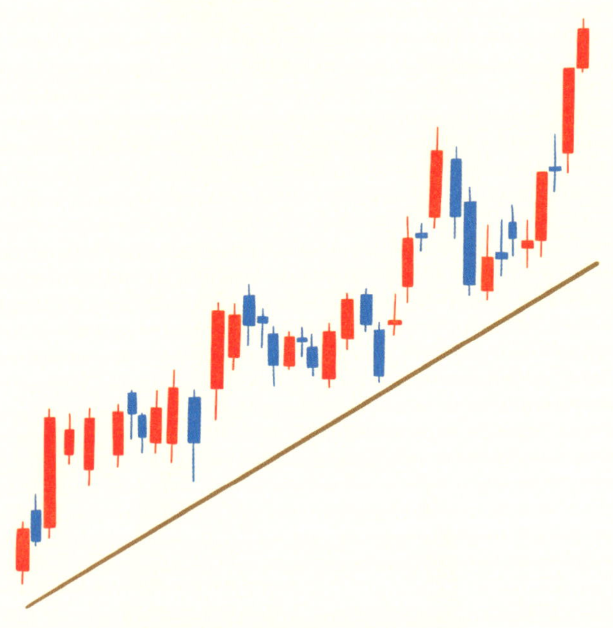

예전에는 성공한 사람이 대단해 보였다.

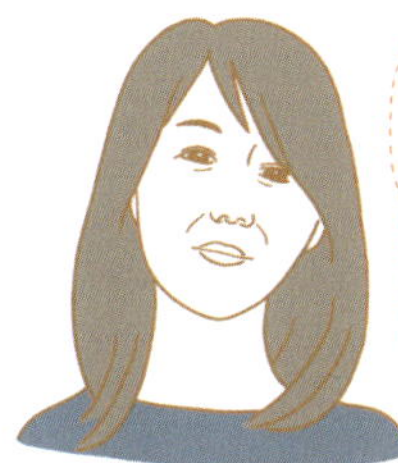



하지만 이제는 오랫동안 한 분야를
꾸준히 걷고 있는 사람이
진짜 멋지다고 생각하게 되었다.



세상은 점점 속도에 중독되어 가고 있다.

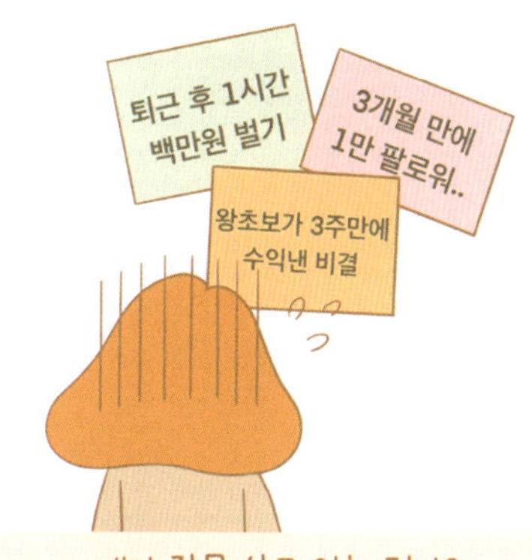



내가 잘못 살고 있는 건가?

자극적인 후킹성 광고에 현혹되어
나 역시 쉬운 성공을 꿈꾼 적도 많았다.

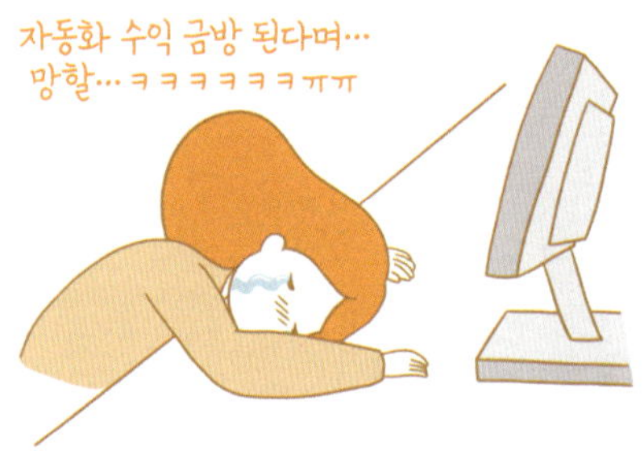


하지만 그 실체를 직접 눈으로 확인해 보니,
쉽게 얻는 일은 결국 단 한 가지도 없다는
사실을 깨닫게 되었다.



온라인의 수많은 사람들이

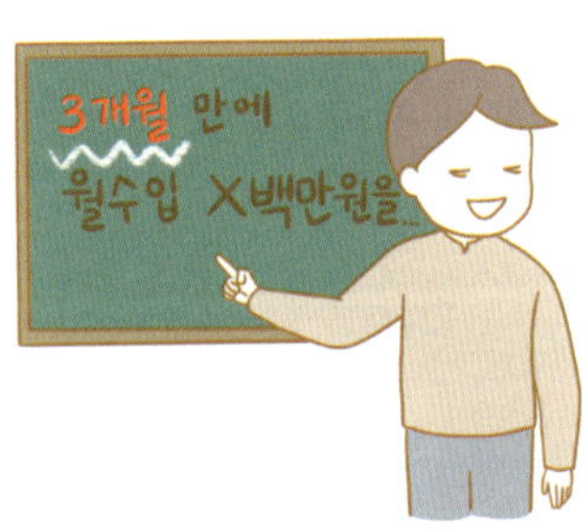


자신의 빠른 성공을 앞다투어 광고하지만,

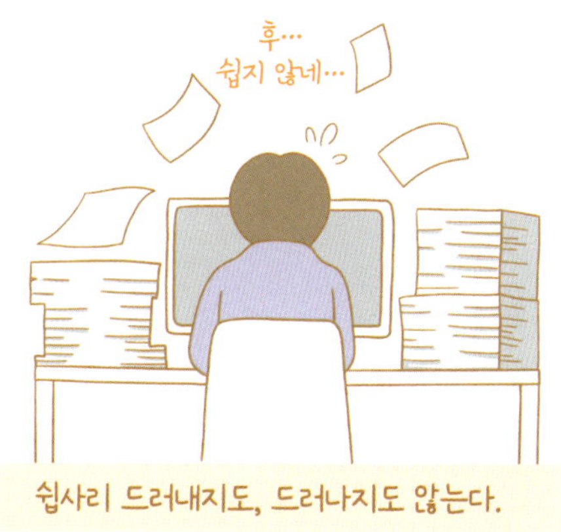




그리고 설령 알게 되더라도
온전히 내 것이 아니라는 사실을, 이제는 안다.

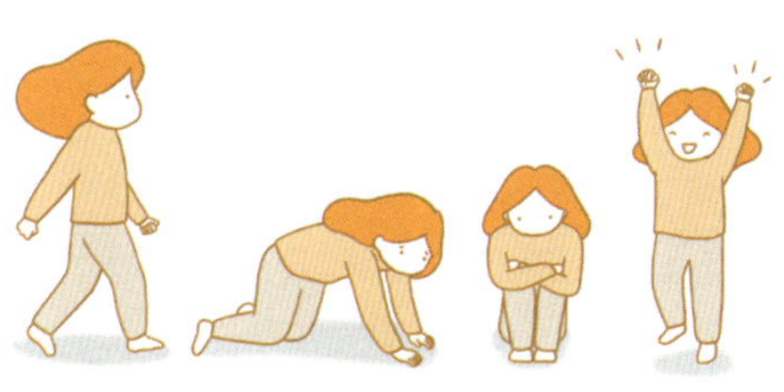

진짜 노하우는 스스로가 부단한 시행착오를 통해
자신이 직접 발견해야만 하기 때문이다.

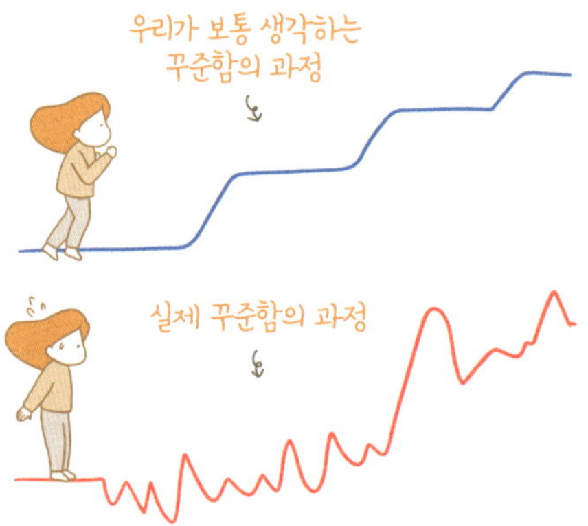




쉬운 지점까지는 누구나 꾸준하다.

힘들어지는 구간부터가 꾸준함이
본격적으로 발휘될 타이밍이니,

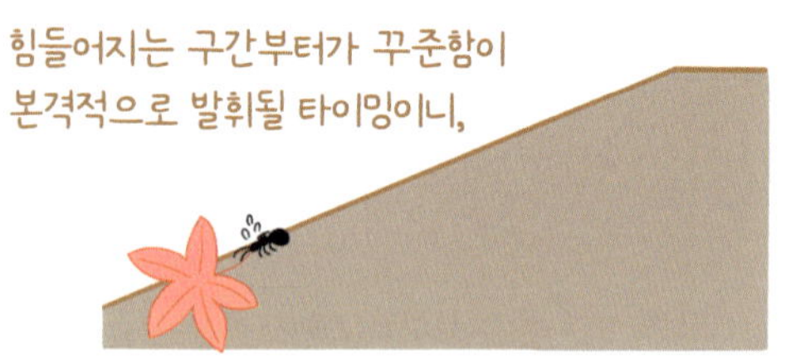

이번에는 반드시 넘어가 보자!

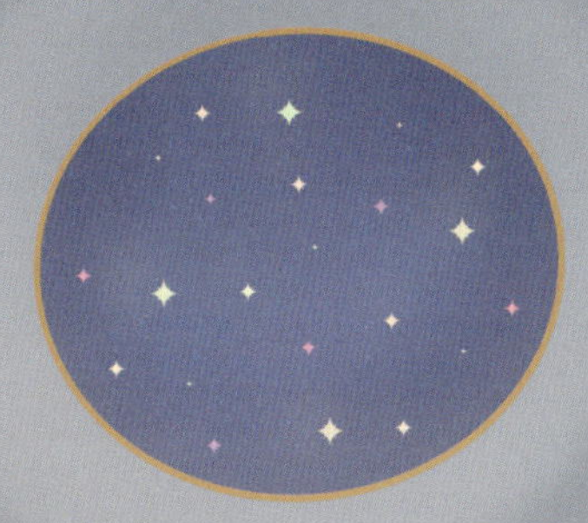

인생은 때때로
삶의 유한함을 규정하지만,
우리는 꾸준함을 무기로
무한을 향해 도전한다.

그러기에
우리의 모든 순간은
위대하다.

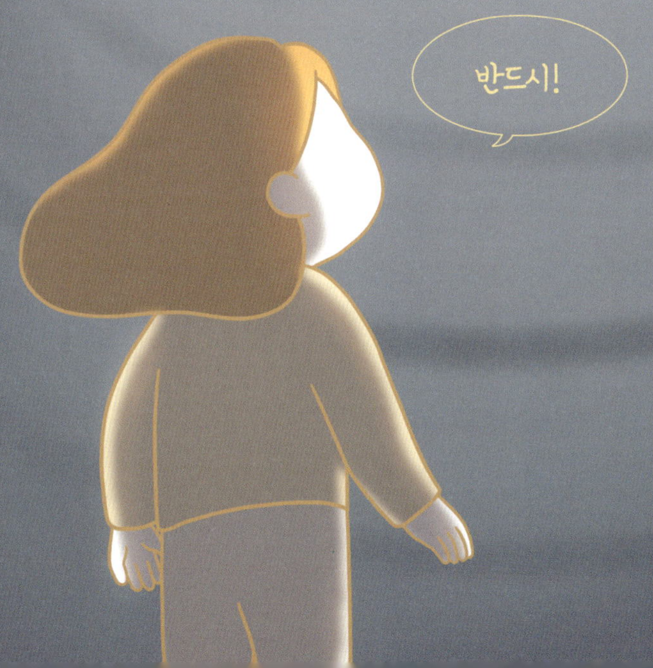

## 8화 나만의 무기를 발견하는 방법

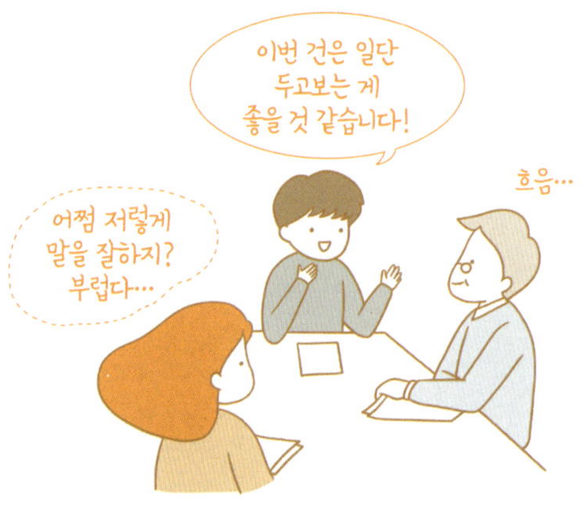



그래서 큰마음 먹고 자신감을 키우기 위해
스피치 모임에 가보기로 하였다.

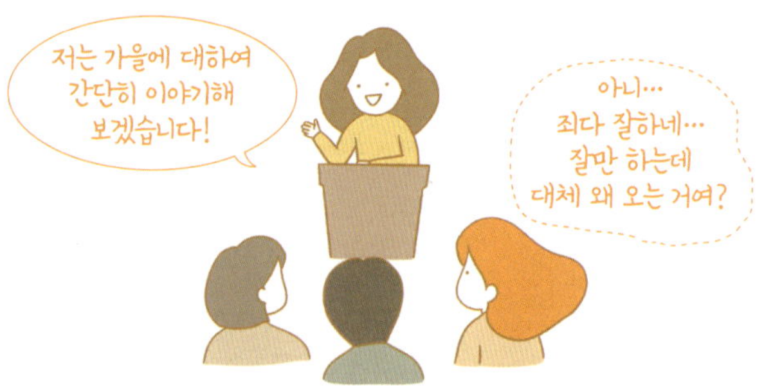



모임은 미리 준비되어 있는 주제에 맞춰 발표하고
서로가 피드백해 주는 방식이었다.

처음 보는 이들 앞에서 즉흥적으로 말하려고 하니,
너무 긴장된 나머지 머릿속이 새하얘졌다.

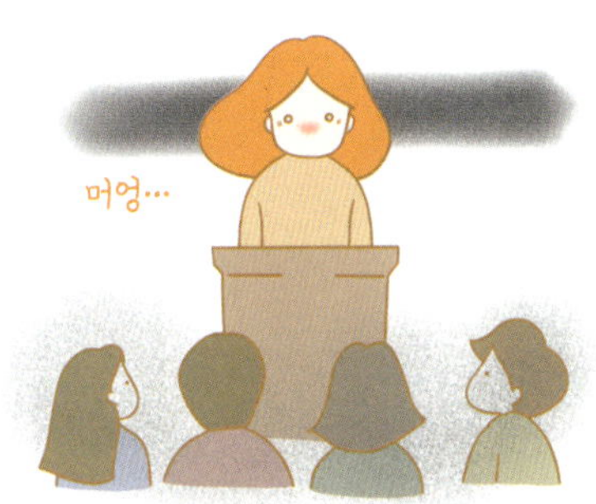


결국 할 말을 미처 다 정리하지 못한 채
나의 시간을 맞이하게 되었다.



3분가량의 시간 동안 내가 무슨 말을
어떻게 이어갔는지 기억도 나지 않을 만큼,

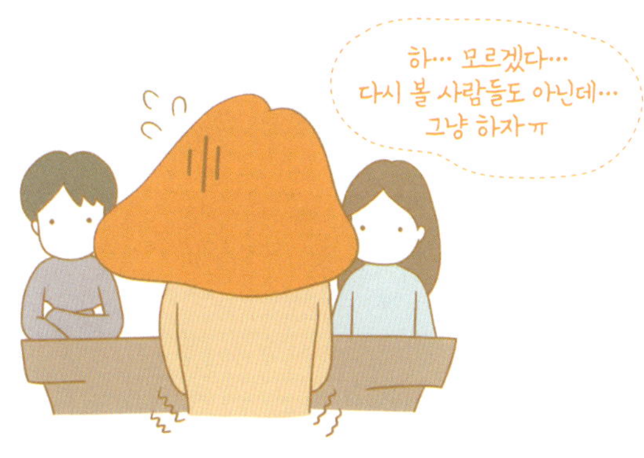


그야말로 아무말 대잔치였다.

창피함에 고개도 못 들고 죄인처럼
후다닥 자리로 돌아왔는데,

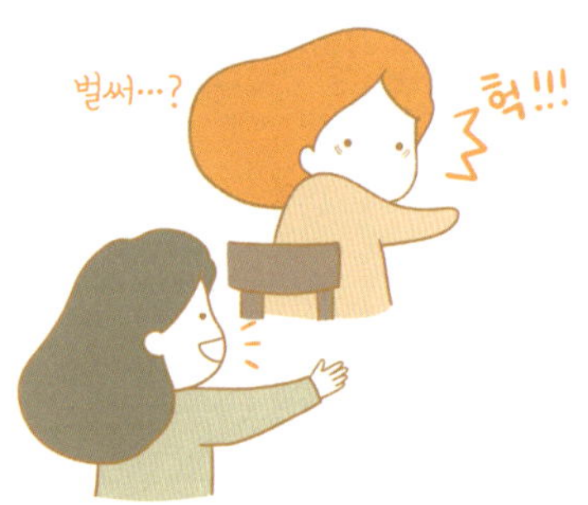


기다렸다는 듯이 누군가가 발 빠르게
피드백을 시작했다.



그리고 차례대로 평가가 이어졌다.

생각지도 못한 긍정적인 피드백이었다.

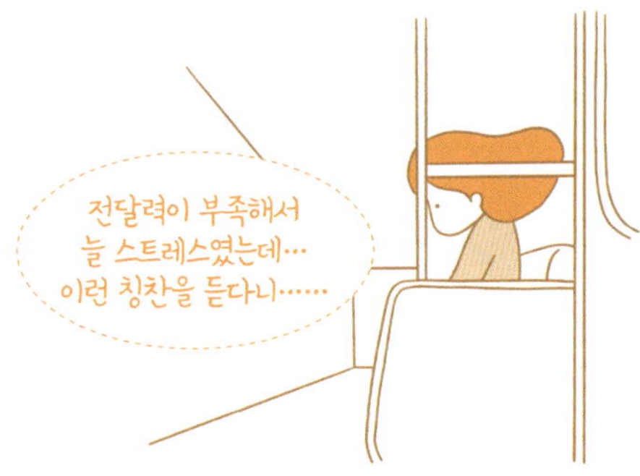


나에게도 그런 장점이 있다는 사실을 그날 깨달았다.
그런데 왜 회사에서는 나의 좋은 점을 발휘하지 못하는 걸까?



결국 타인의 인정을 기대하는 나의 태도 차이였다.

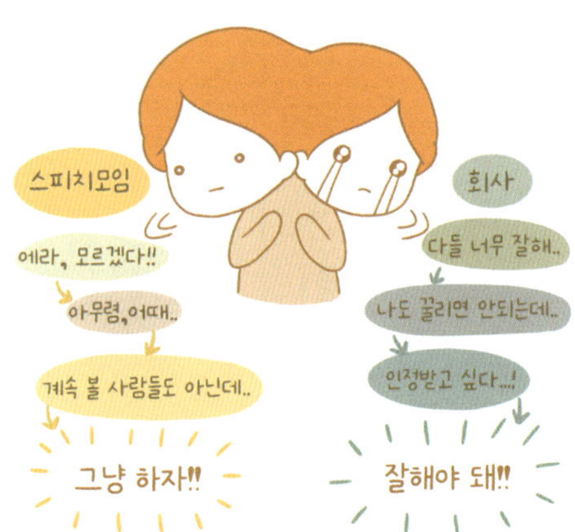

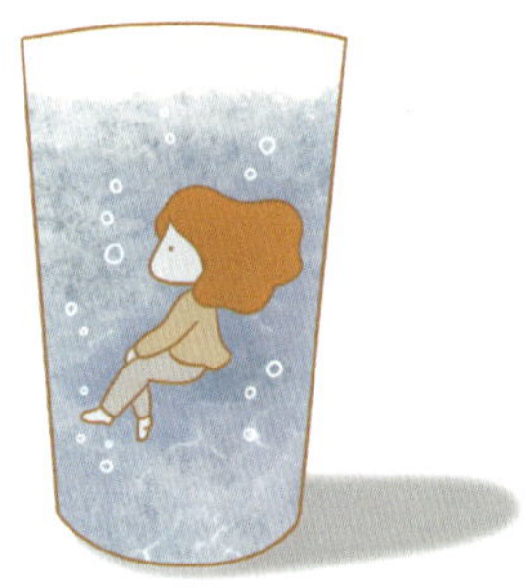





더, 더, 잘하려고 자기 자신을 괴롭히기 전에
그냥 있는 그대로 먼저 나를 바라보는 연습부터 해보자.

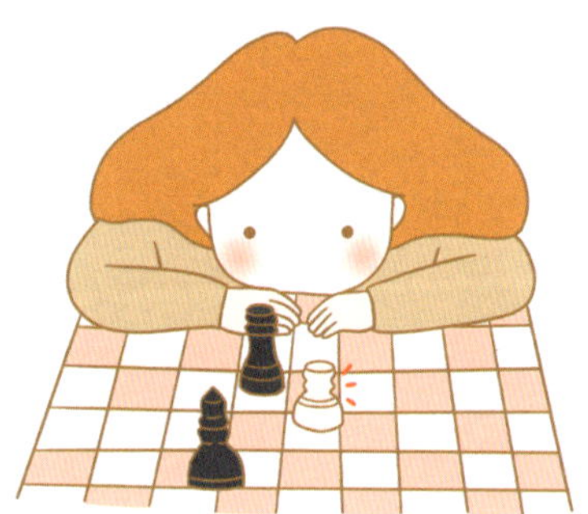

타인과 비교하느라 가려져 있던 나의 능력들이
내가 발견해 주기만을 기다리고 있을지도 모른다.

정말 아무것도 아니라서
드러내지 않았던 평범함도
누군가에게는 반짝이는 특별함이다.

그러니 있는 그대로
세상에 비출 용기를 내어도 좋다.

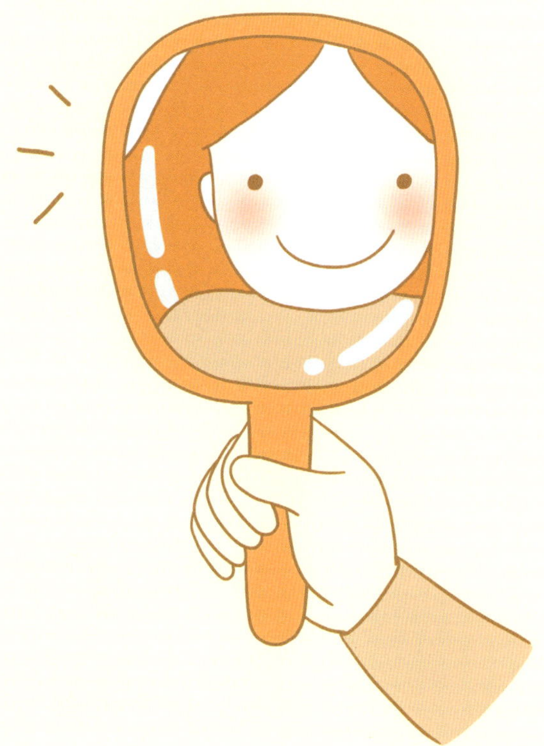

# 될놈될

요즘엔 자주 연락하지 않았던 친구들의 소식도

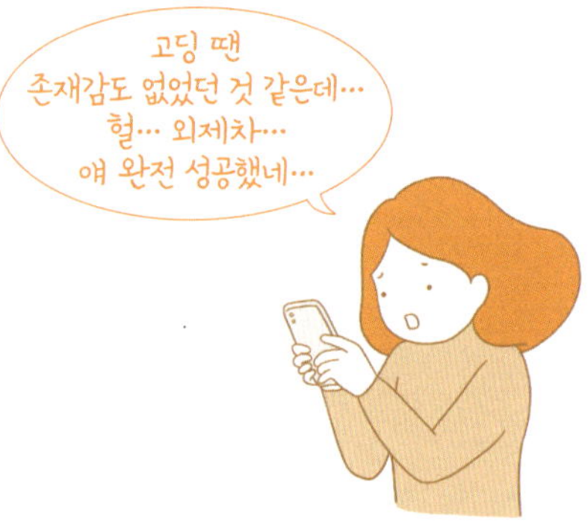


마음만 먹으면 SNS를 통해 바로 알 수 있다.

특히 내가 초라하게 느껴질 때

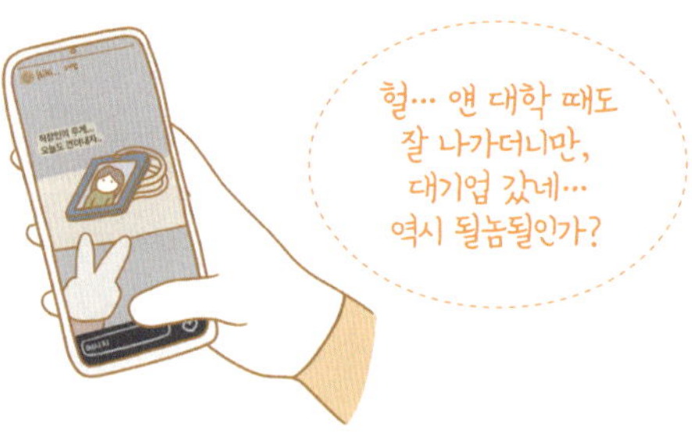


유독 남들 사는 모습을
더 엿보고 싶은 건 왜일까?

한때는 나도 잠깐 나 자신이 '될놈될'이 아닌가

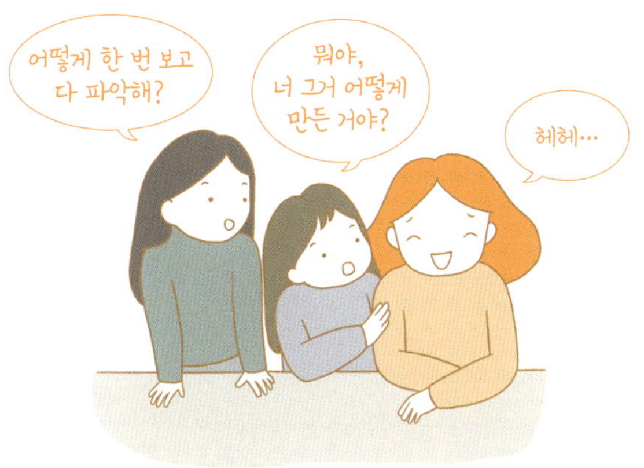


착각하던 때가 있었다.



그때의 운을 다 끌어다 썼던 걸까?

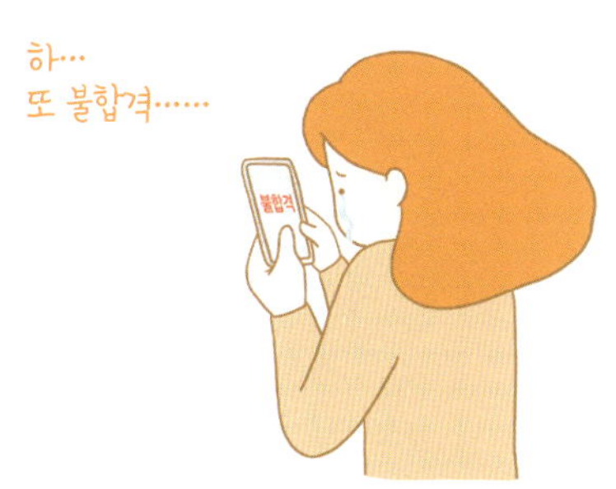


계속되는 실패의 늪에서 나는,
어느 순간 나라는 존재를 잃어버리기도 하였다.

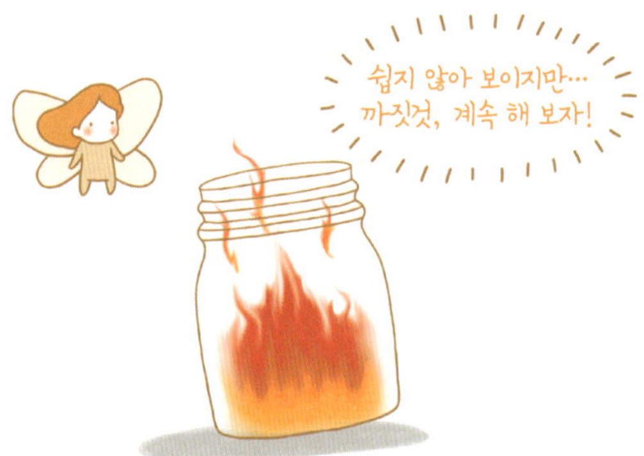


실패의 끝에서 자기객관화가
시작되고 있었을지도 모르겠다.



내 능력에 과분한 결과가 찾아오듯이

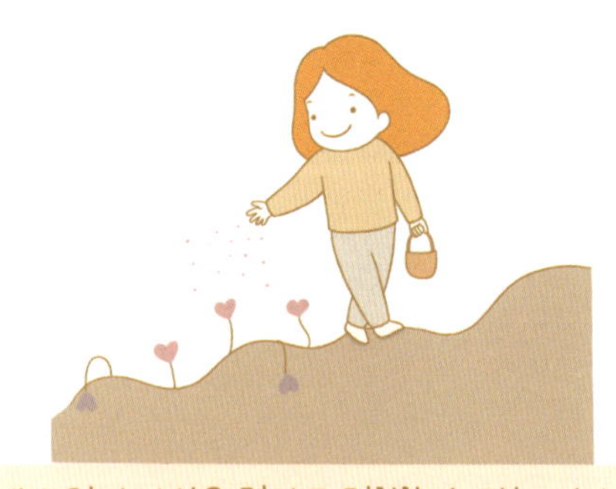

내 노력에 아쉬운 결과도 경험할 수 있는 거라고.

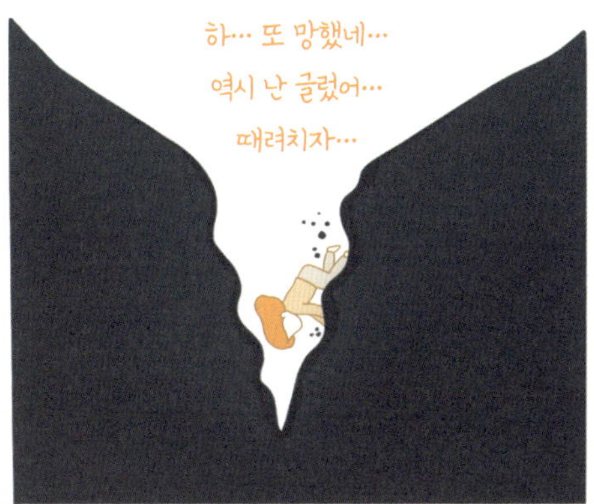

그럼에도 그 결말이 자기비하로 끝나지 않기를.



각자 살아가는 방식과 기회의
타이밍이 다를 뿐,

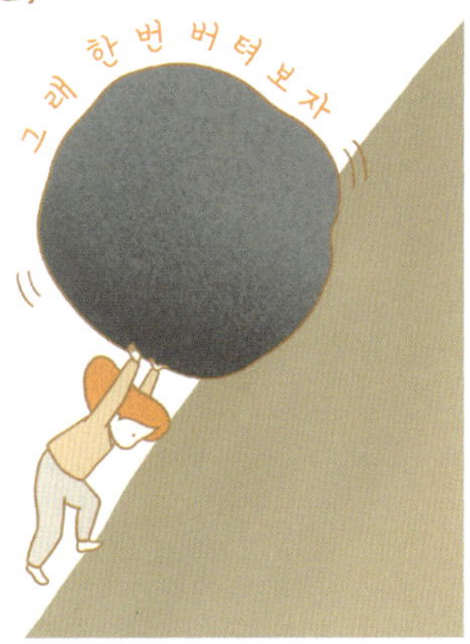


사실 '될놈될'이 따로 있는 게 아니라,
계속하다 보면 되는 것이 아닐까.

이력서에 등장하지 못하고,
면접에서도 철저히 가려야만 했던 나만의 시간들.

세상은 '놀았다'고만 치부하는 그 시간들이 지금 나를
오롯이 서있게 해 주는 원동력이라는 것을.

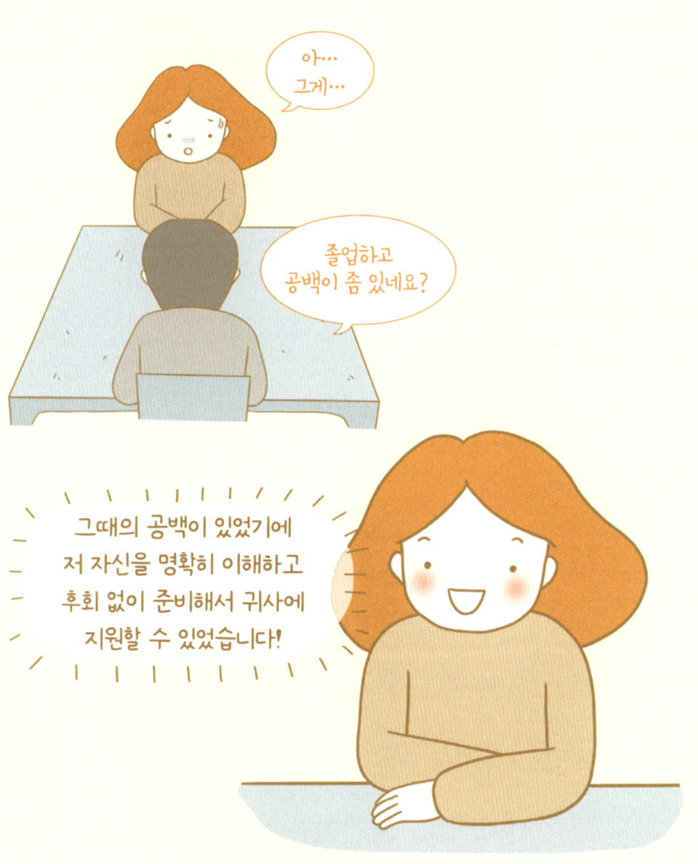

# 어설픈 재능이 고민이라면　10화



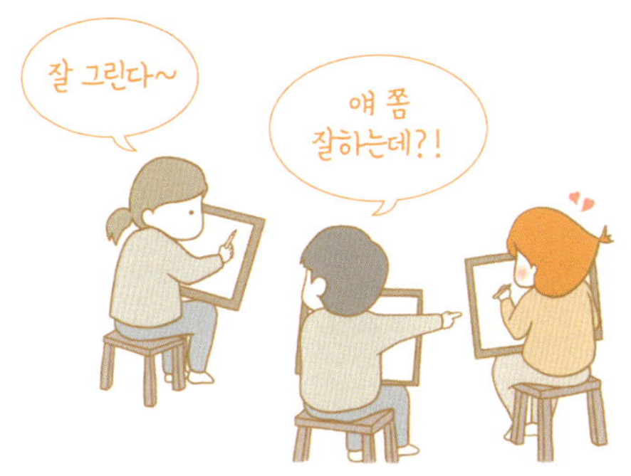




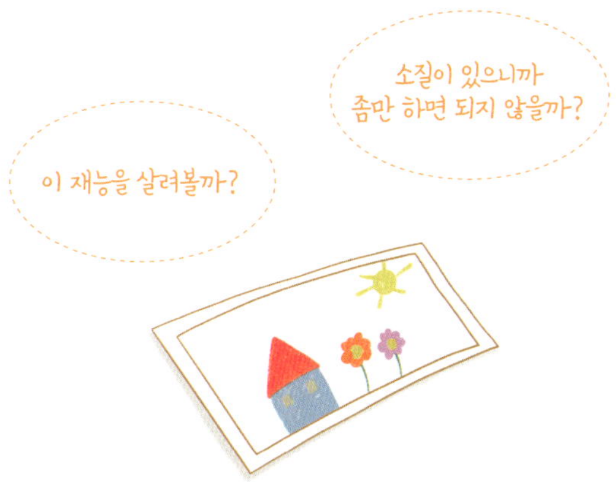

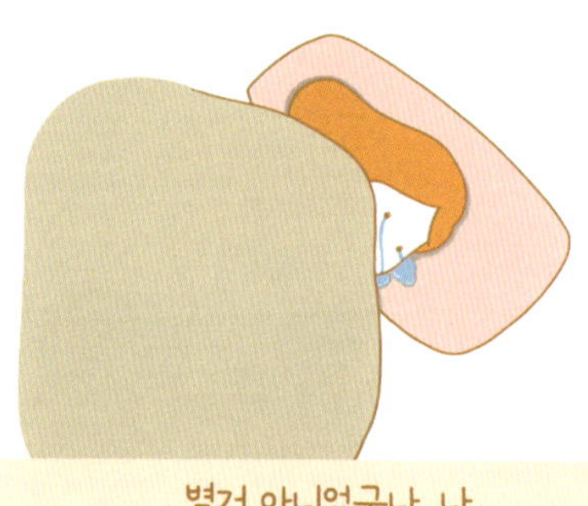





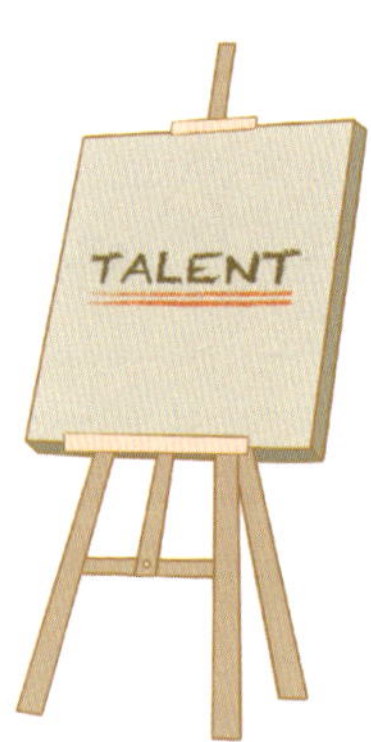


그런데 어설픈 재능도 내가 좋아한다면
무시하고 지나칠 수 없는 소중한 재능이다.

단, 이 어설픈 재능을 한번 발휘해 보려면

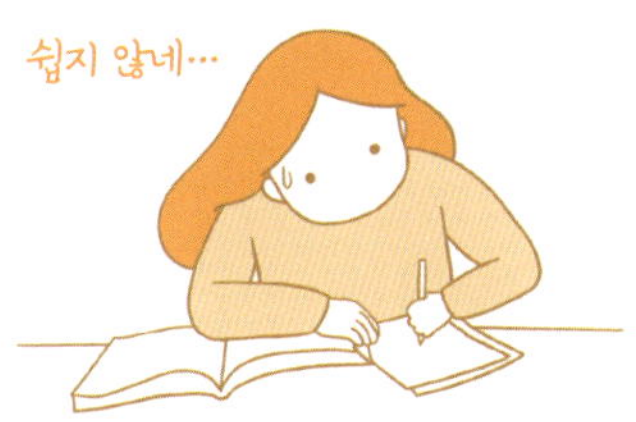


노력이라는 힘이 좀 들어가야 한다.



어쩌면 타고난 재능들과 경쟁해야 하기 때문에

더 많이 노력해야 할지도 모른다.

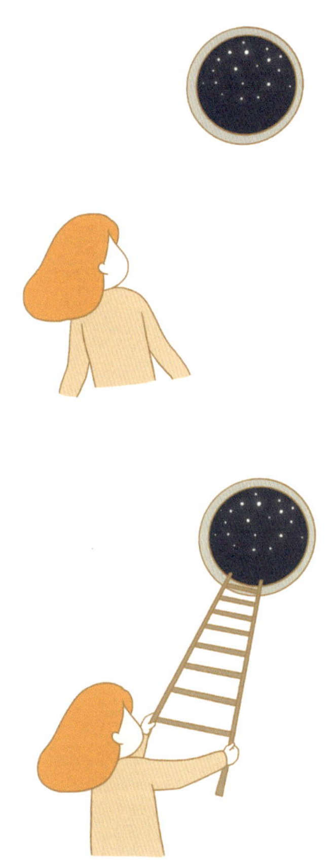



한번쯤 과감하게
시험대에 올라 봐야 하지 않을까.

가능성에만 머무는 것은
결국 아무것도 변하지 않기를
바라는 것과 같다.


인생에서 한번은…
나를 한정하는 선을
뛰어넘어봐야 하지 않을까?

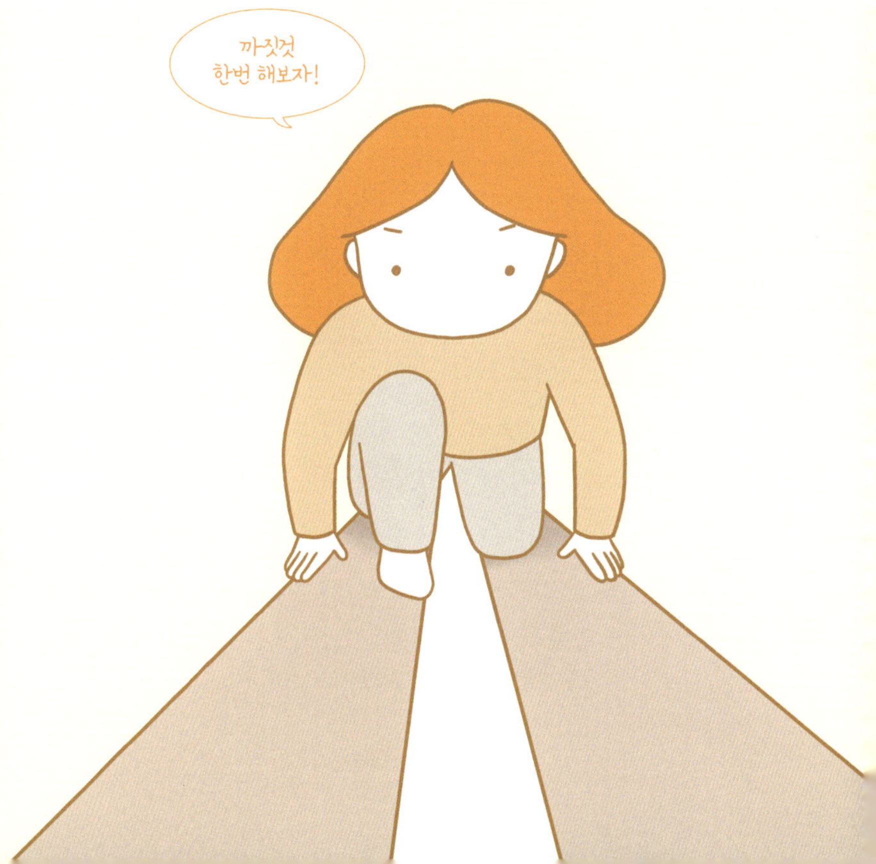

## 11화 사서 고생의 미학

나는 늘 새로운 시도에 거리낌이 없다.

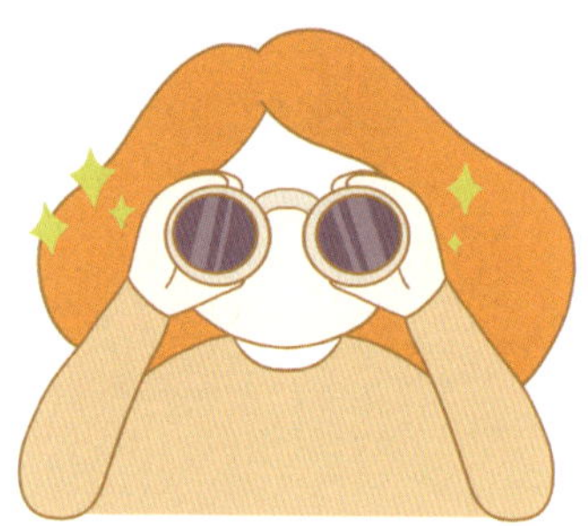

언뜻 들으면 굉장한 장점으로 보일 수도 있지만,



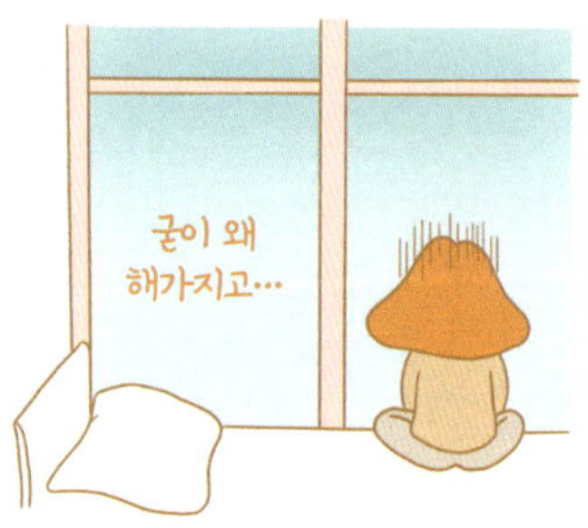


남들의 안 하는 경험까지 겪으며
고생했던 경우도 부지기수였다.

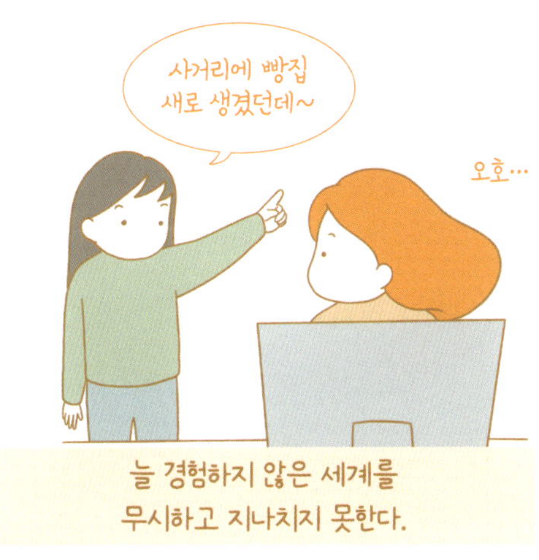






새로운 시도의 처음은
정말 설렌다.

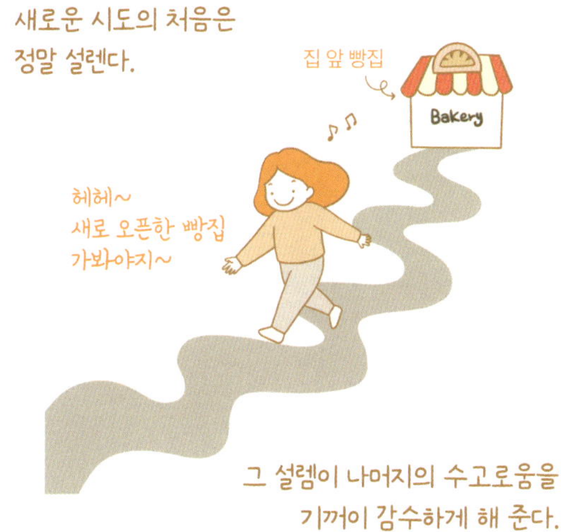


그 설렘이 나머지의 수고로움을
기꺼이 감수하게 해 준다.

물론 새로운 시도가
끝까지 즐겁기만 한 적은 거의 없다.

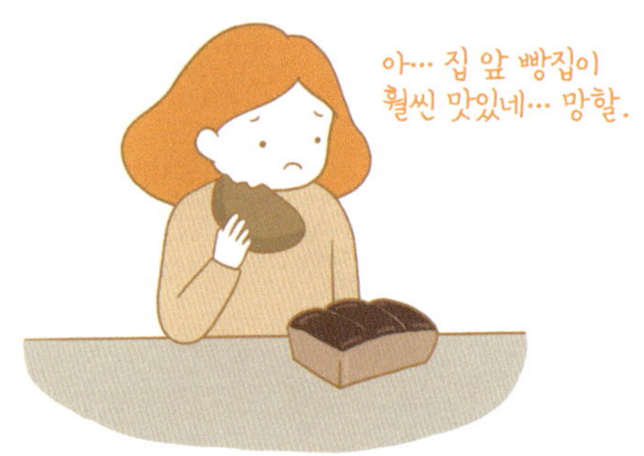



그래서 매번 별난 성격으로 사서 고생하는
내 모습이 버거울 때도 있지만,



그 덕분에 나의 세계는
조금씩 넓어지고 있음을 느낀다.

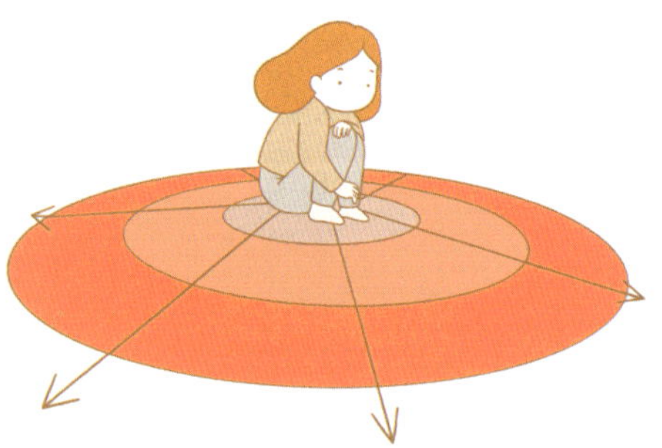

그러니 오늘도 여전히 내 모습 그대로

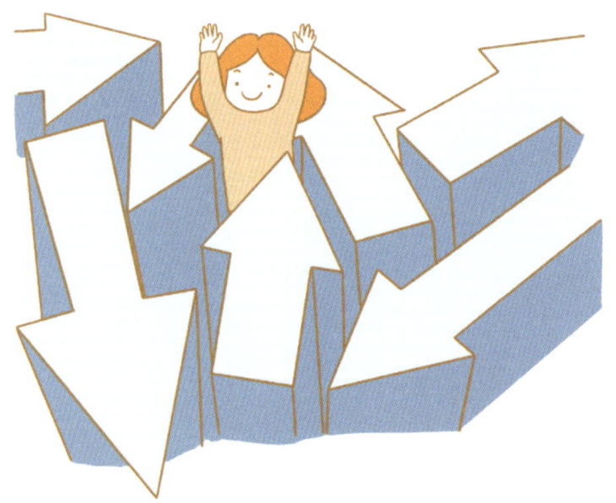

자유롭게 모험을 하고 싶은 게 아닐까?

“아는 만큼 보인다.”

이 말이 괜히 진리이겠는가.

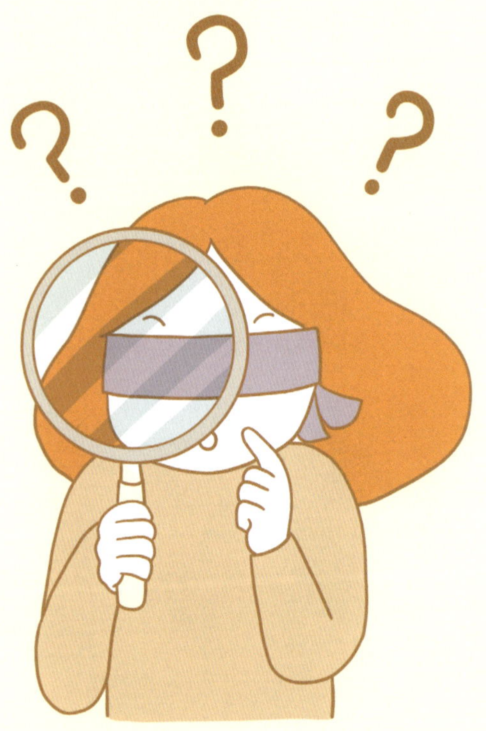

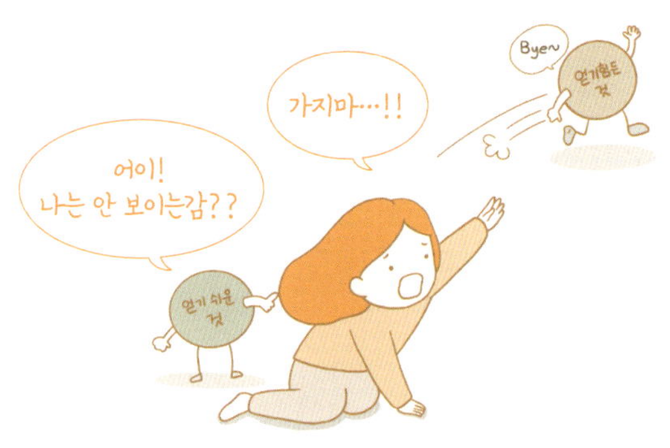




세상에는 열심히 살아야 한다고

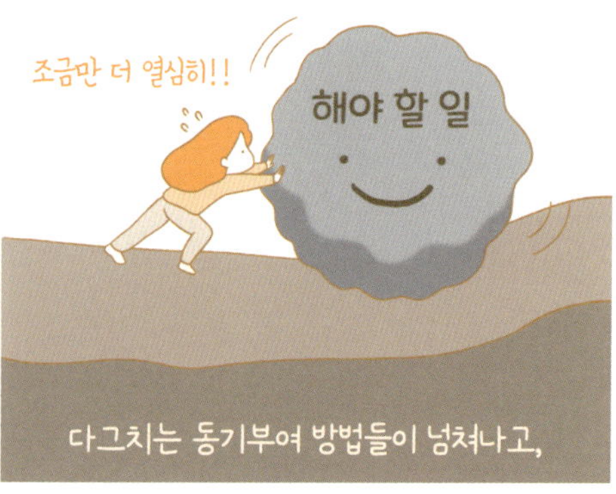

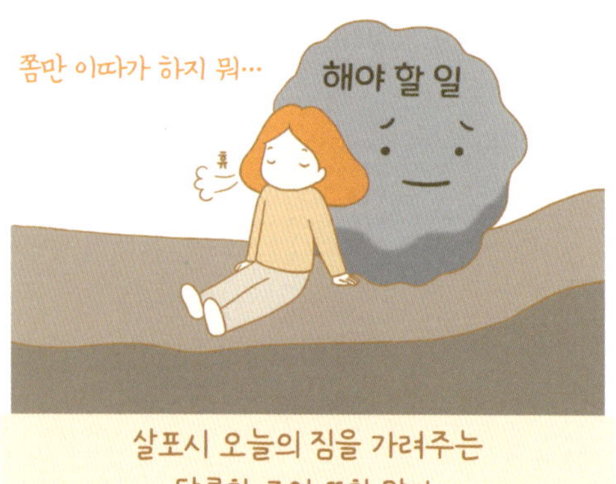




하지만 쉬운 대로 쉽게만 풀리는 삶은 아니기에

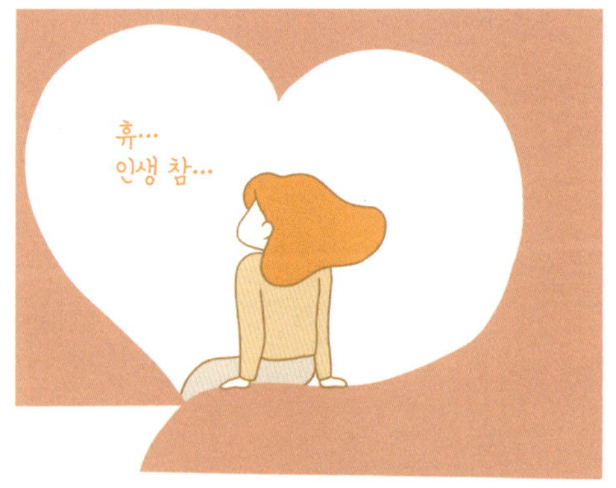

그런데 중요한 건 생각할 필요도 없는 생각까지
만들어 나를 집어삼키는 일이 없도록,

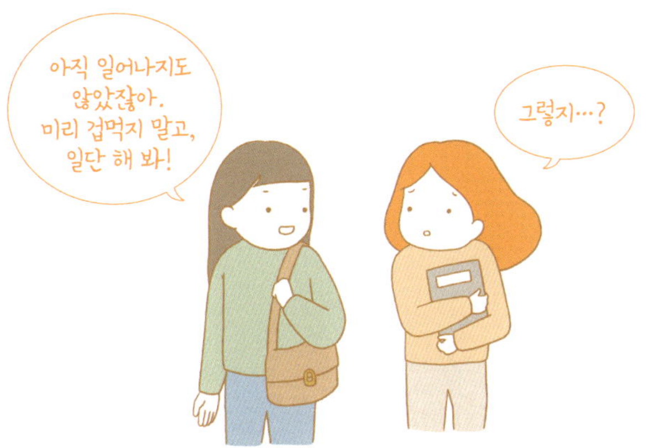


습관화된 걱정에 자꾸 무너져서는 안 된다.



어떤 이유의 자극도 너무 오래 머무르지 않도록,

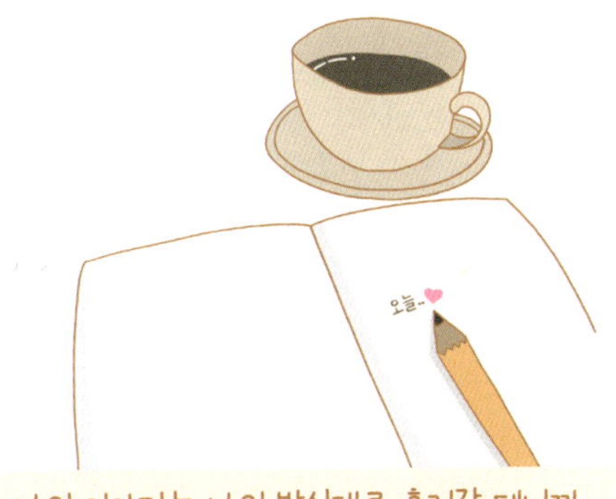


나의 이야기는 나의 방식대로 흘러갈 테니까.

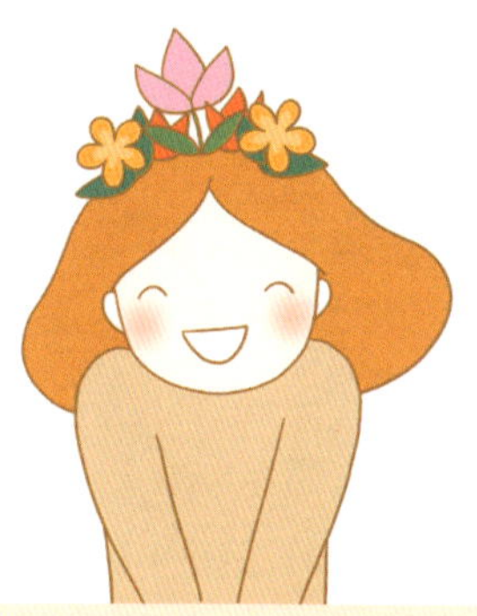





건조하고 까칠하기만 한 우리의 생각에도

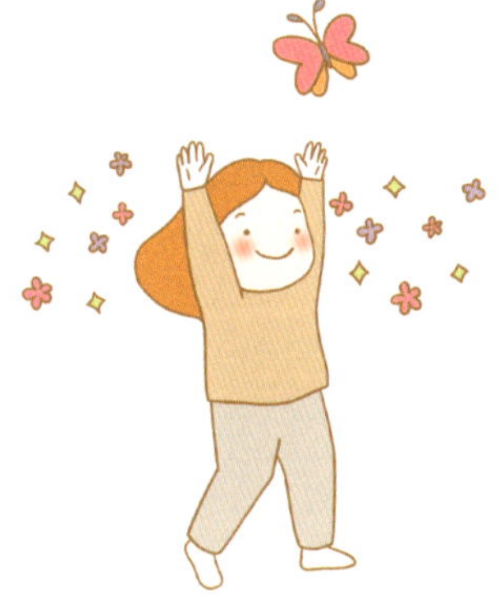

가끔은 더 잘 살아내기 위한
초인적인 꽃밭이 필요하다.

럭키비키로 시작했지만,
정신승리도 모자라
머리에 꽃밭이라도 심어야 살아갈 수 있는 인생살이.

어떤 모습이든 괜찮다.
계속 나아가고 있다는 것을 의미하니까.

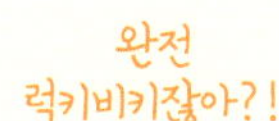

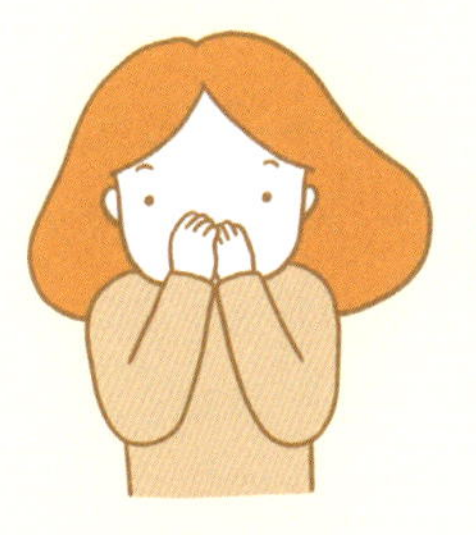


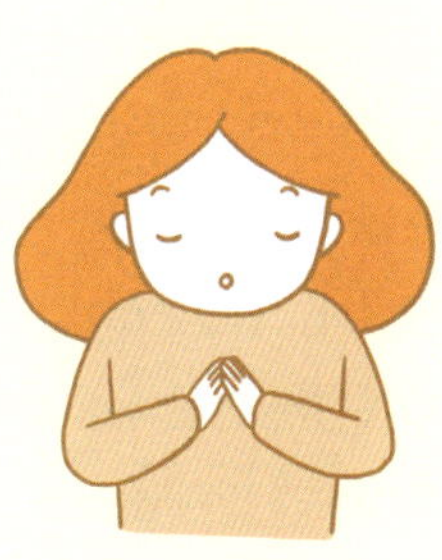


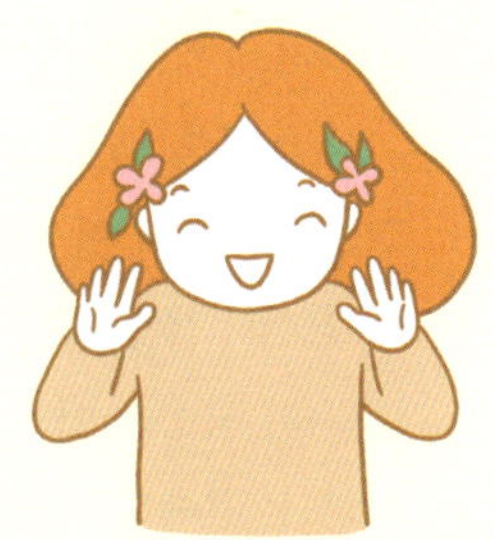

## 나를 위한 생각에
## 선 긋기

처음엔 아무 목적이 없었다. 몸보다 감정이 더 지칠 때가 많았기에 그냥 버티고 싶어서 썼다. 하루를 무사히 넘긴 피로보다, 세상살이 틈에서 생긴 마음의 상처가 더 무겁게 내려앉곤 했다. 그럴 때면 퇴근 후 책상 앞에 앉아, 아무 말이나 흘려 적는 일이 이상하게 위안이 됐다. 의식의 흐름대로, 꾸미지 않고 써 내려간 기록들이 말이다. 언제부턴가 그 안에서 오래전 놓아버린 꿈이 다시 피어 올랐다. 의도하지 않았지만, 그 기록들이 나를 어디론가 이끌었다. 아무것도 정리되어 있지 않았던 생각이 문장으로 정리되는 순간부터 나의 삶도 조용히 방향을 틀기 시작했다.

돌이켜보면, 20대의 나는 '확신'이라는 단어에 너무 집착했다. 확신이 없으니 시작할 수 없다고 생각했고, 시작하지 않으니, 더 이상 확신이 생길 기회도 없었다. 그러나 이제는 안다. 인생에서 순도 100%의 확신은 애초에 존재하지 않는다는 것을. 불안은 보이지 않지만, 늘 존재하는 배경일 수밖에 없다는 것을. 지금의 나 역시 여전히 불안하지만, 그럼에도 걷고 있다.

과거엔 꿈이란 것이 '팔자 좋은 사람'들의 이야기처럼 느껴졌지만, 이젠 그 꿈이 오히려 이 고단한 현실을 버티게 만드는 힘이라는 걸 안다. 누군가에는 꿈이 특권이 아니라, 생존의 방식이기도 하니까.

빠르게 자신만의 길을 시작한 사람들을 부러워하던 때도 있었다. '나는 너무 늦은 건 아닐까, 이미 기회를 놓쳐버린 건 아닐까.'

하지만 생각해 보면, 늦게 시작한 사람에게는 또 다른 강점이 있다. 살아낸 시간만큼의 절실함, 다른 삶을 겪어본 사람만이 갖는 진짜 집중력. 그것들이 때론 더 단단한 연료가 되기도 한다. 결국 중요한 건, 얼마나 빨리 시작했느냐보다 지금의 나를 얼마나 정확히 알고 있느냐는 것이다. 기대 없이 흘려 적었던 그간의 기록들은 그걸 알려주었다. 생각을 붙잡고, 감정을 들여다 보게 만들었다. 무심히 적었던 문장들 위에 내가 쌓이게 되었다.

그래서 오늘도 퇴근 후에 조용히 나만의 시간을 꺼낸다. 하루를 마무리하기 전, 또 하나의 나를 그리기 위한 선을 조용히 그어본다. 버티며 쌓인 하루 위에, 나다운 흔적 하나를 덧칠하는 마음으로.

# 2장

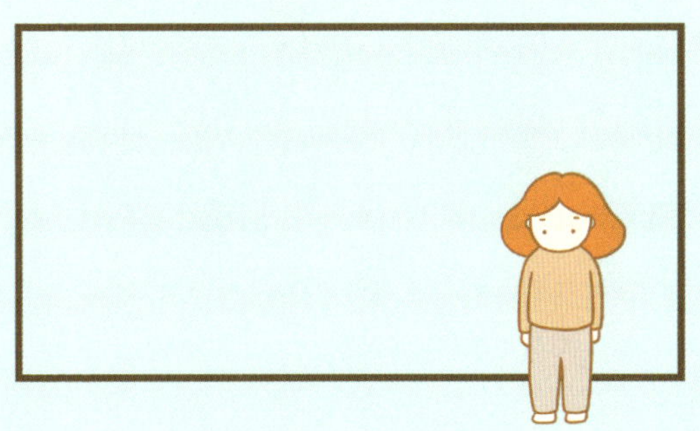

## 나를 위한 직장에
## 선을 긋다

# 1화  출근의 품격

출근길은 분주하다.

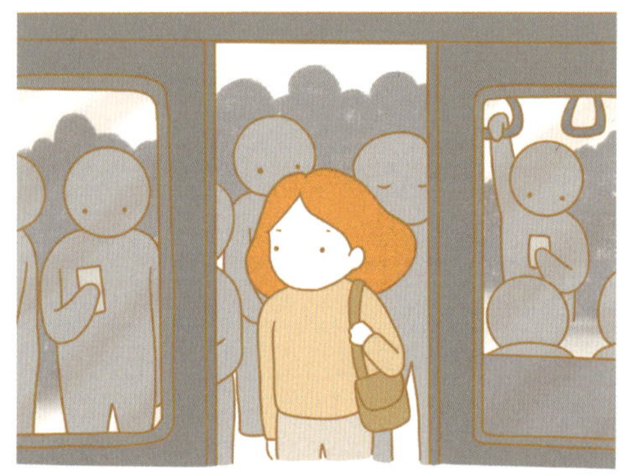

지하철 문이 열리면 조용히 서로의 틈을 읽는다.



정신없는 틈에도 서로의 피곤함을 존중하는

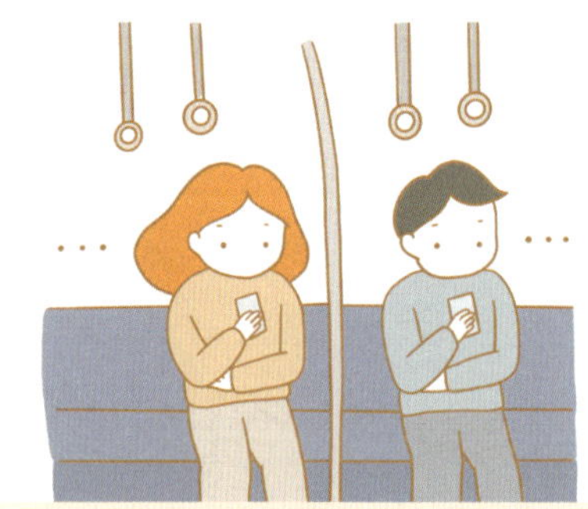

침묵의 연대감이 느껴진다.

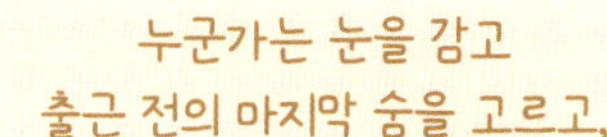


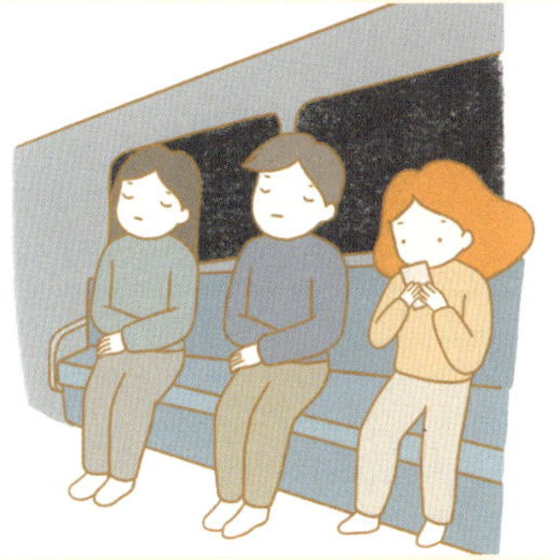

누군가는 휴대폰 속 다른 세상으로
잠시 도망친다.



웃음기 사라진 미묘한 표정, 고된 어깨,

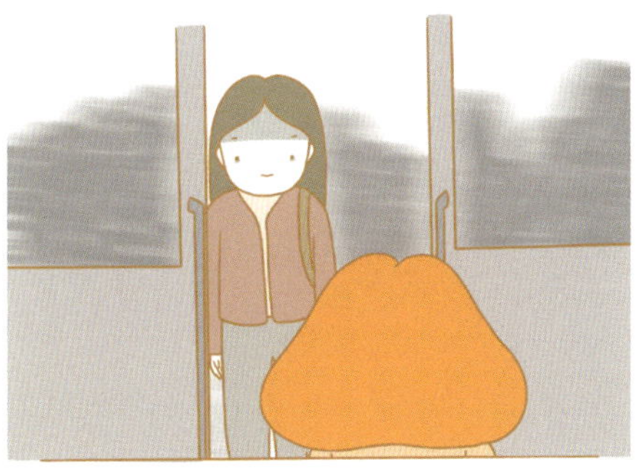

번아웃 직전의 그림자 속에서도

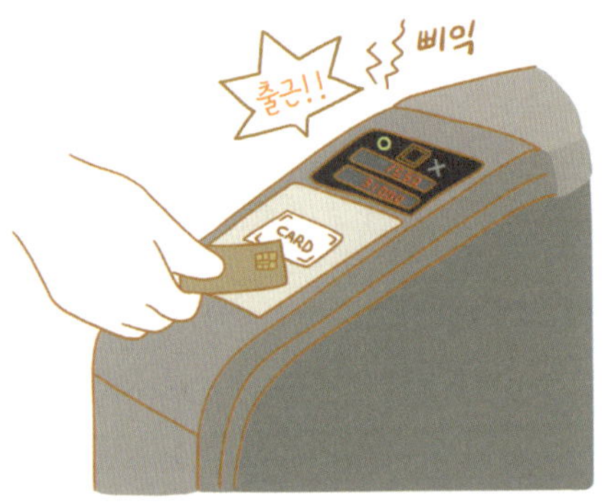






그들은 직장인이라는 미명 아래

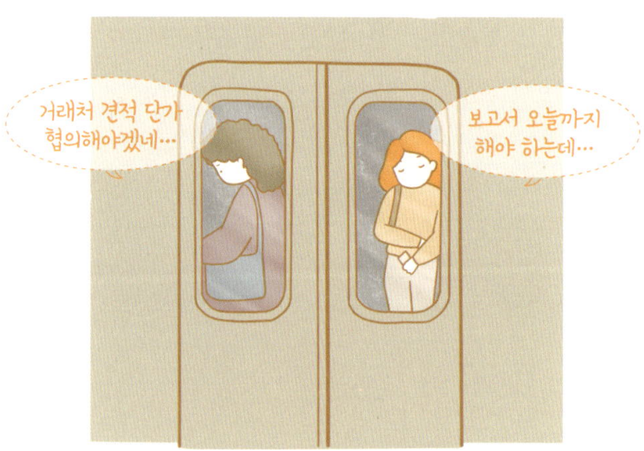


자신을 설득하고, 자신을 감당해야 하는 사명을
남몰래 감추고 있다.

그 사명을 다하려고 오늘도 부지런함을 끌어모아


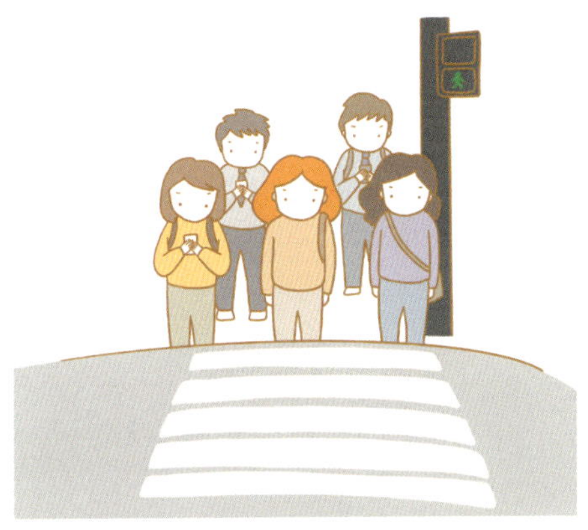


조용히 이 거대한 세계에 발을 맞춰본다.





직장인의 부지런함은
어쩌면 성실함의 미덕이 아니라,


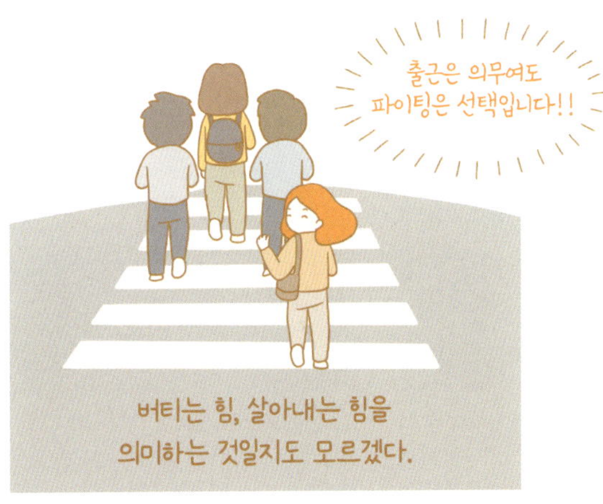

출근은 의무여도
파이팅은 선택입니다!!



버티는 힘, 살아내는 힘을
의미하는 것일지도 모르겠다.

# 내리막 시대에서

더 이상 직업이 나를 오롯이 설명할 수 없는 시대.

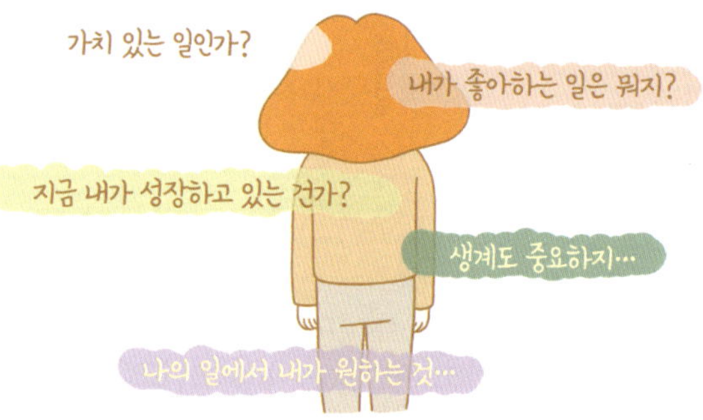




어떤 일이 나의 존재를
제대로 설명해 줄 수 있는지.

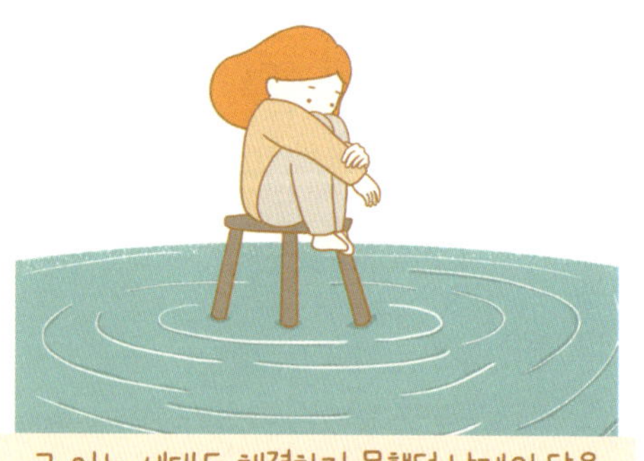

그 어느 세대도 해결하지 못했던 난제의 답을
찾기 위해 우리는 끊임없이 표류하고 있다.

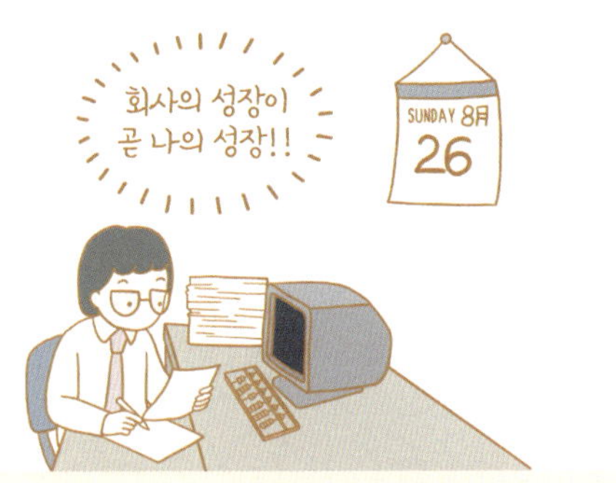






일이란 건 노동에 불과했지만,
고정된 나의 자리가 있었고,

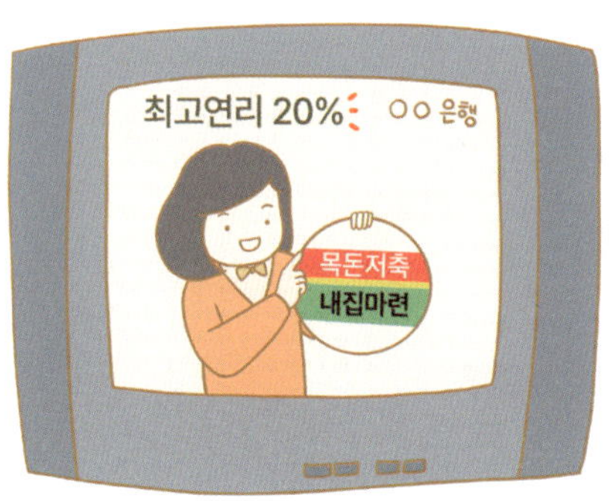


착실한 월급쟁이는 확실한 미래를 보장받았다.

그러나 더 이상 그런 시대는 존재하지 않는다.
현실은 더 어려워졌고, 욕망은 복잡해졌다.

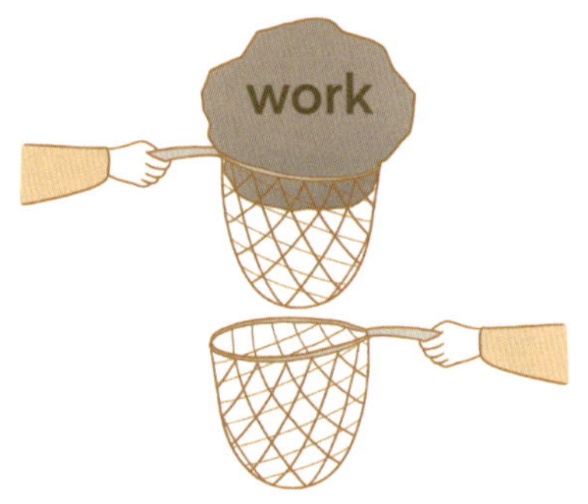


점점 더해가는 불균형 속에서
일과 나의 관계에 대한 고민은 계속되고 있다.



지금 이 순간 해내고 있는 일 안에서부터
고민에 대한 힌트를 찾아보는 건 어떨까.

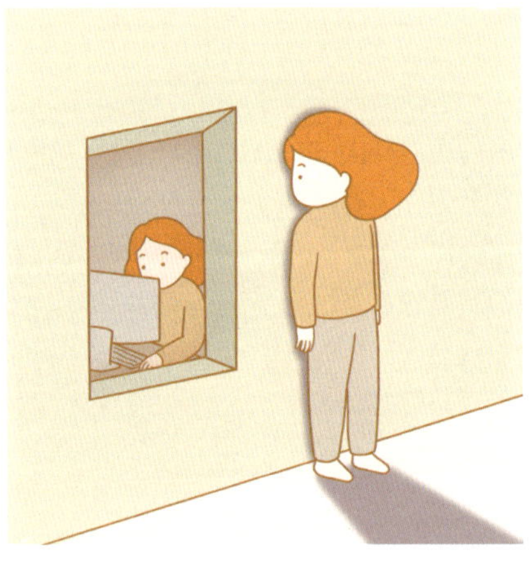

'주어진 일'도 '나를 위한 일'이 될 수 있도록.

정해진 역할 안에서도 온전히 나만을 위한
동력을 찾아보는 것이다.

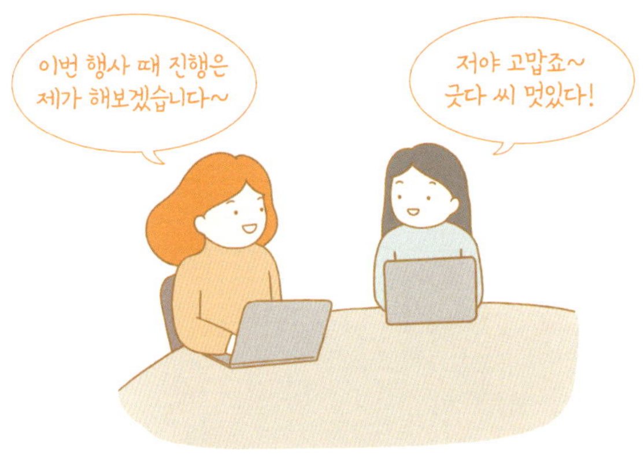




각박한 세상살이 속에서도 조금씩
나만의 틈을 만들어보는 것부터 시작해 보자.

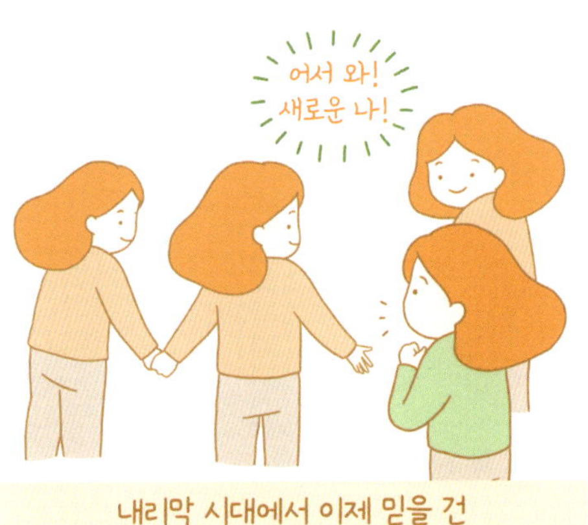


내리막 시대에서 이제 믿을 건
나밖에 없기 때문이다.

'남들처럼'의 이유가 아닌
'나름대로'의 이유가
새로운 시대에서 살아남는
유일한 방법이 되어줄 것이다.

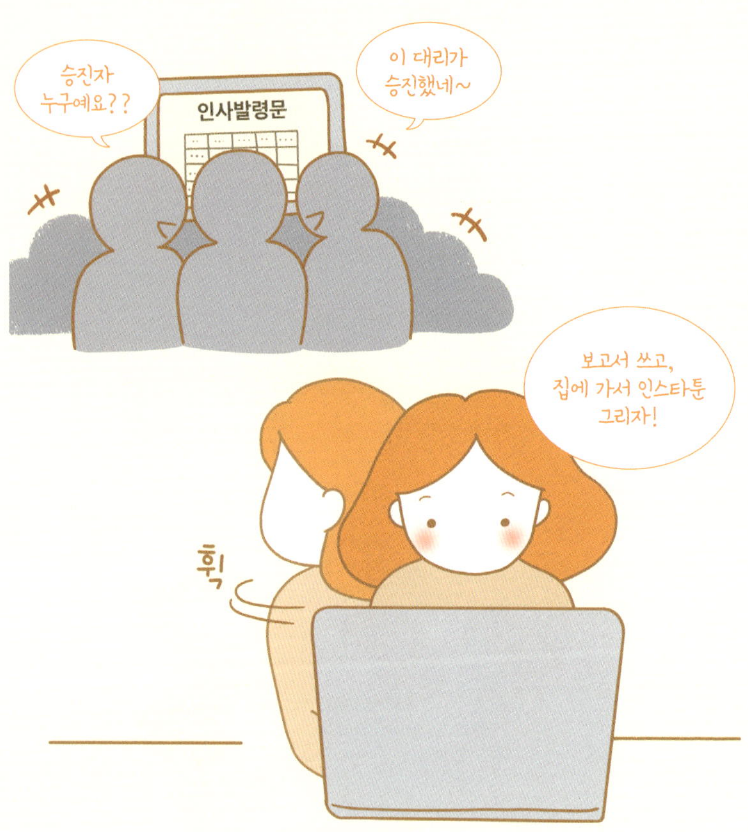

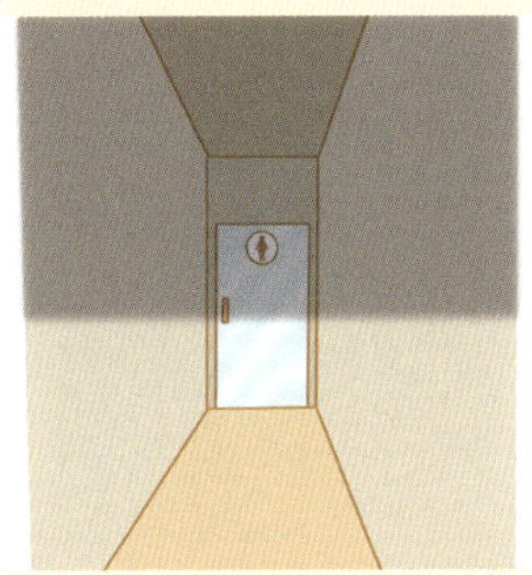





오늘도 본능에 이끌려 걸어가고 있는데,

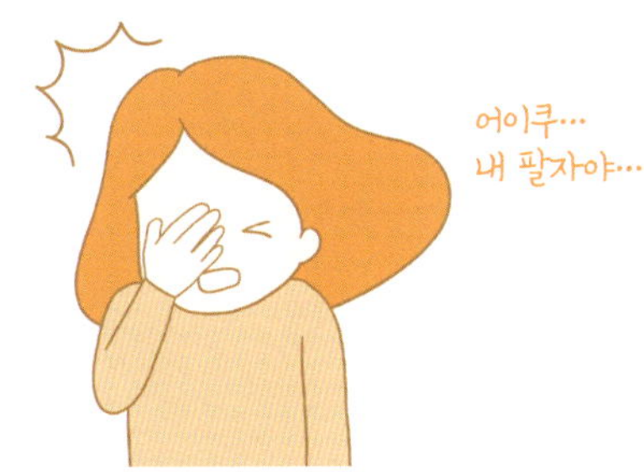



복도 건너편 낯익은 얼굴이 보이는 순간
모든 세상에 서운해진다.

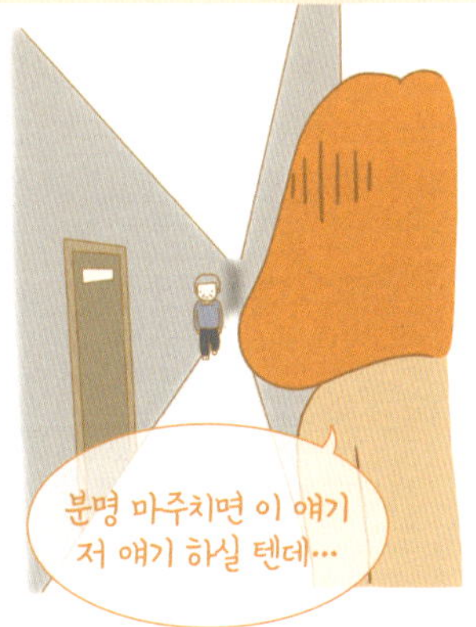




경솔했던 나의 본능을 잠시 반성하고,

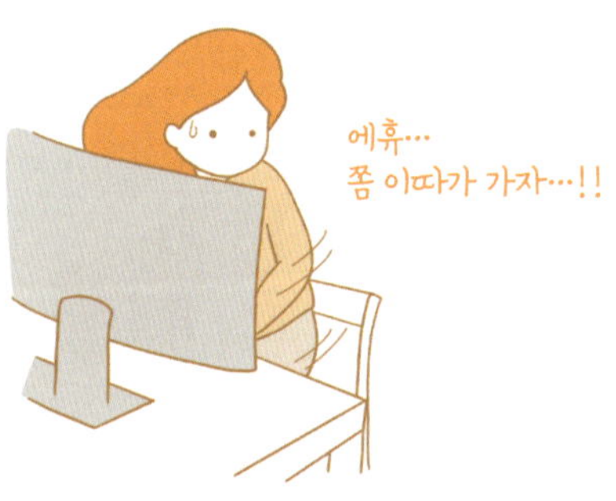


후다닥 자리로 돌아와 5분 뒤를 도모해 본다.

가끔은 난이도 최상의 인물까지는 아니지만,

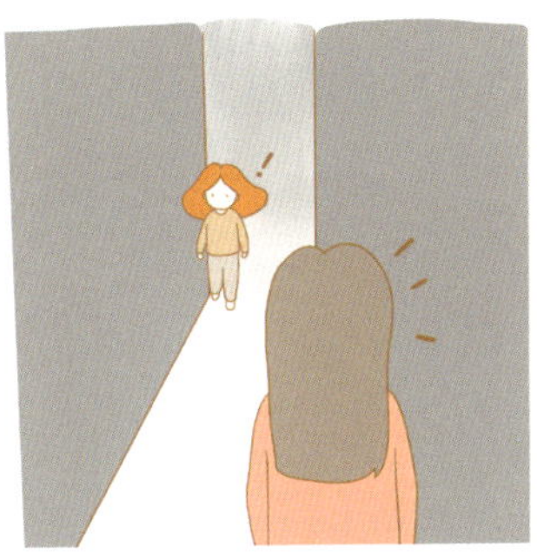

이 복도에서 마주치고 싶지 않은 인간들이 있다.



이럴 때는 준비하고 있었던 휴대폰을
살며시 꺼내 든다.

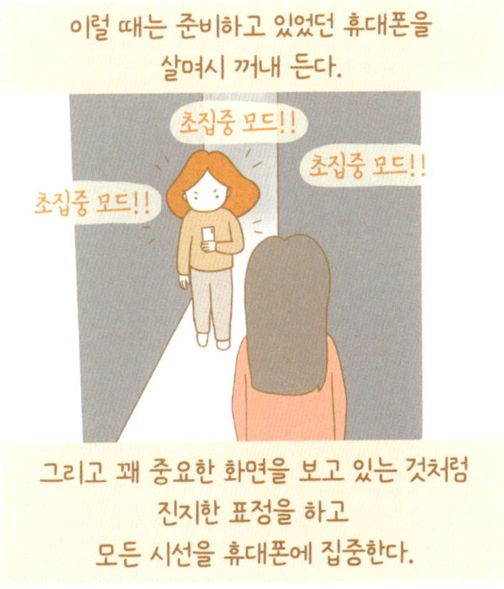


그리고 꽤 중요한 화면을 보고 있는 것처럼
진지한 표정을 하고
모든 시선을 휴대폰에 집중한다.

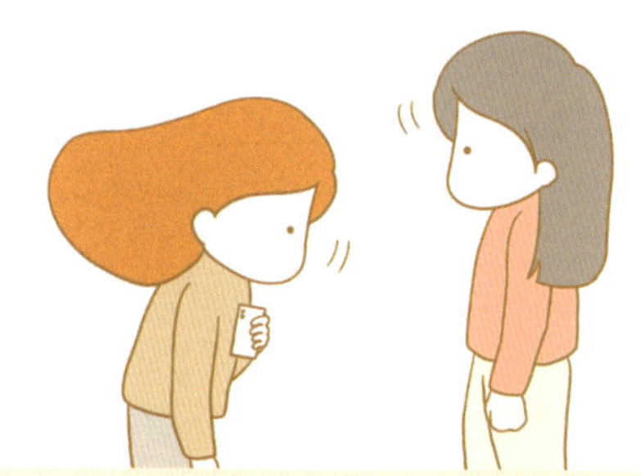





혼자만의 고단한 심리전이 끝나고

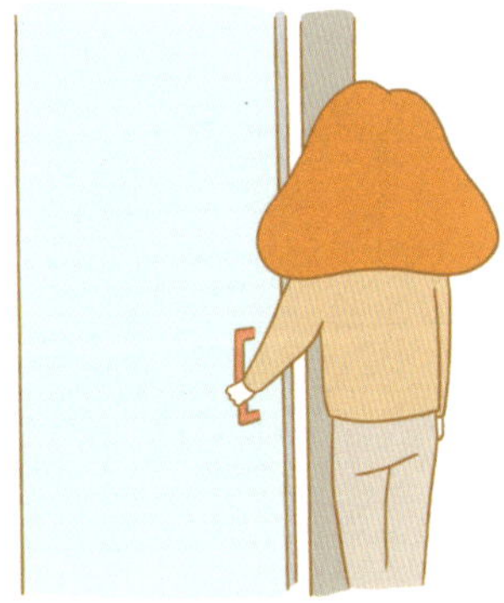

드디어 고지에 도착하고 나면…

속으로 숨을 고르며, 조용히 바라본다.

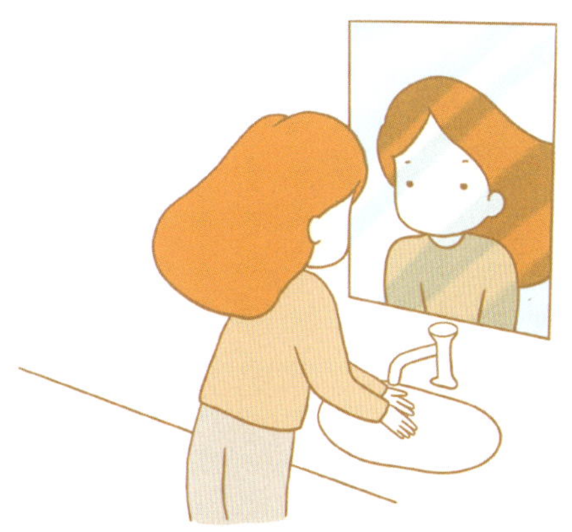

다음엔 굳이 마주치지 말자.

직장인의 보폭은 속도가 아닌
"거리두기의 기술"로 완성된다.

거리두기의 숨 막히는 신경전은 직장인의 숙명이다.

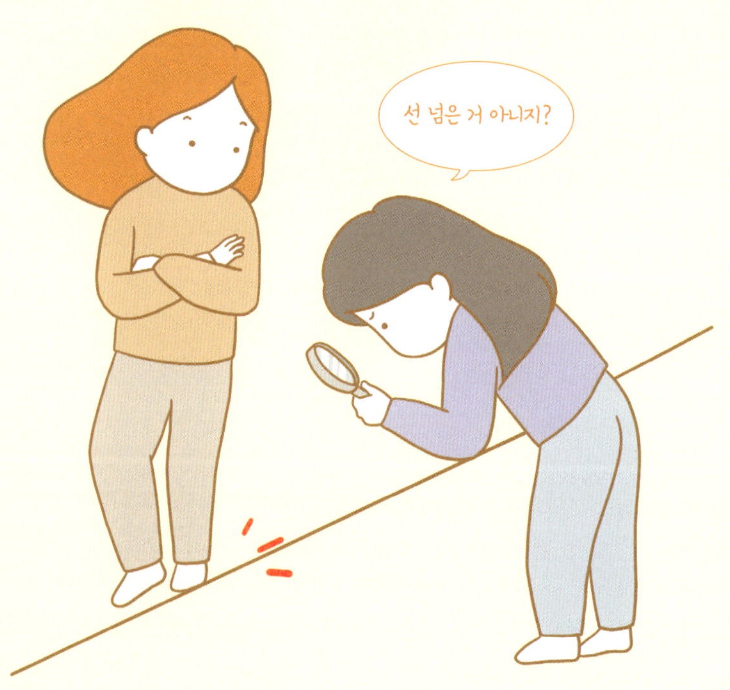

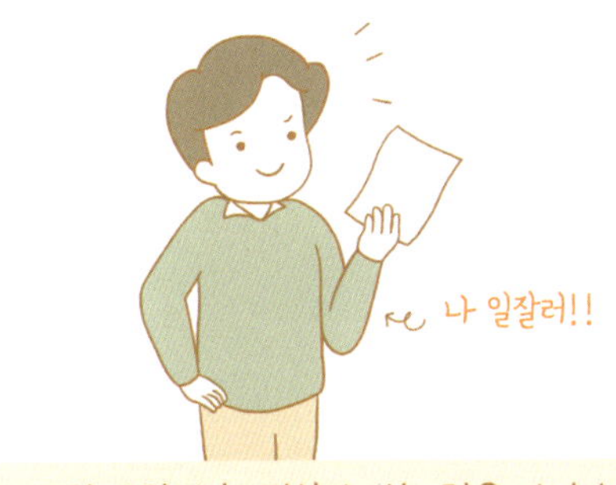




그날 내가 제출한 자료의 통계가 잘못됐다는
일잘러의 목소리는

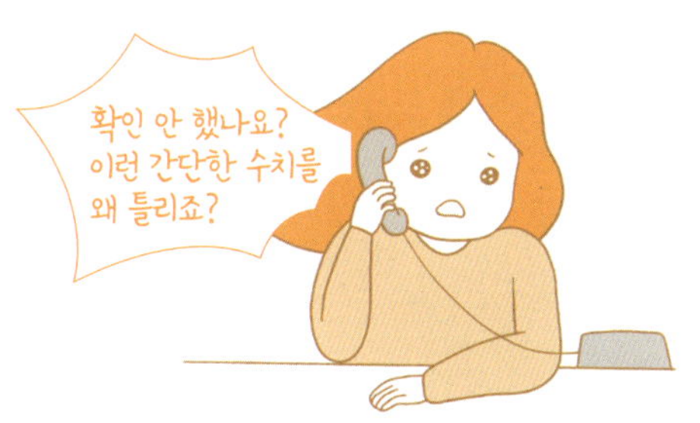


단호했고, 빠르며, 확신에 차 있었다.

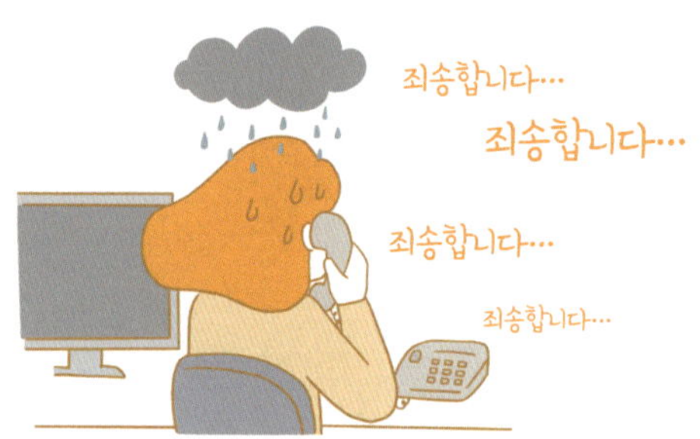


그의 날카로운 목소리에 눌렸는지,
그가 등에 업은 무언의 기세에 눌렸는지 모르겠지만

나는 확인조차 하지 않은 채
'죄송합니다'를 반복했다.



그 순간 '실수'라는 단어에 더 가까운 사람은

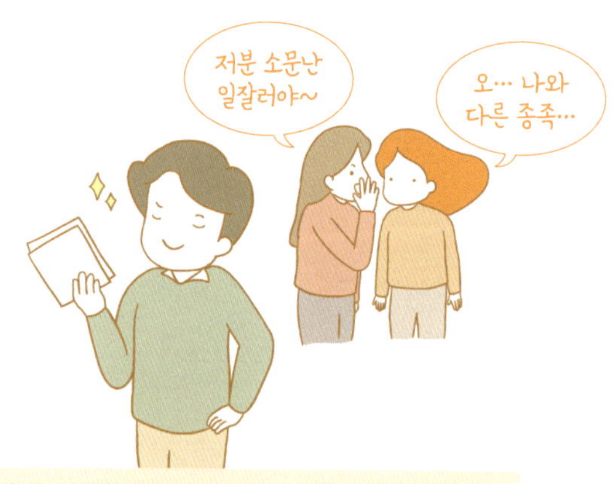


당연히 일잘러가 아닌 나라고 생각했기 때문이다.

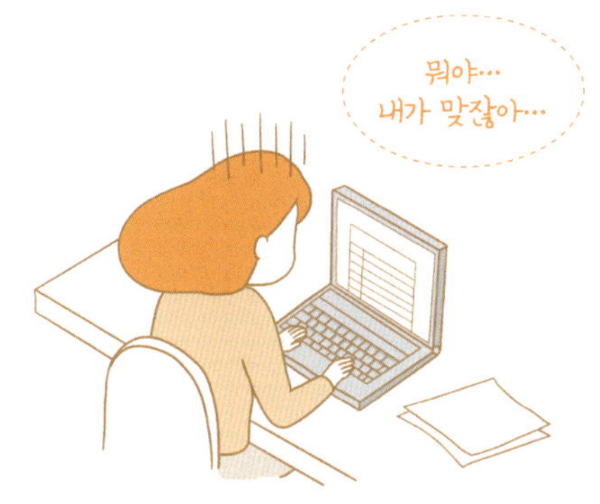






그럼에도 왜 나는 그토록 쉽게
나 자신을 의심했을까.

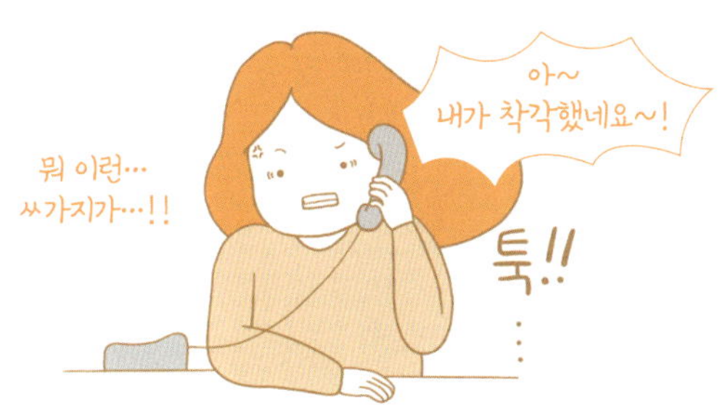


그리고 왜 다른 사람의 판단을
나보다 우위에 두려고 했을까.

확신은 오만처럼 보일까 봐 조심하게 되고,

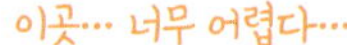


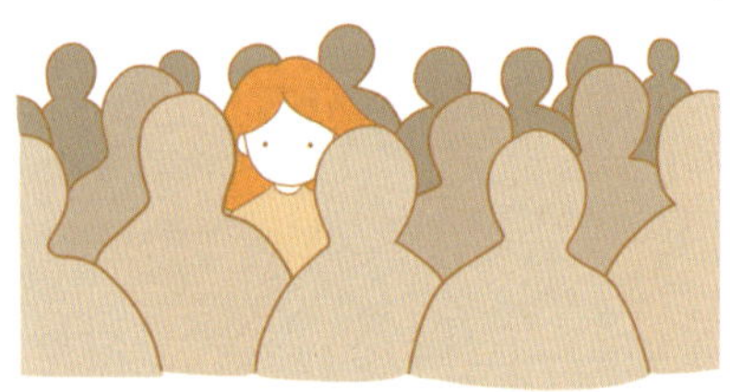

방어는 예민하게 비칠까 봐 늘 망설여진다.



그러나 자기 확신은
타인을 이기려는 태도가 결코 아니다.

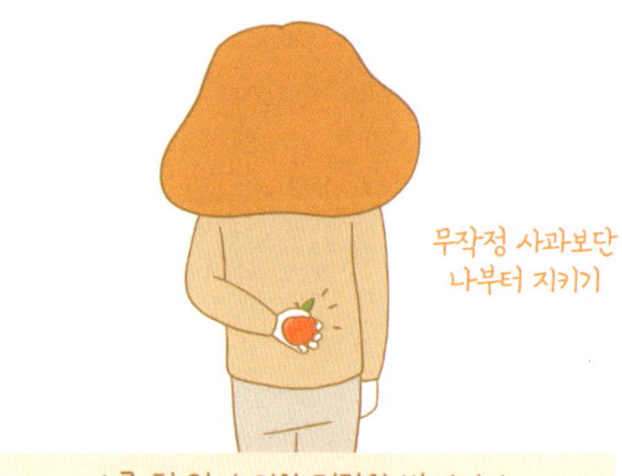


나를 덜 잃기 위한 건강한 방어이다.

정글 같은 이곳에서 생존하려면
겸손과 성실함만으로는 나를 지킬 수 없다.

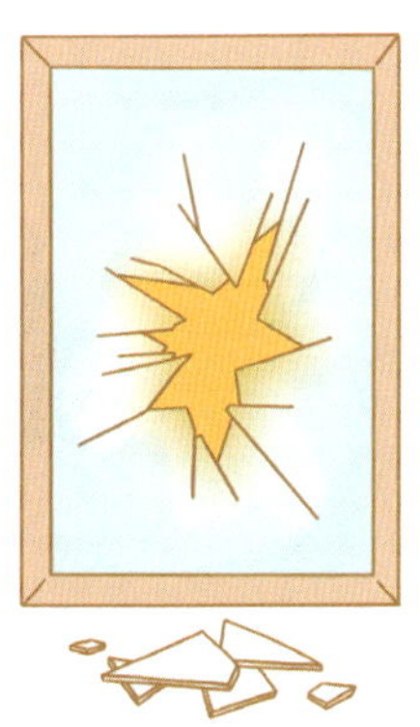



결국 붙잡아야 하는 건 누가 뭐라 해도
나는 나를 먼저 믿는다는 태도이다.

일잘러에게서 뿜어나오는 후광.

다른 사람도 아닌 나 자신을
스스로 낮추면서 만들어낸 착시 효과는 아닐까.

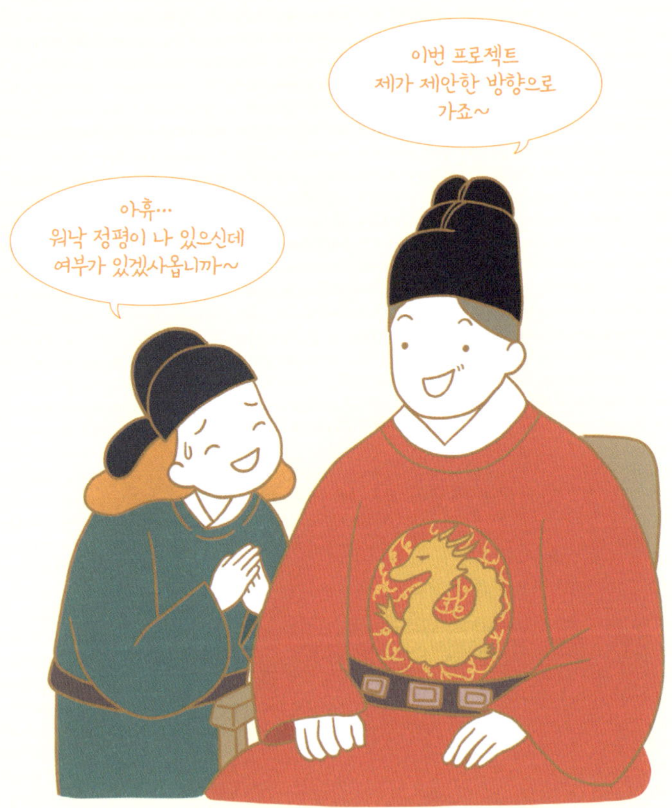

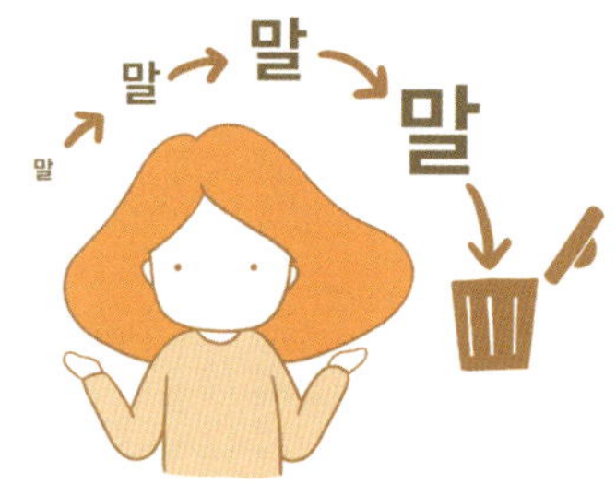




남 얘기는 재밌다. 정확히는 남들의 삶을
관찰하고 평가하는 게 꽤 중독적이다.

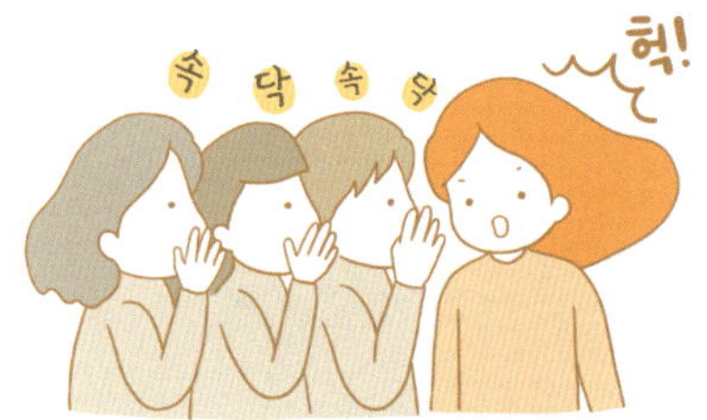


누군가를 소재로 삼아 시간을 때우다 보면
오늘의 직장생활도 어영부영 마무리가 된다.

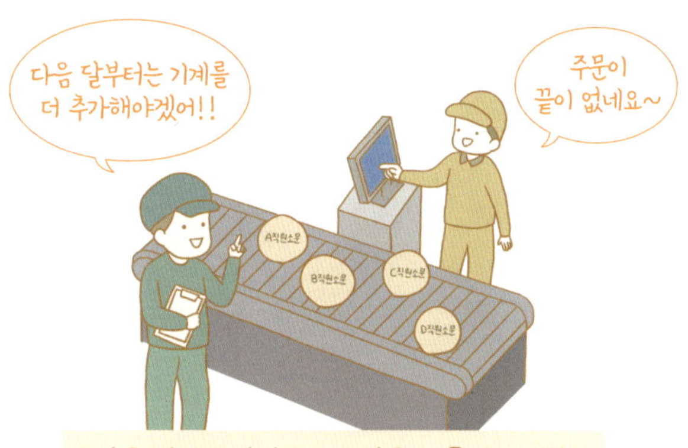







예전에 한 선배가 내게 이런 말을 한 적이 있다.

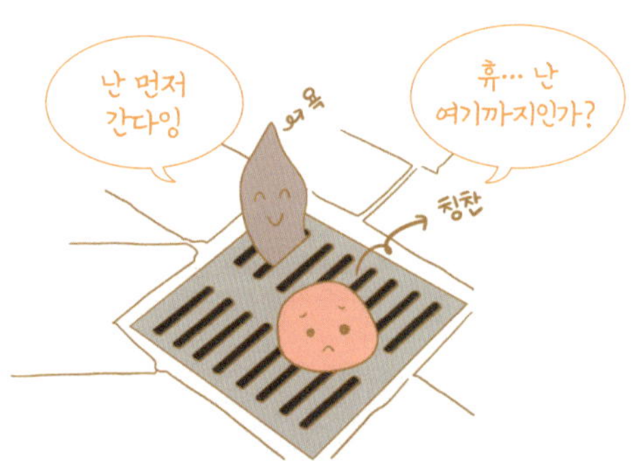



욕은 쉬지도 않고 계속 전달되었는데,
칭찬은 얼마 가지 못하고 중간에서 막혀버린다고.

조금 더 앞서가기 위해
남에 대한 칭찬을 굳이 아껴가며

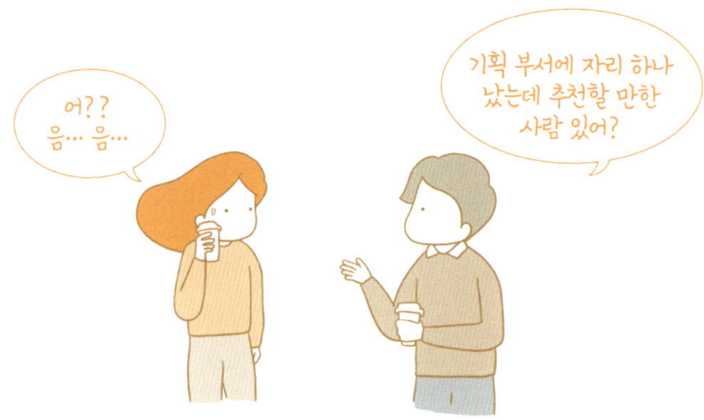


치사하게 살 필요가 있을까?



쓸모없는 소음에 동조하기 위해

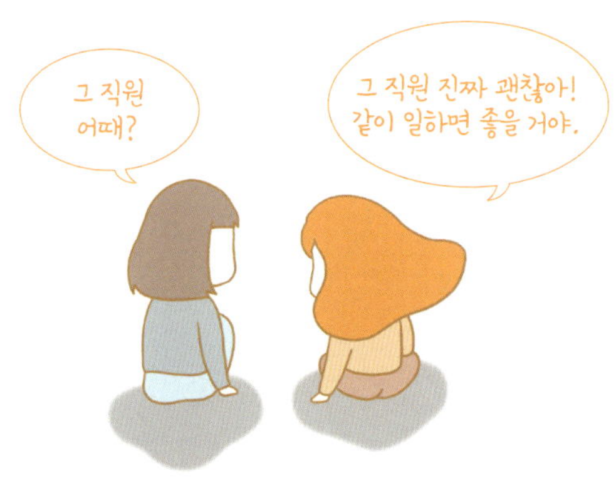


불필요한 가해자로 살아가지는 말자.

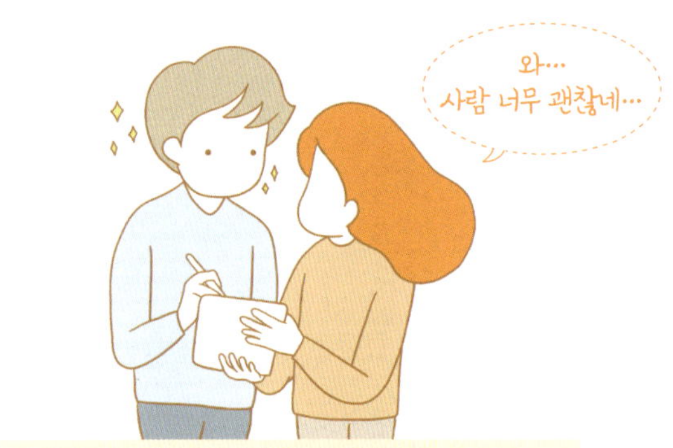






그러니 내 입은 항상 깨끗하게만 쓸 것.

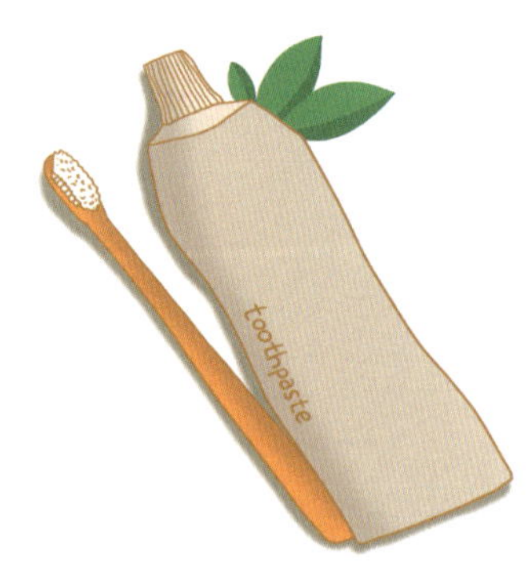

누군가의 사소한 행동 하나에

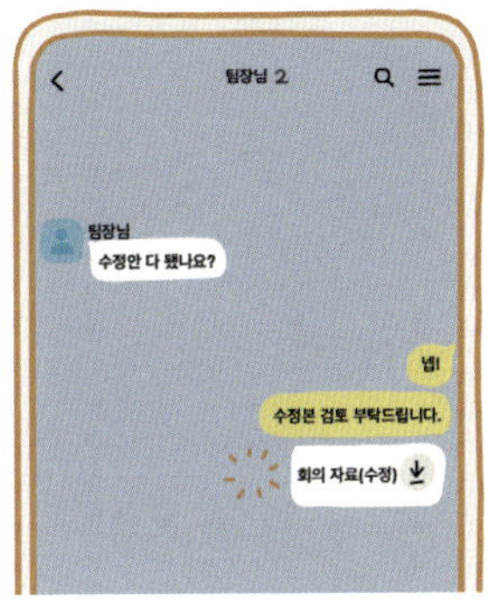


하루가 휘청거릴 때가 있다.

상대방의 원인 모를 불편한 행동을



무심히 받아들이기란 참 어려운 일이다.

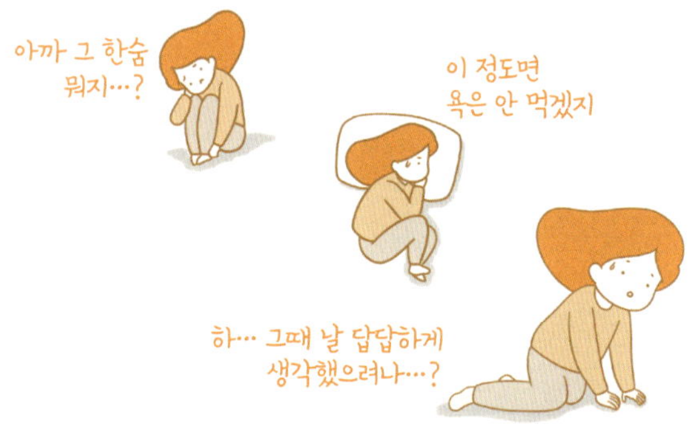






그래서 어느 날엔 칭찬 한 줄에
괜히 어깨가 으쓱해지고,

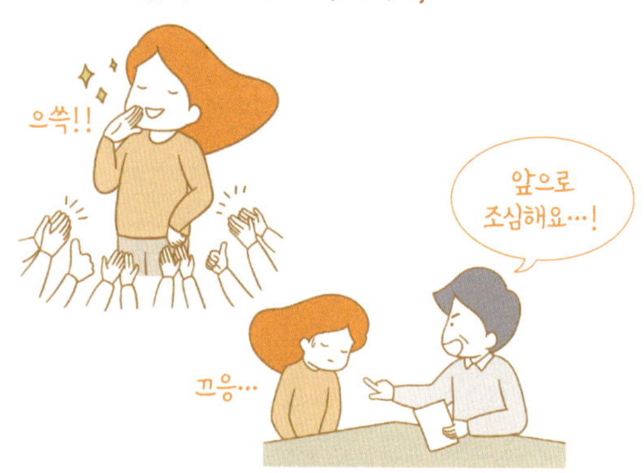


어느날엔 서러운 기분에
마음이 축 가라앉기도 한다.

변화무쌍한 감정의 끝에 늘 존재하는 불안은

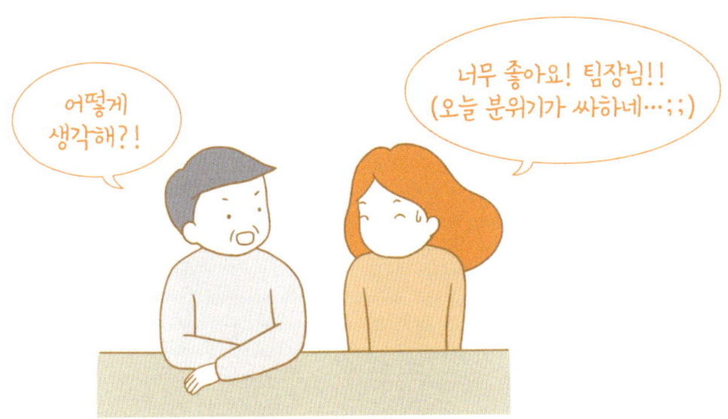


어느 순간부터 나의 말투를 바꾸고
모든 행동에 조심성을 새겨넣게 하였다.



그런데 우리가 그렇게 열심히 맞추려고
애쓴 대부분이

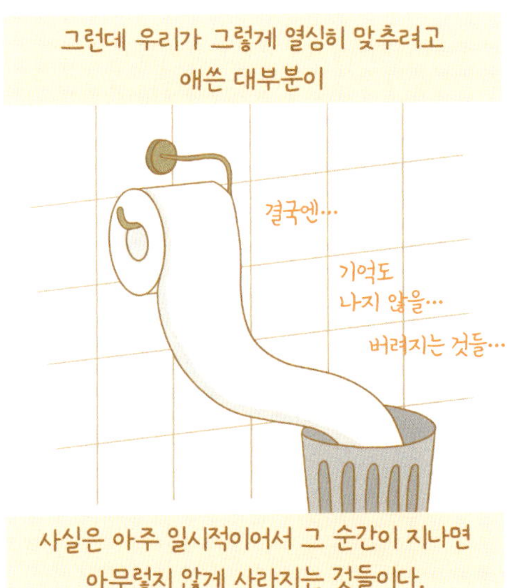


사실은 아주 일시적이어서 그 순간이 지나면
아무렇지 않게 사라지는 것들이다.

그러니 조금씩 덜어내 보자.
모두에게 인정받으려는 가냘픈 마음을.

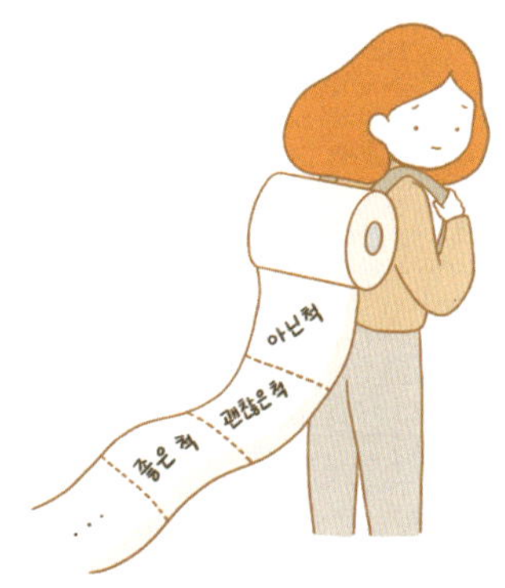


모두의 시선을 맞추려고 애썼던 노력을.



남의 마음 아래 스스로를 버려두고
남의 기준으로 나를 줄 세우지 말자.

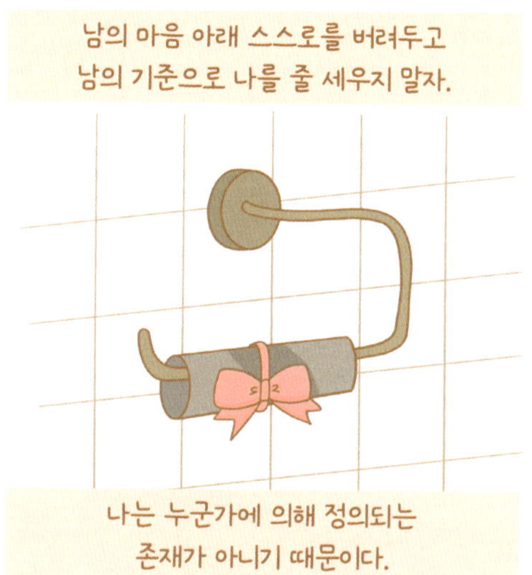

나는 누군가에 의해 정의되는
존재가 아니기 때문이다.

내가 어찌할 수 없는 것들에
무한히 애쓰기보다,
이 순간을 여전히 살아내고 있는 나에게
조금 더 다정해지기로.

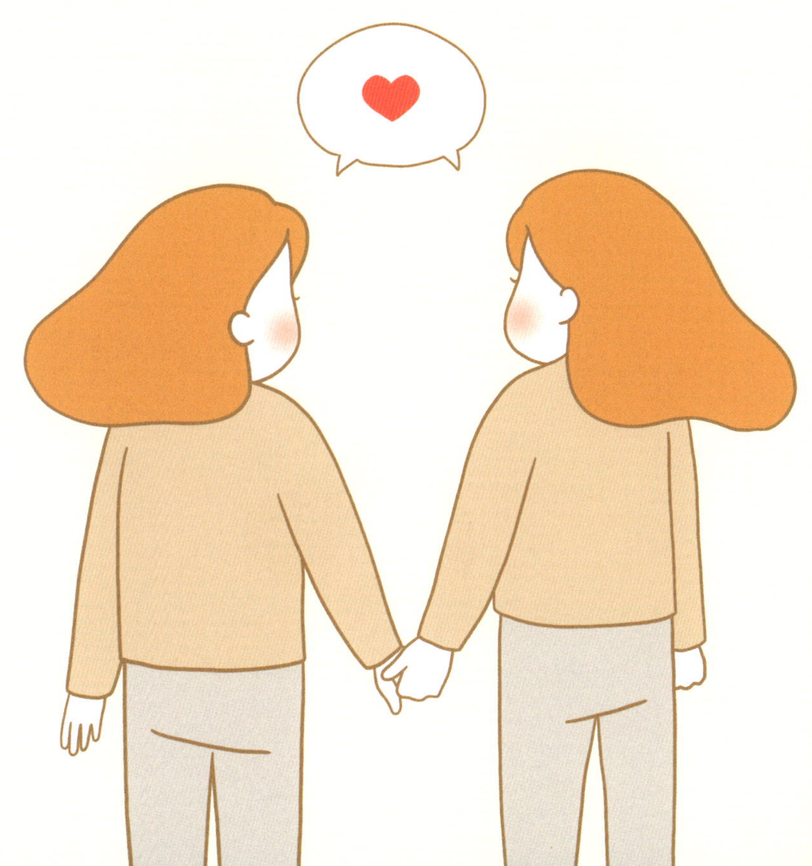

<table><tr><td>7화</td></tr></table>

# 두려운 일이 있다면

전화 벨소리만 들어도 심장이 두근거렸다.

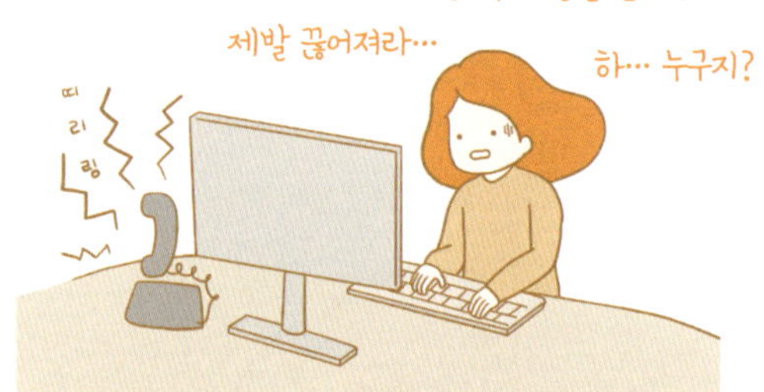


전화가 울리는 순간, 머릿속은 새하얘졌고,
수화기를 귀에 대는 찰나에 온몸은 굳어지곤 했다.

어떤 질문이 나올지,
똑부러지게 답을 제대로 할 수 있을지,

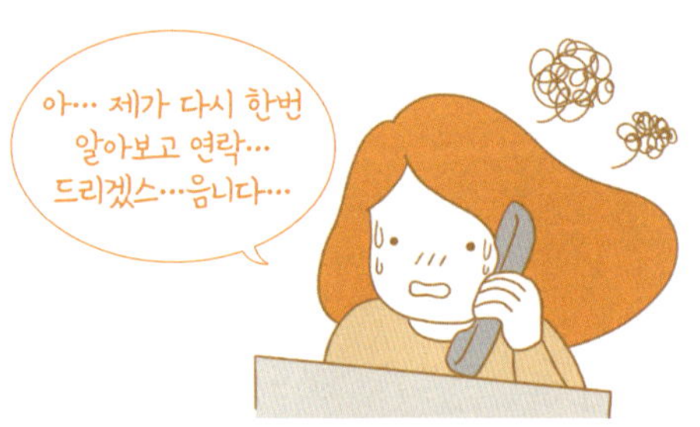


목소리 하나로 나의 존재를 증명해야 하는
시간들이 버거웠다.

그러던 어느 날, 전화 받는 일이 주 업무인
새로운 자리로 발령이 났다.

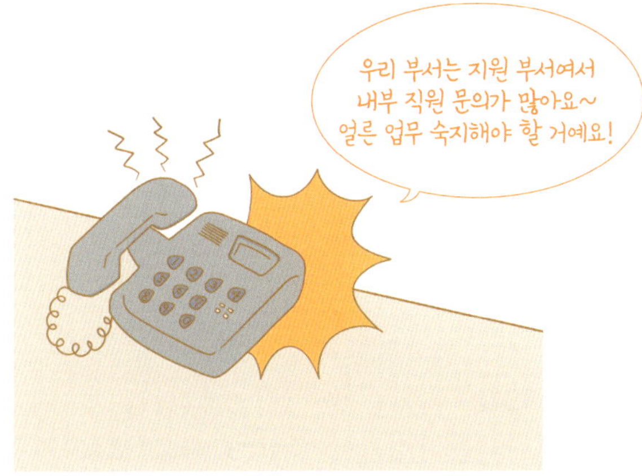




한동안 예상대로 지옥 같은 하루가 반복되었다.

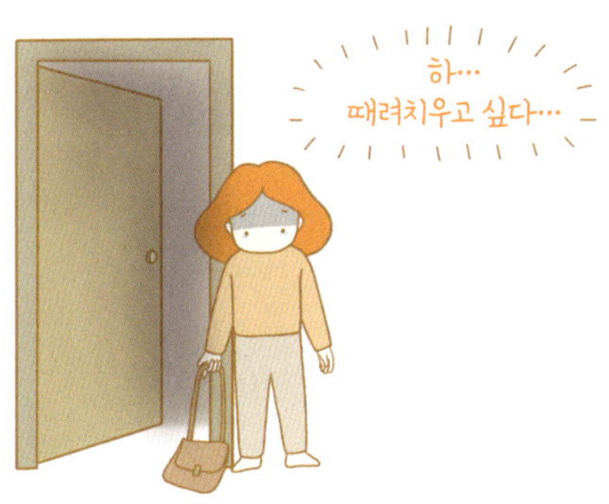


퇴근하고 집에 오면 퇴사 시뮬레이션을
돌리기 일쑤였다.

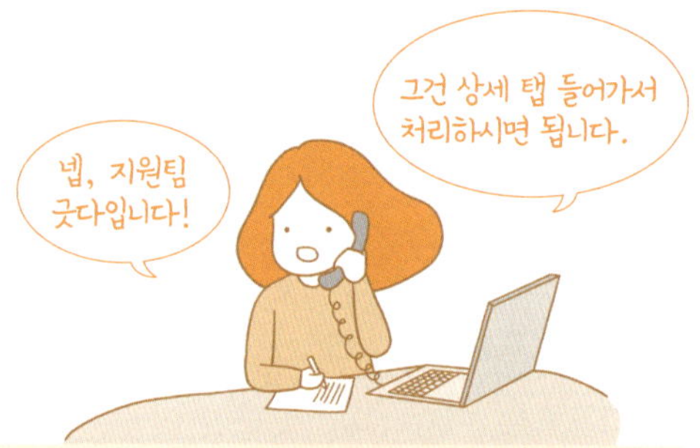




108

처음엔 저주 같았던 반복이
어느새 나만의 노하우가 되었고,

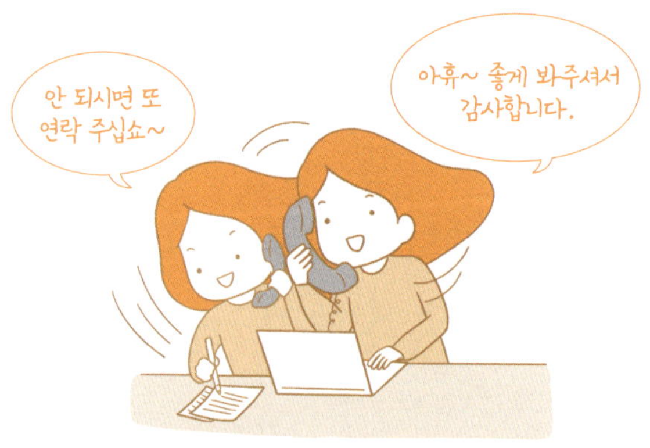


내 안에 단단한 마음 근육을 만들어주었다.

출근하는 순간 우리는
늘 두렵고 낯선 것들과 마주한다.

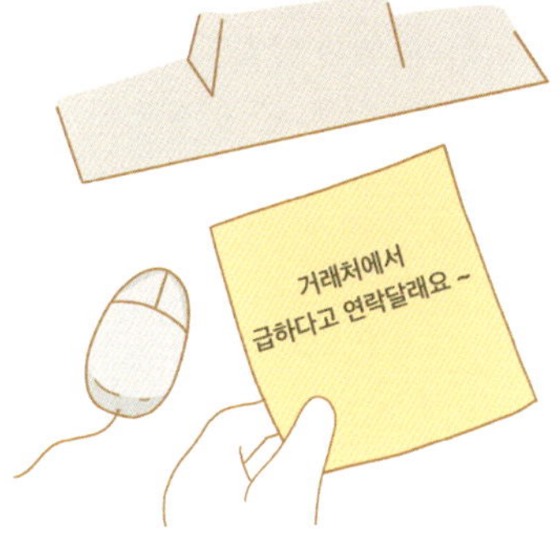


오늘은 또 어떤 문제가 나를 괴롭힐지
생각만 해도 참 난감하다.



하지만 그 덕분에 두려움과 나란히 걸어갈 수 있는
용기를 배우게 된 건지도 모르겠다.

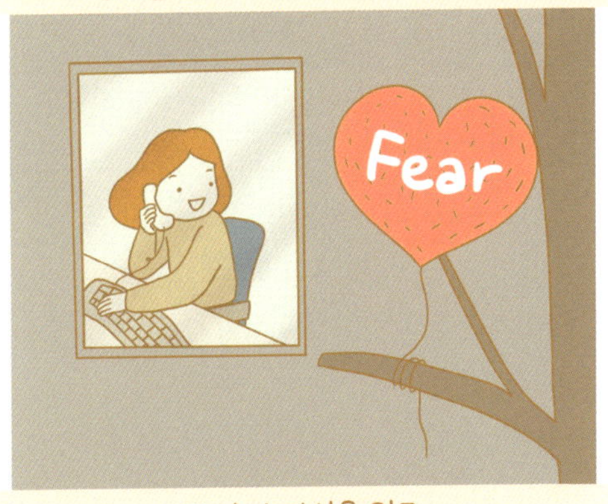


그저 나 자신을 믿고
'익숙해짐'을 시간에 허락해 보자.

업데이트는 늘 실행 중인 백그라운드에서
이루어진다는 사실을.

그러니 멈추지 말고 계속 시도해 볼 것.

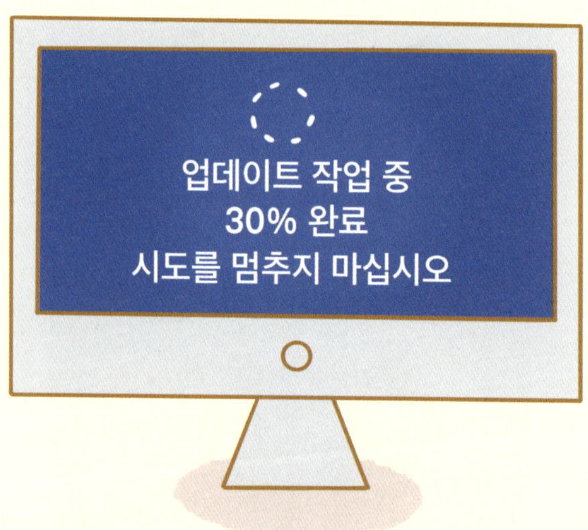

나는 끼인 세대다.

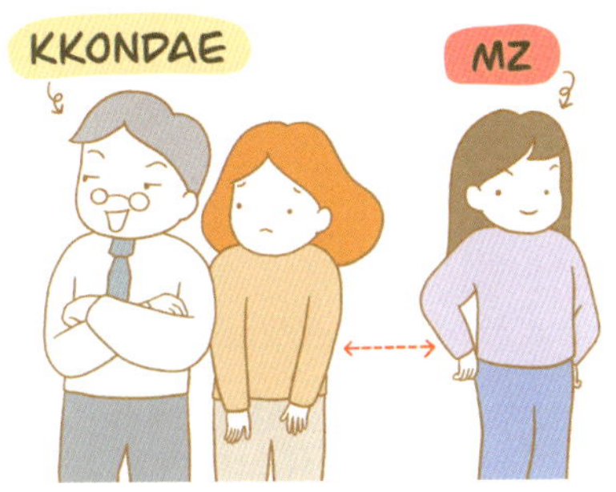


아니, 솔직히 말하면
슬며시 '꼰대' 쪽에 가까워지는 중이다.



소위 '요즘 애들'은 기세가 좋다.

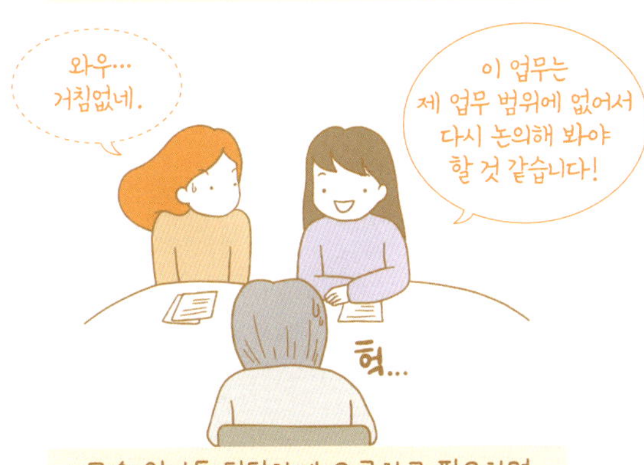


무슨 일이든 당당하게 요구하고 필요하면
직접 나서서 쟁취하기도 한다.

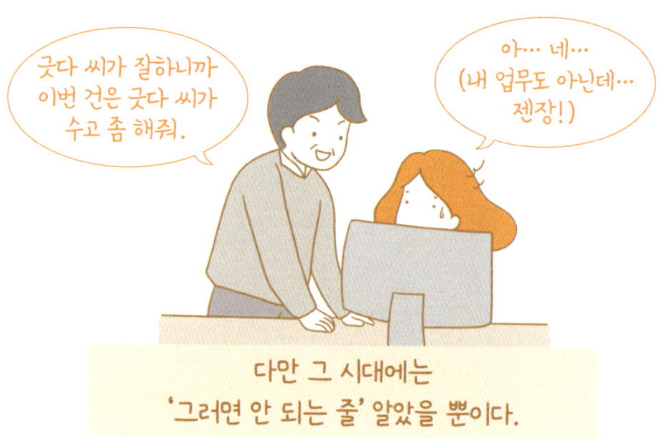




그래서 참았는데, 참다 보니
솔직하게 말할 기회를 계속 놓쳤고,

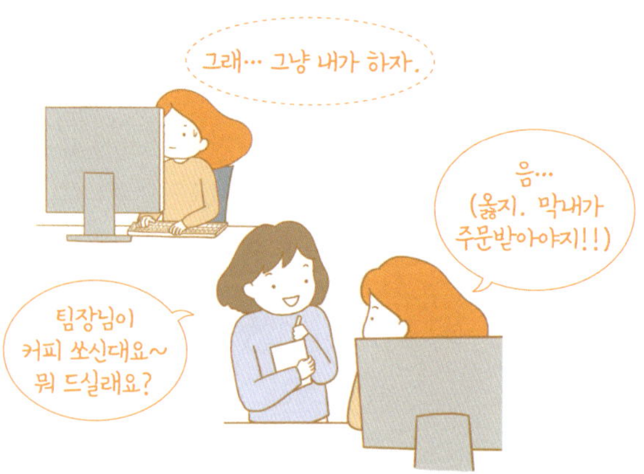


놓치다 보니 체념하게 되었고,
지금은 나도 모르게 '젊꼰'이 되어 있었다.

결국 MZ도 꼰대도
모두 한때는 '요즘 애들'이었다.

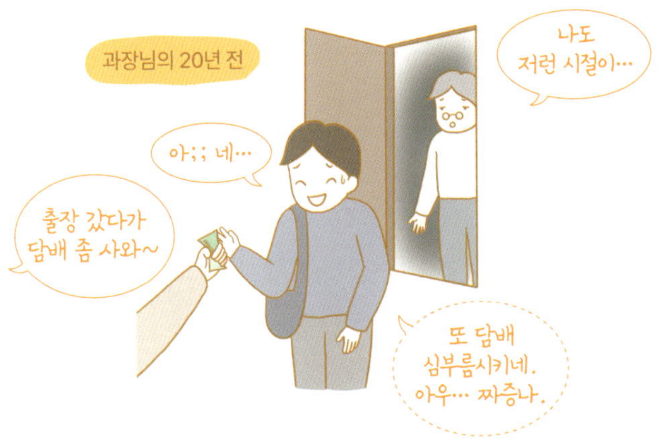




그럼에도 늘 이전 세대는 다음 세대를
불편하게 바라본다.

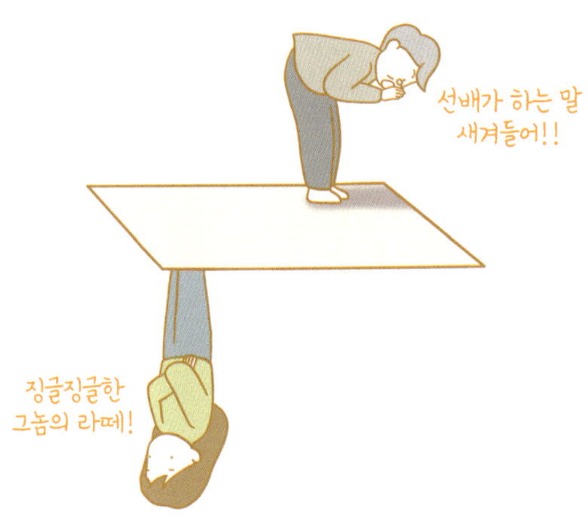

이제는 어쩔 수 없는 변화의 흐름 속에서
서로의 세대를 탓하기보다

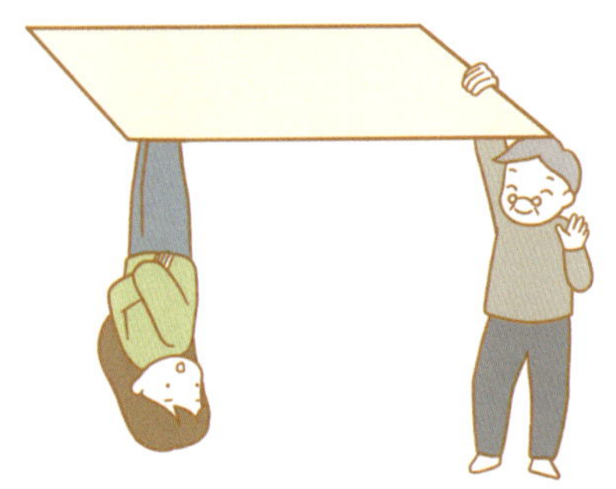

서로의 입장을 나눠보는 연습이
먼저일지도 모른다.



조금 더 앞에 들어온 사람과
조금 더 늦게 들어온 사람 모두

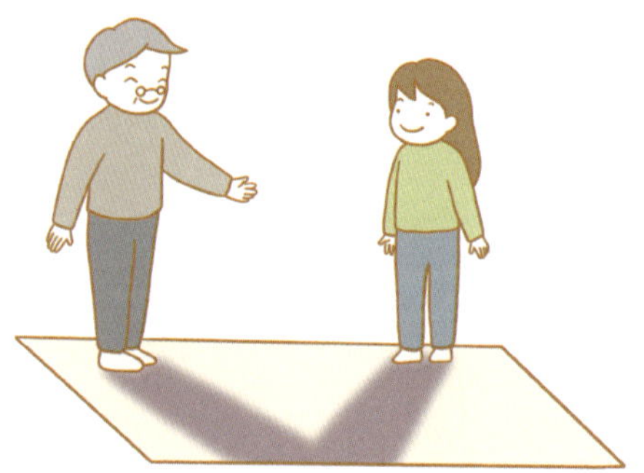

같은 방향으로 걸어가는 길 위에 서 있다는
공통점이 분명 존재하니까.

'세대'란 결국,
'삶'이라는 같은 고민을
서로 다른 방식으로 지치지 않으려고
애쓰는 사람들의
다른 이름일지도 모르겠다.

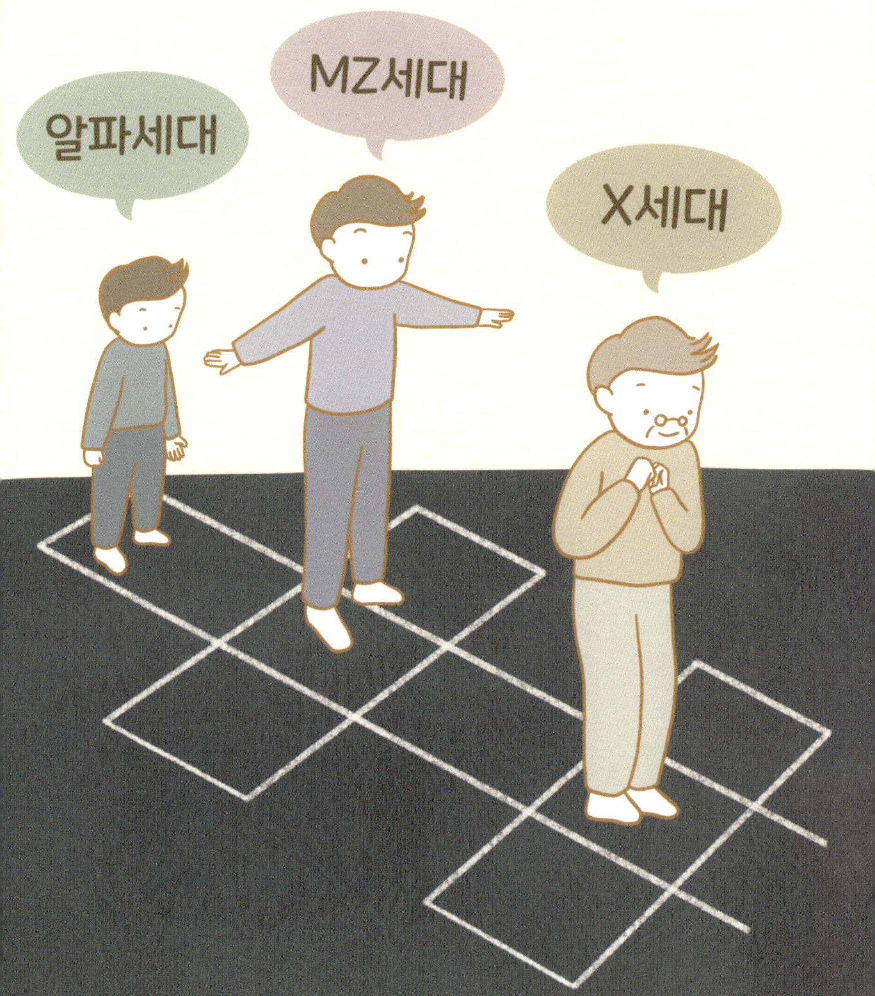

## 9화   열정 과몰입 주의

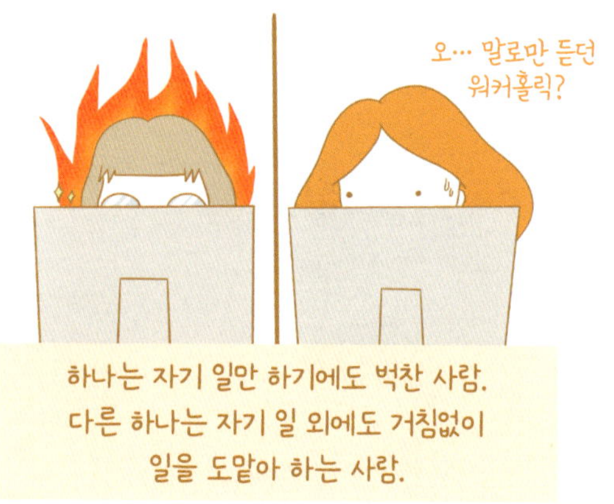
세상엔 두 부류의 회사원이 있다.
오… 말로만 듣던 워커홀릭?
하나는 자기 일만 하기에도 벅찬 사람.
다른 하나는 자기 일 외에도 거침없이
일을 도맡아 하는 사람.

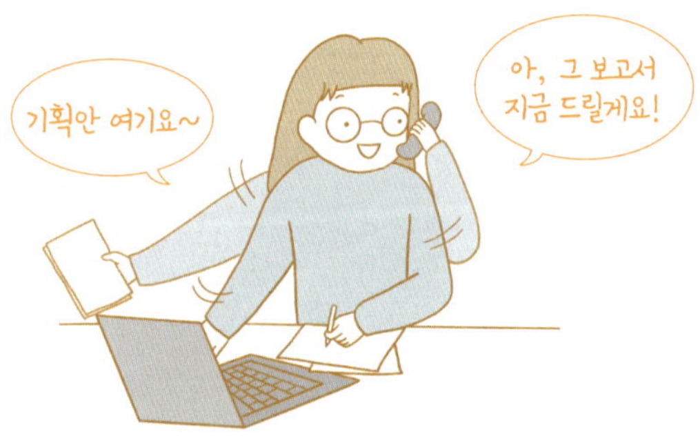
내 옆자리 직원은 후자였다.
기획안 여기요~
아, 그 보고서 지금 드릴게요!
늘 하나를 시키면 그 이상을 하고,
때로는 아무도 시키지 않은 일도 척척 해냈다.

그리고 나는 그 옆에서 눈 밑 다크서클을 그려가며,
겨우 버티고 있었다.

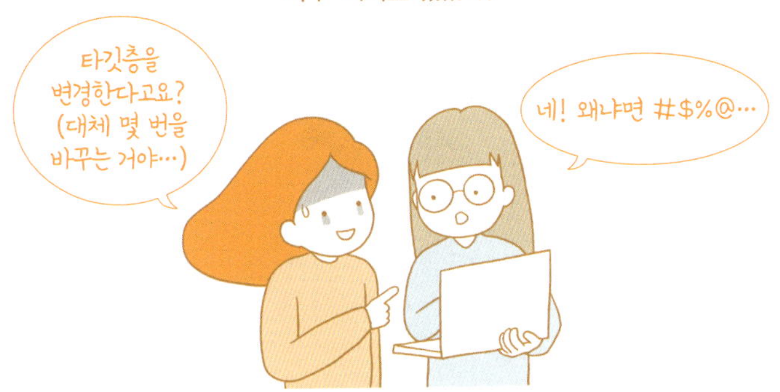


업무 경계가 모호한 팀 특성상 한 사람의
튀는 열정은 점점 부담스러워졌다.



역시 맡은 일의 100%를 해왔지만,

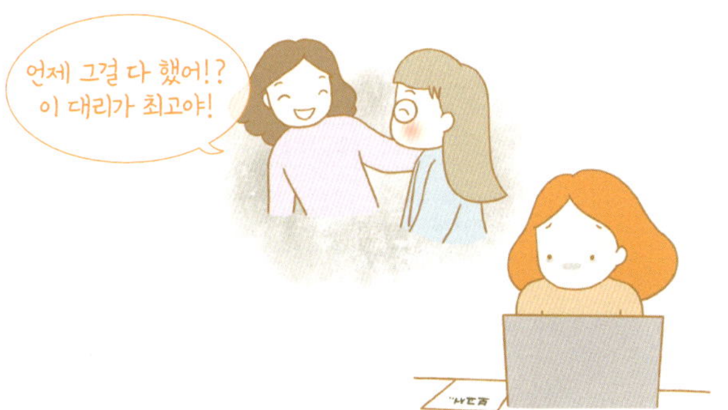


200%의 성과를 보여주는 직원 앞에서
나의 열정은 보잘것없어졌다.

본의 아니게 시작된 비교는 멈추기 힘들었고,

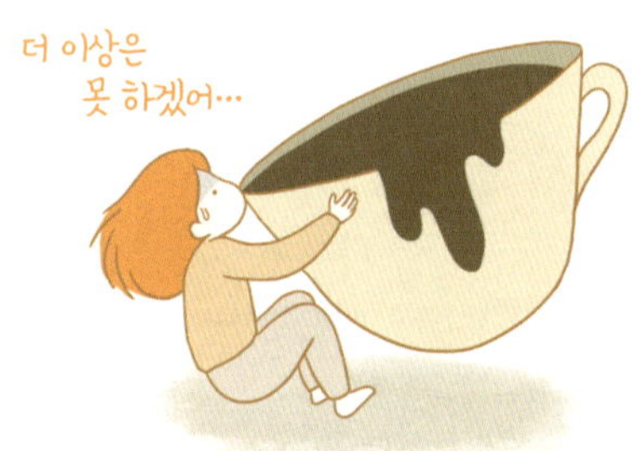


은연중에 스트레스는 점점 쌓여갔다.

그러나 한동안 이어졌던
복잡한 마음을 과감히 내려놓고,
나는 '최고'보단 '지속'을 택하기로 하였다.

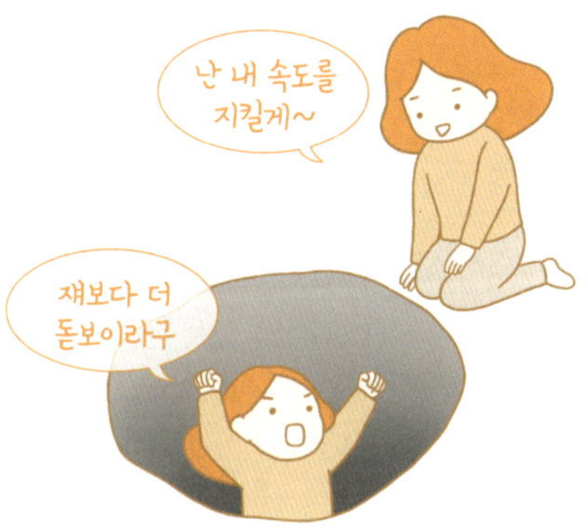


누군가의 속도에 휩쓸려
내 호흡을 잃고 싶지 않았기 때문이다.

타인의 성과와 인정에 흔들리지 않으려면
내가 수용할 수 있는 기준을 명확히 세워야 한다.

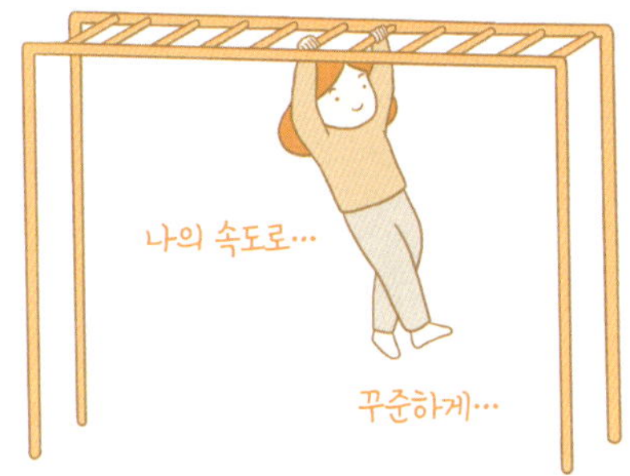


지속 가능한 속도로 꾸준히 걸어가는 것 또한
충분히 잘 해내고 있다는 증거다.



그러기에 이제는 누군가의 200% 앞에서도
진심을 다해 노력한 나의 100%를 부끄러워하지 않는다.

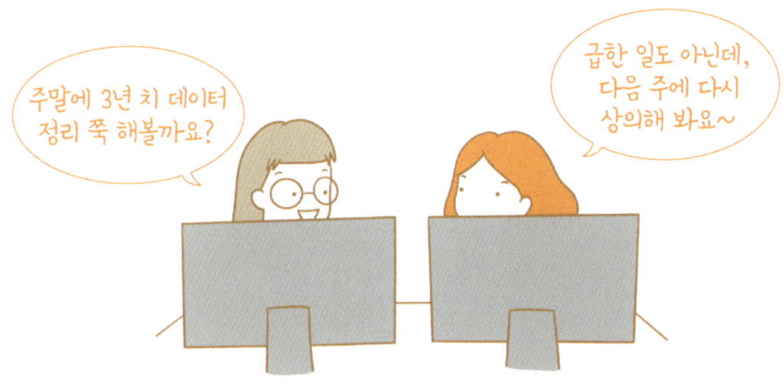


덜 무너지는 삶을 위해 오늘 하루도
나만의 속도 조절은 계속될 것이다.

회사에서 '열정'이란 놈은 무섭도록 전염력이 높다.
속수무책으로 전염되기 전에 그놈의 실체를
반드시 파악해야 한다.

너를 위한 열정인지,
나를 위한 열정인지.

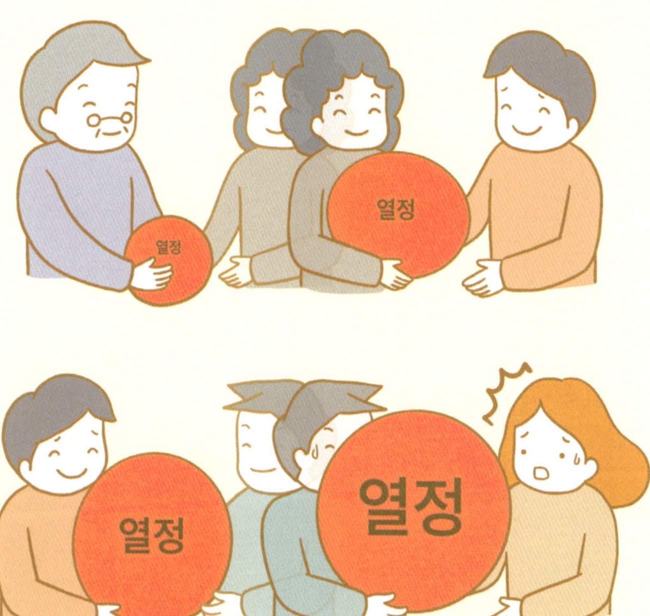

직장생활은 이제 익숙함과 불확실함 사이의

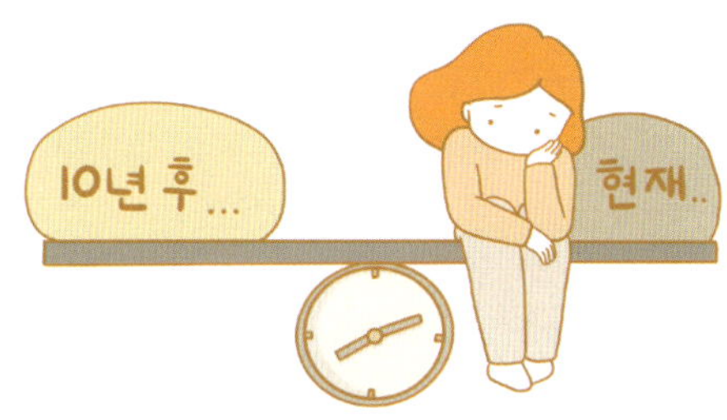


어느 중간쯤에 머물러 있다.



문득 같은 길을 먼저 걸어가고 있는
선배들을 볼 때면
내 미래의 한 장면을 엿본 기분이 들어,

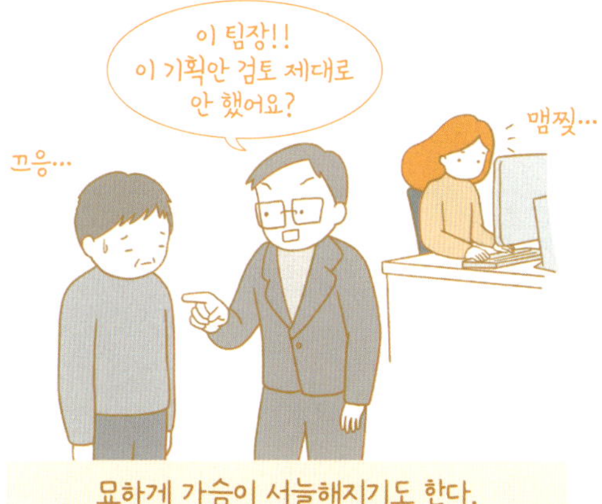


묘하게 가슴이 서늘해지기도 한다.

물론 당장 이곳을 벗어나 나를
더 흔쾌히 받아줄 곳을 찾지 못했으니,

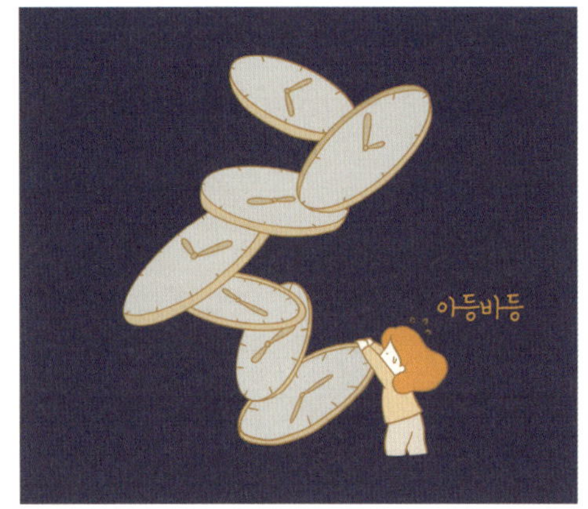


오늘도 어제와 같은 이 자리에서 버텨내야 할 것이다.

하지만 분명한 게 하나 있다.

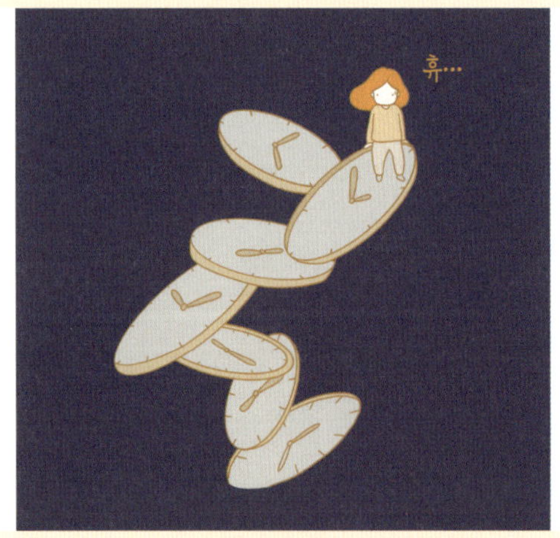


이 모든 것은 결국 '과정'이라는
길 위에 있다는 것과,

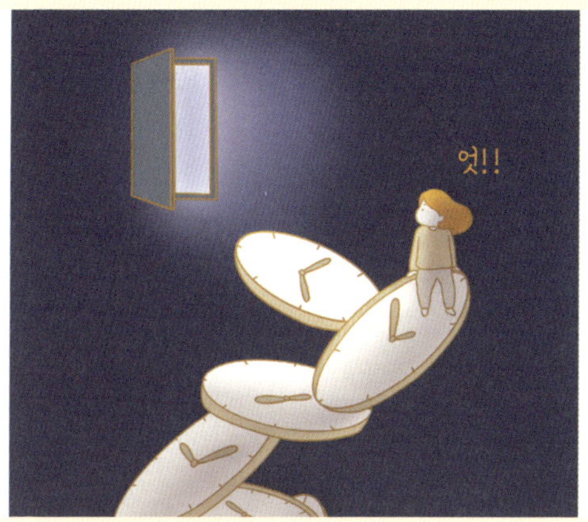


조금씩 알려준다는 사실이다.



그러니 버텨내며 인생의 수수께끼를
조금씩 풀어가 보자.

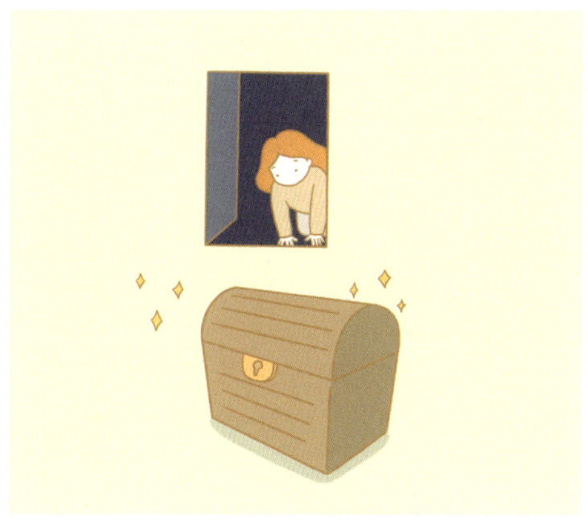

애써 살아낸 시간들은
절대 우리를 배신하지 않을 테니.

입사할 때까지는
'누가누가 돋보이나'의 시험이었겠지만,
퇴사 전까지는
'누가누가 잘 버티나'의 싸움이 될 테니,

나로서 굳건히 버티는 이유를
틈틈이 찾아두어야 한다.

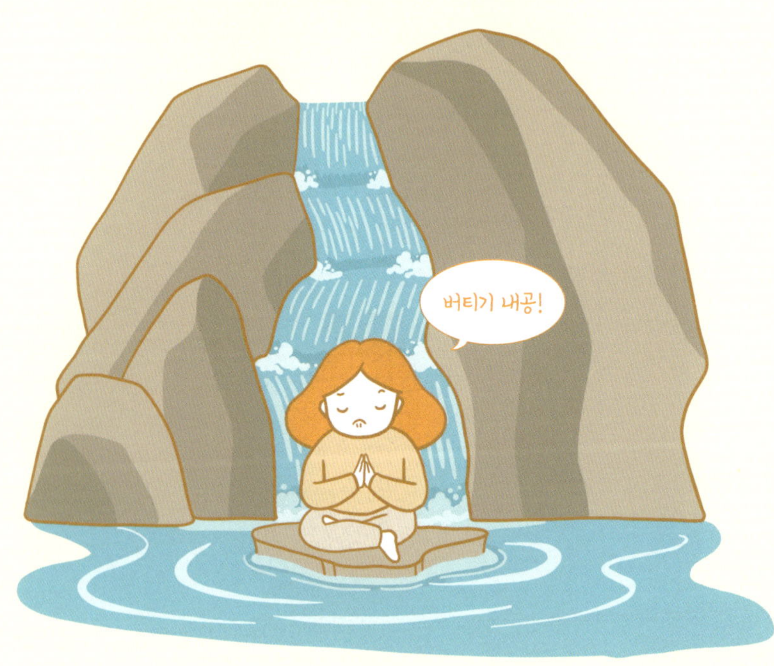

그저 월급날만을 기다리며
하루하루를 버티는 일이

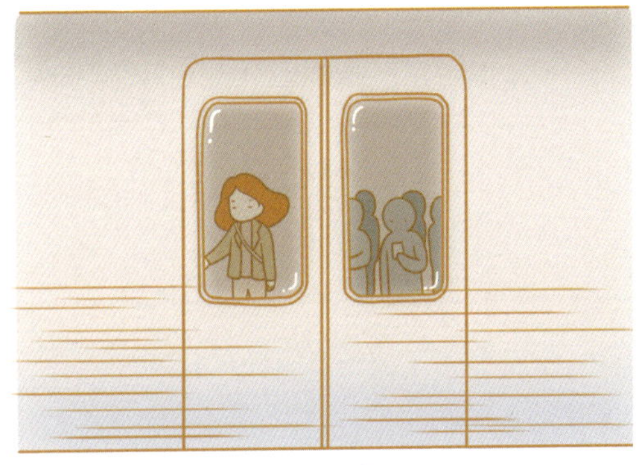

무의미하게 느껴질 때가 있다.

하지만 생각해 보면,

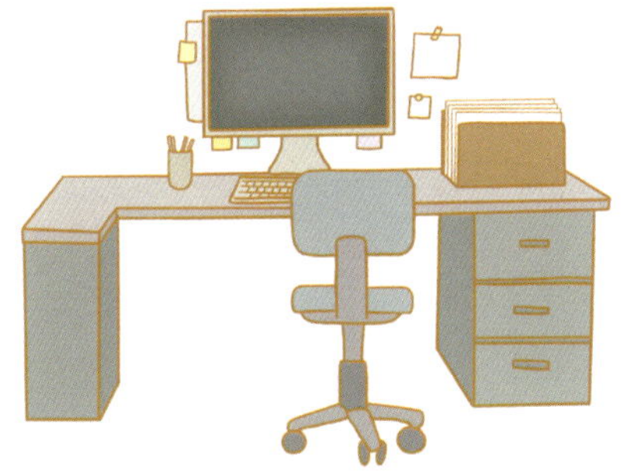

나는 이곳에서 세상을 배웠다.

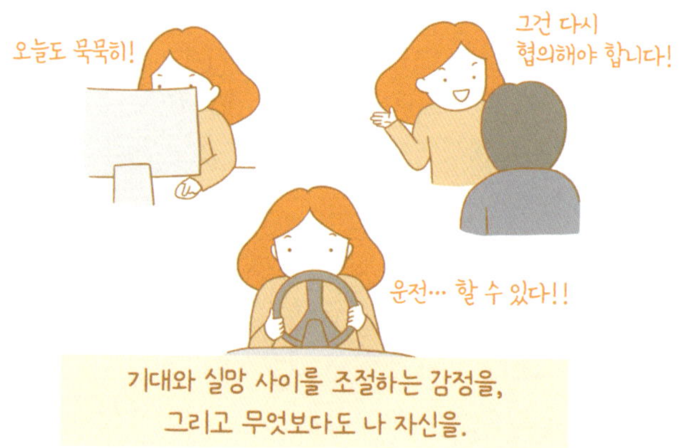






작은 실패에 무너지던 마음이 어느 순간 덤덤해지고,
완벽만을 찾던 내가 점점 기준을 만들어가는 걸 보면,

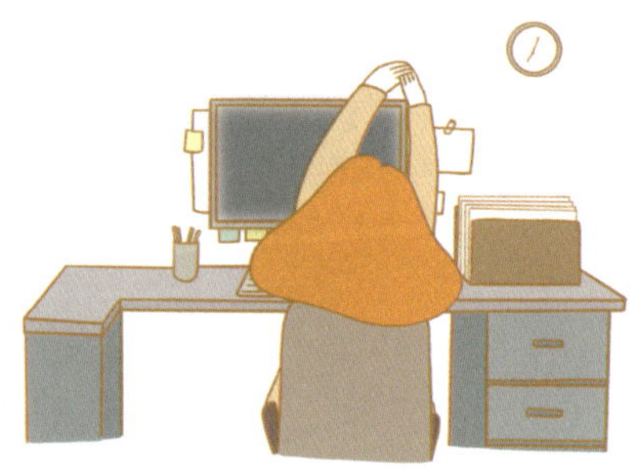

비로소 회사라는 공간이
나를 다듬고 있음을 느낀다.

'하고 싶은 일'만이 나를 되찾는 길이라고
말하기도 하지만,

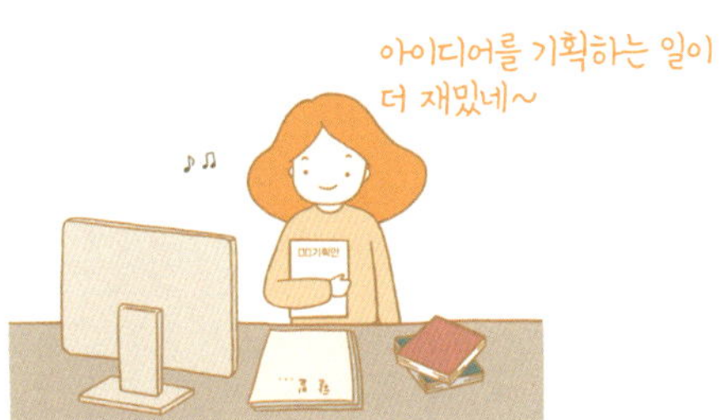


사실 '해야 하는 일'을 해내면서 진짜 원하는
삶의 모양을 비로소 깨닫게 된다.



그 방법만이 언젠가 내가 바라보게 될
'진짜 미래'의 방향을

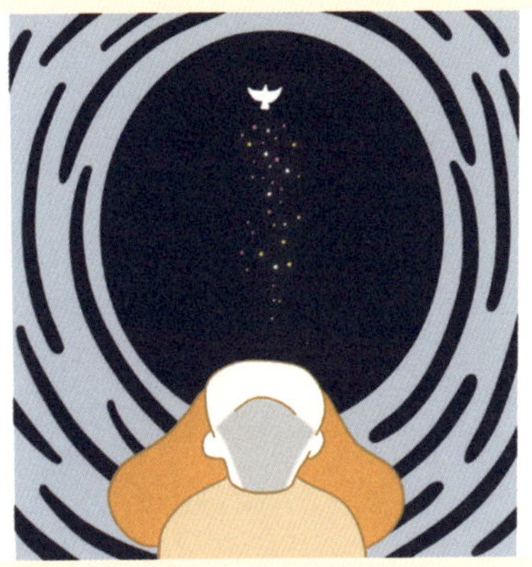

조용히 가리킬 것이라고 믿기에

해야 하는 일을 감당하는 그 버팀 끝에서

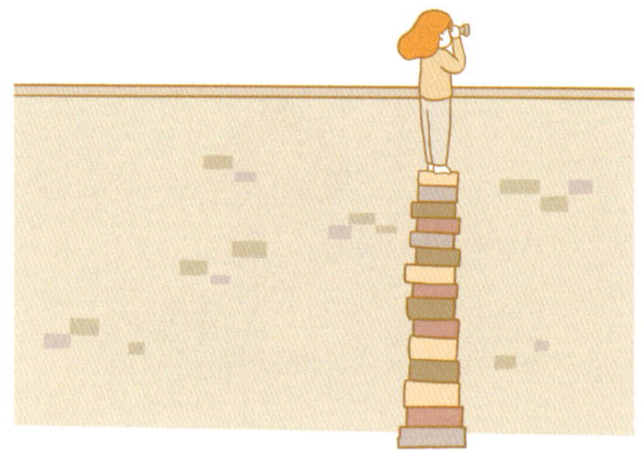

우리는 스스로 몰랐던 강인함과 단단함을 축적한다.



그러니 지금의 나를 대견하게 따뜻하게 바라봐주자.

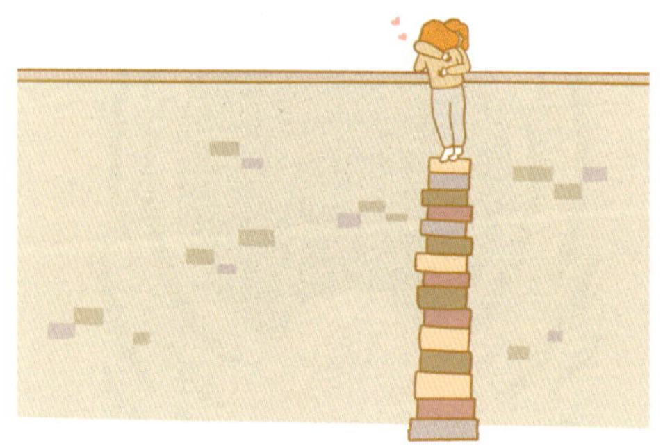

그 모든 시간을 견디며 살아내고 있는 우리는
생각보다 훨씬, 대단한 존재니까.

소름 돋는 근면함으로
매일 무수한 난제를 이겨내며
결코 가볍지 않은 하루를 묵묵히 살아간다.

※ 월급쟁이: 오늘의 월급으로 다시 내일을 꿈꾸는 존재

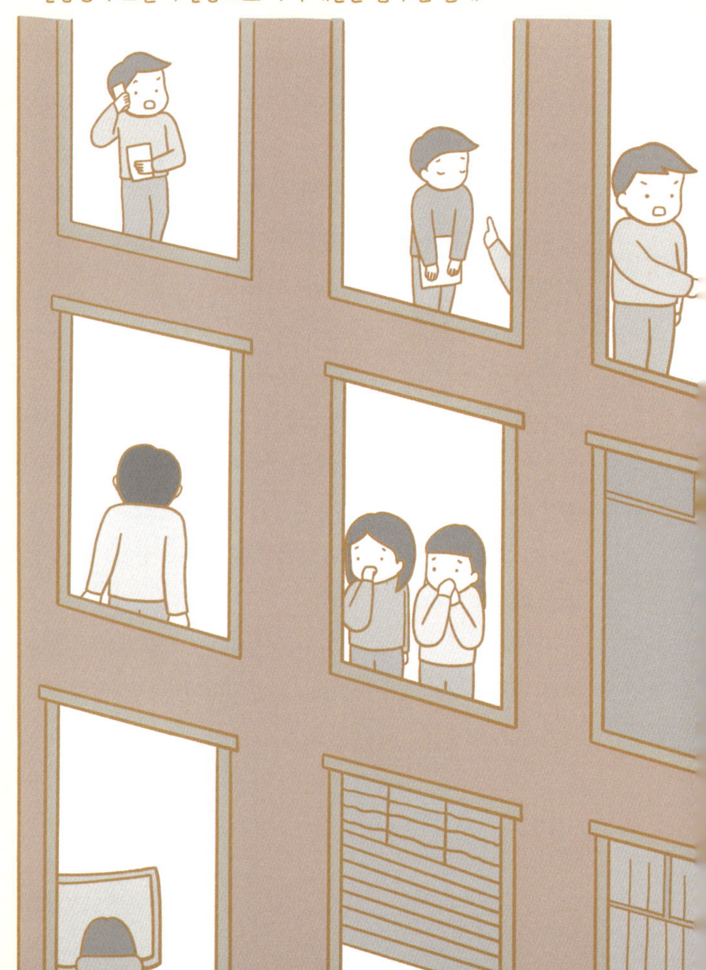

## 나를 위한 직장에
## 선 긋기

삶은 결국, 모든 선택의 총합이다. 하지만 어느 순간부터 나의 선택은 온전히 나의 것이 아니었다. 다른 사람의 기대와 시선의 잣대가 '주체'라는 말을 희미하게 만들었고, 빈껍데기처럼 느껴지는 날이 잦아졌다. 본질이 빠진 선택은 혼자 사유할 여유조차 주지 않았다. 무엇을 위해 사는지도 모른 채, 목적 없는 '열심히'만 반복하는 바보짓이 계속되었다. 물론 열심히 하는 만큼의 성과도 따라왔지만, 후회는 훨씬 더 크게 되돌아왔다.

직장인. 수많은 일들을 혼자서 감내하며, 누구보다도 치열하게 살지만, 늘 스스로를 낮추고, 숨을 죽이며 살아간다.

나 역시 공연히 나 자신을 질책하기만 했던 그때를 돌이켜보면 다시 과거를 돌려 그때의 나에게 말해주고 싶다. 그렇게까지 다 붙잡고 있지 않아도 충분히 괜찮아질거라고, 그 때 손에 쥐려고 아등바등했던 많은 것들이 사실, 유일한 답도, 절대적인 존재도 아니었다고.

자신을 돌보지 않으면 결국 병이 든다. 남의 돈을 번다는 생각으로 자신을 사랑하는 시간을 외면해버리면 육체로든, 정신으로든 대가를 치르게 된다.

수많은 우여곡절이 우리를 괴롭혀도 마지막의 답은 언제나 나

여야 한다. 누군가를 위하기보다, 무언가를 바라기보다 나의 성장을 위해 일한다는 마음으로, 이 모든 경험들이 장차 더욱 빛날 나의 스토리가 될 거라는 믿음으로 일해야 한다. 결코 쉽지 않은 직장살이 틈에서도 나를 이끌고 가야하는 사람은 나 자신뿐이기 때문이다.

나는 어디서든 나로 존재할 뿐이다. 그 기준만이 조금은 덜 무거운 발걸음으로 오늘을 출근하는 유일한 방법이다.

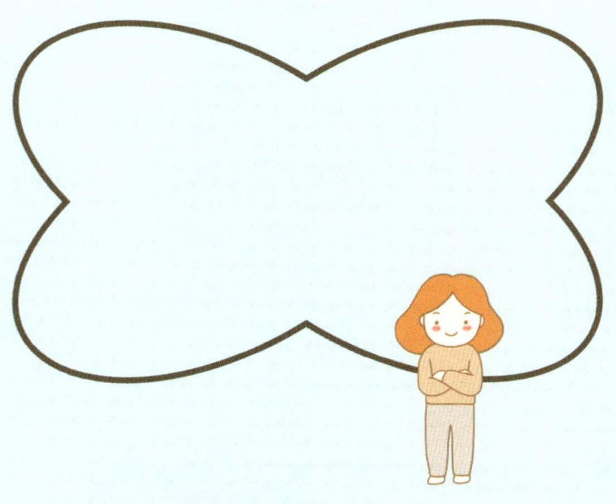

# 3장

# 나를 위한 관계에 선을 긋다

# 1화

# 속 편해지는 선택

일을 하다 보면 회피형 인간 때문에

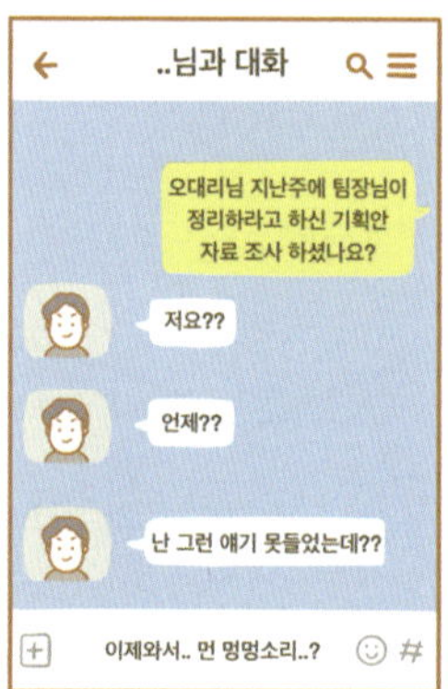


감정의 전쟁을 겪을 때가 있다.

처음에는 너무 어이없어서 그동안 쌓였던 분노를
전부 쏟아내려고 했다.

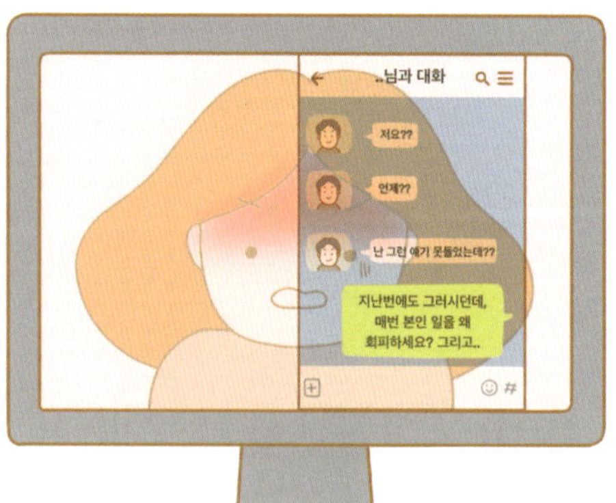


하지만 답장을 쓰고 전송을 누르기 전
다시 한번 생각했다.

지금 이 감정을 다 드러내도 후회하지 않을까.

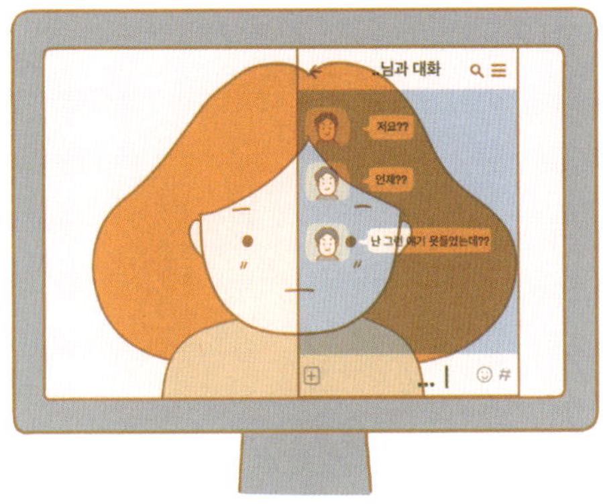


얼굴 전체에 일렁였던 화를 가라앉히고
애써 적었던 분노를 다시 지워버렸다.



억누른 감정만큼이나 더욱더 냉정하게,
그리고 단호하게 답장을 다시 썼다.

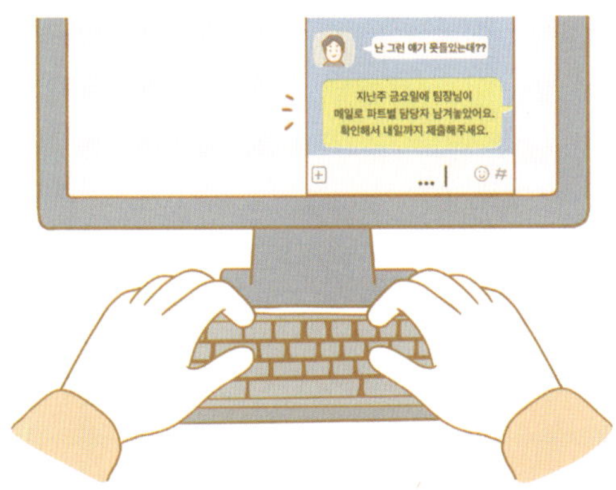

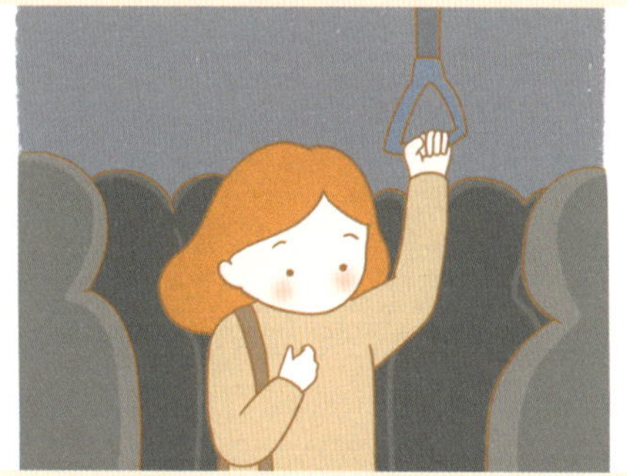





물론 살다 보면 내 감정을 숨기기보다,
적시에 제대로 표출해야만 하는 순간도 있다.

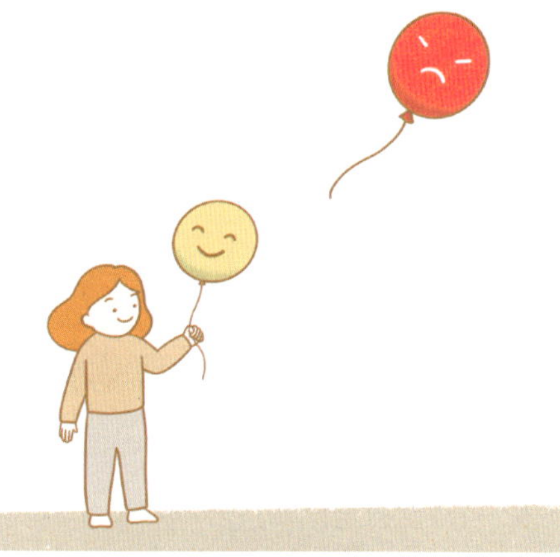

그러나 그 순간에도
내 마음의 후폭풍은 없어야 한다.

감정을 쏟아내는 선택도, 참아내는 선택도
결국 나 좋자고 하는 일이기 때문이다.

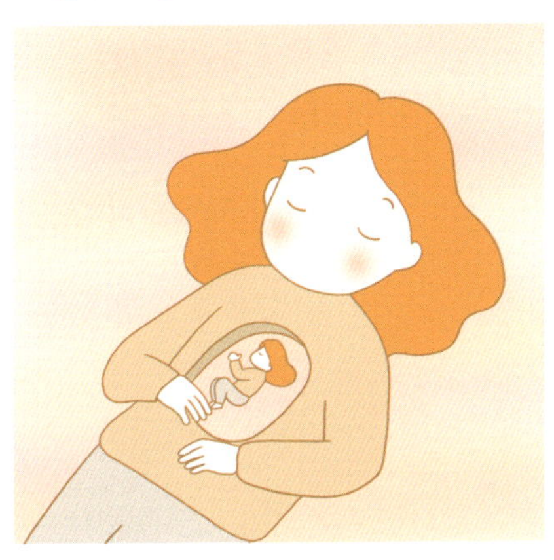



'시간이 지나도' 내가 편안할 것 같은가.

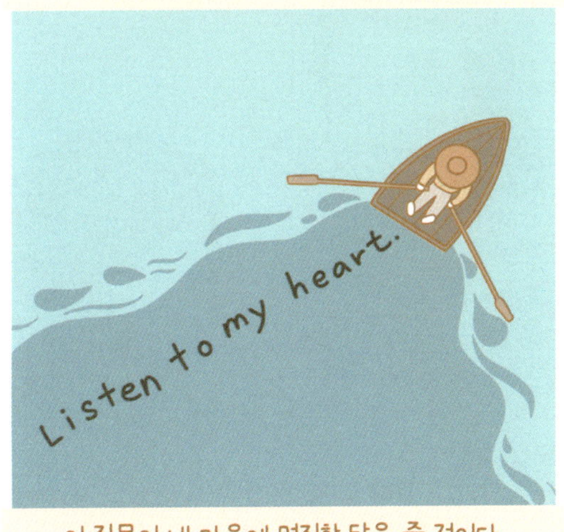


이 질문이 내 마음에 명징한 답을 줄 것이다.

그 순간을 참아냈기에
잃은 것보다 얻은 게 많을 때가 있다.

그래도 호구가 되기는 싫으니
참을 인은 두 번까지만 쓰는 걸로.

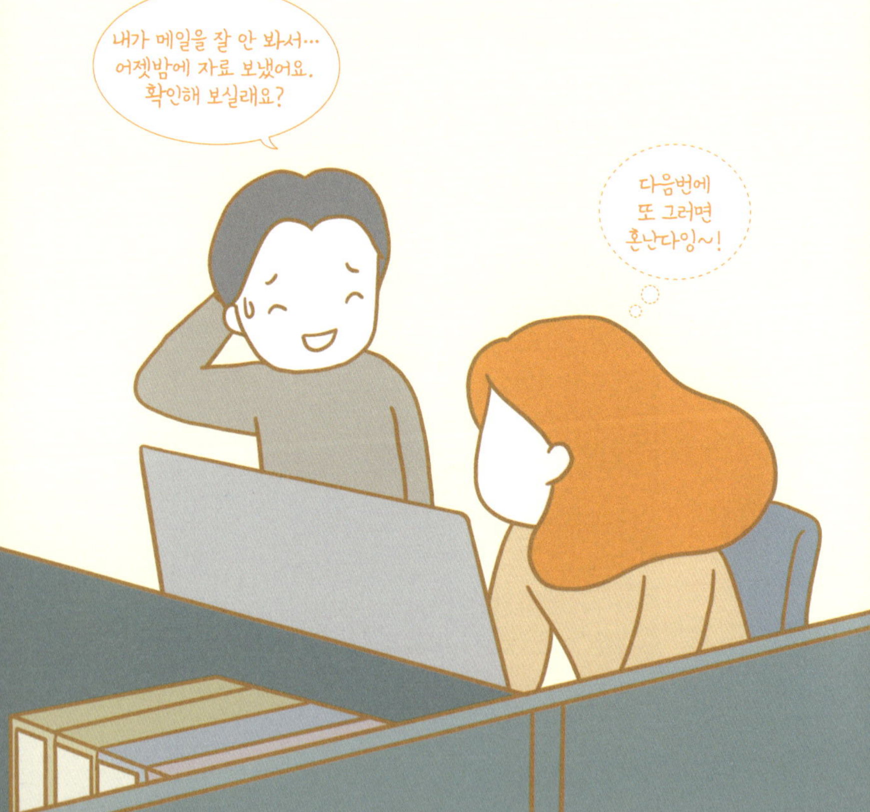

# 친한 사람은 0명입니다

나이에 따라 변하는 나의 사회적 역할과 함께

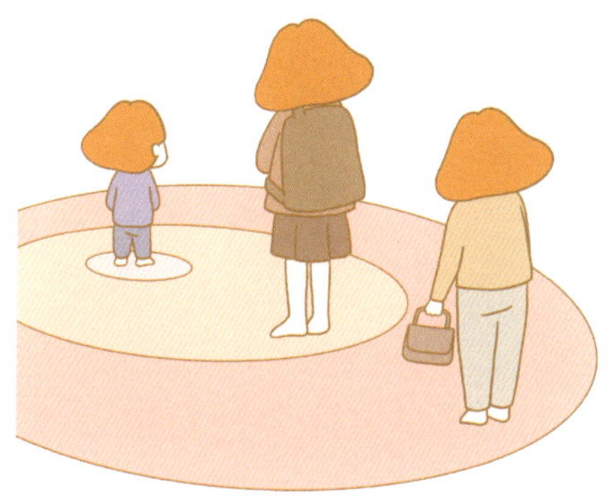

자주 만나는 사람들도 달라진다.



사회 생활을 하며 가장 친하게 지내는 사람들은
단연 직장 동료들이었다.

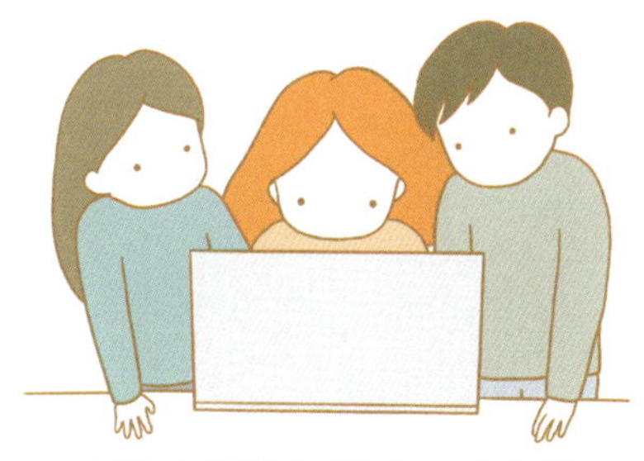

그러다 휴직을 하면서
잠시 회사를 떠나있게 되었다.

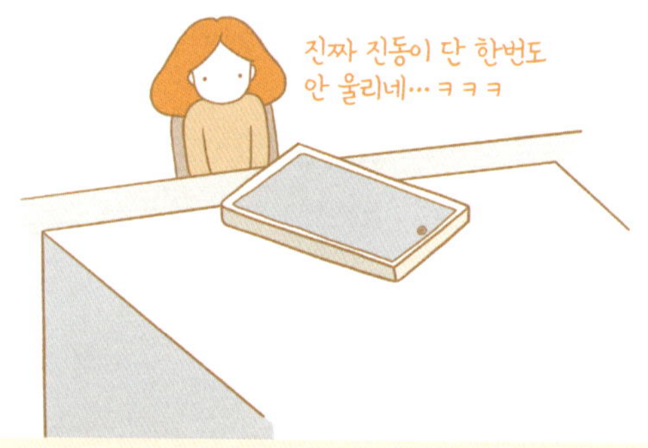




심지어 제일 친하다고 생각했던 동료들조차,

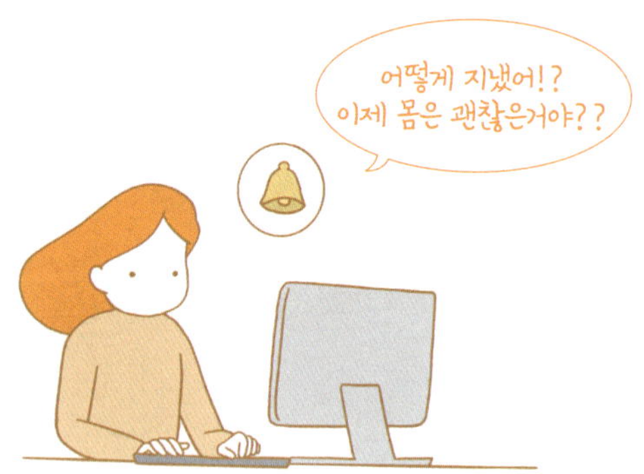


내가 복직을 하고나서야 다시 연락을 해왔다.

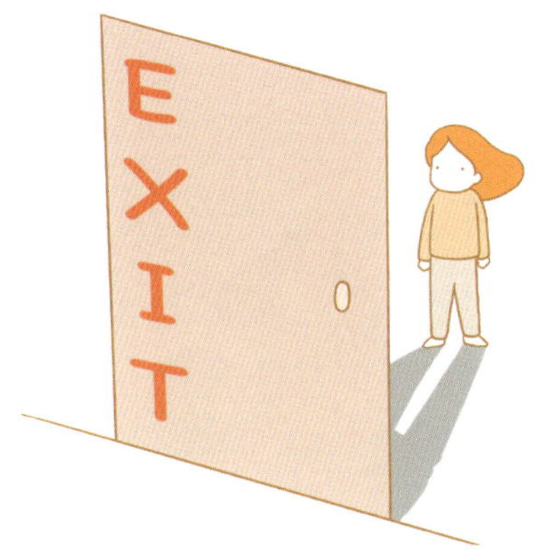


더욱 빠른 속도로 하나 둘 관계의 끈이
정리되었을 것이다.



내가 어떤 상황에 놓여 있는가에 따라

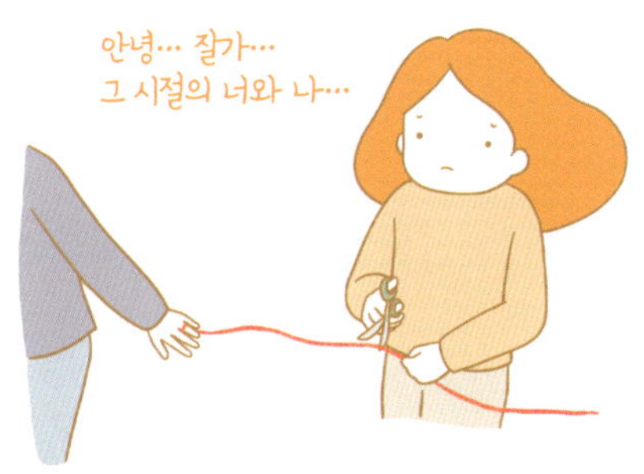


인간관계는 수시로 흔들리게 되어 있다.

같은 환경을 공유하는 조건 안에서만
서로가 애틋한 관계가 되어줄 뿐,

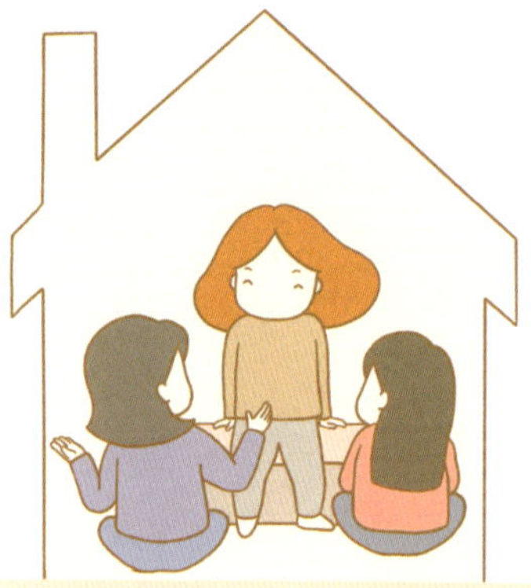

그 환경을 벗어나면 자연스레 멀어진다.



결국 친한 사람은 0명이라는
기본값을 다시 설정하고,

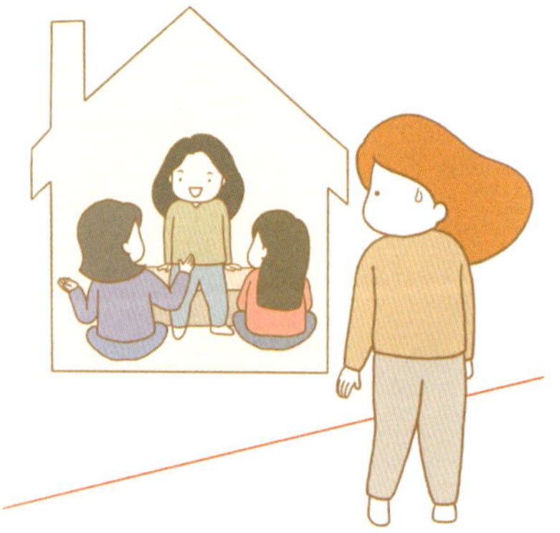

관계의 유한함을 당연하게 받아들여야만,
조금은… 더 단단한 나로서 살아갈 수 있을 것이다.

샤이니 키가 한 방송에서 인간관계에 대하여
했던 말 한마디가 기억에 오래 남았다.

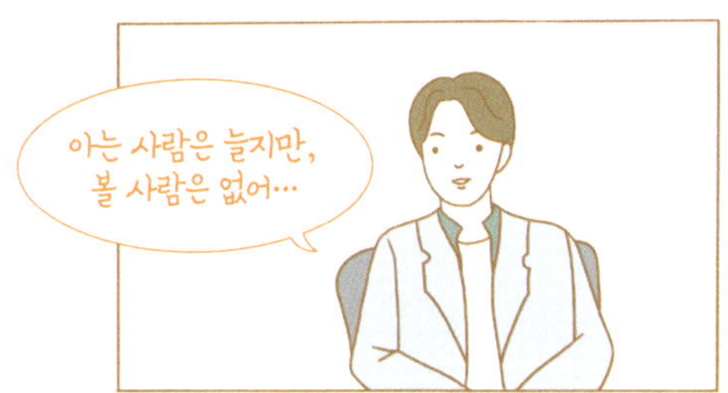




시간이 흐를수록 아는 사람과 친한 사람의 수가

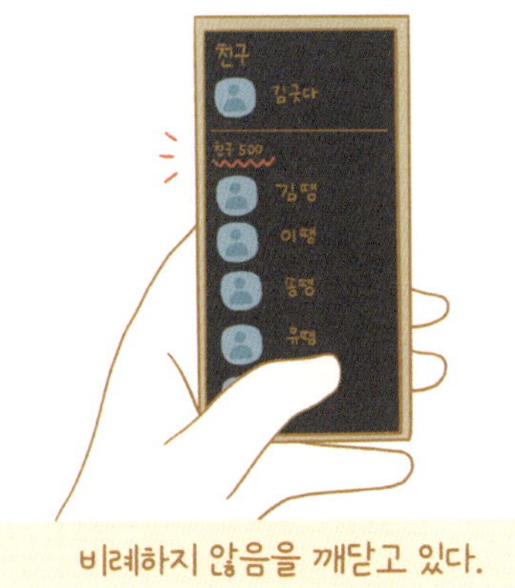


비례하지 않음을 깨닫고 있다.

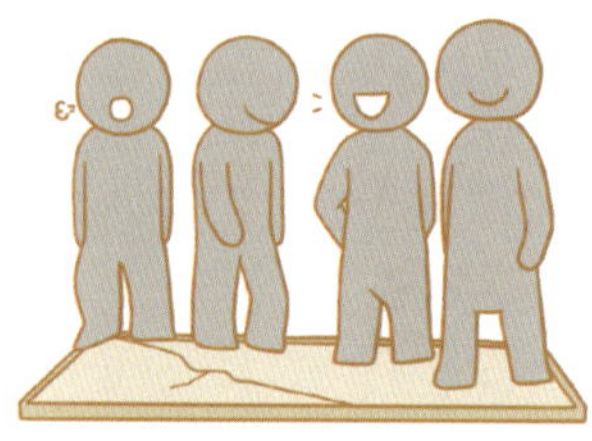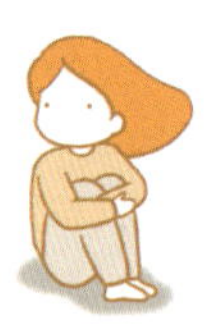



힘든 시기를 겪었을 때 함께 했던 친구들은

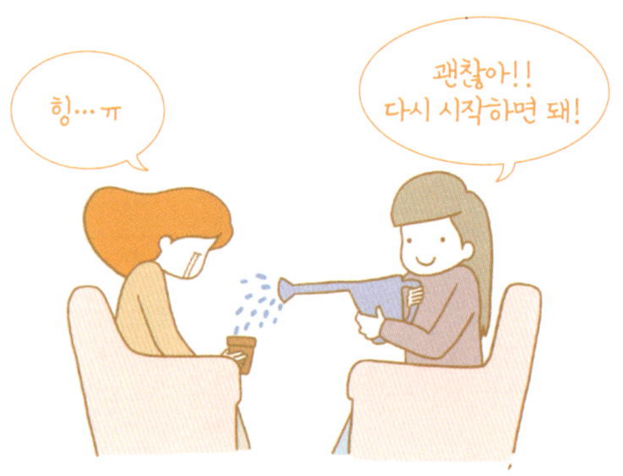


희한하게도 자주 연락을 하고 지냈던
사람들이 아니었다.

가끔 카톡으로 몇 줄 툭툭 연락하고

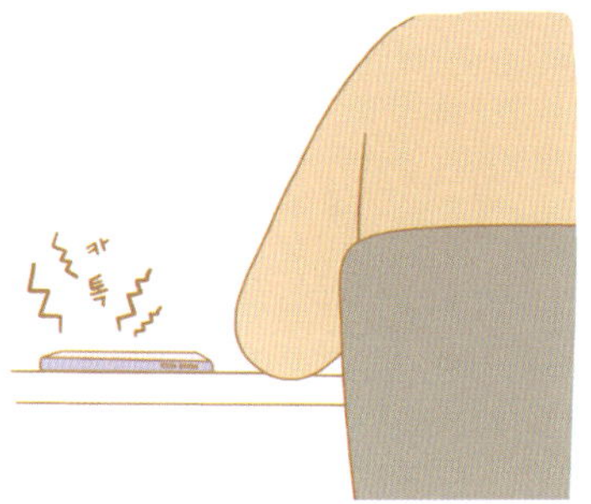


서로가 더 이상 억지로 대화의 끝을
고민하지 않아도 되는,

오랜만에 만나더라도 어제 만난 사이처럼

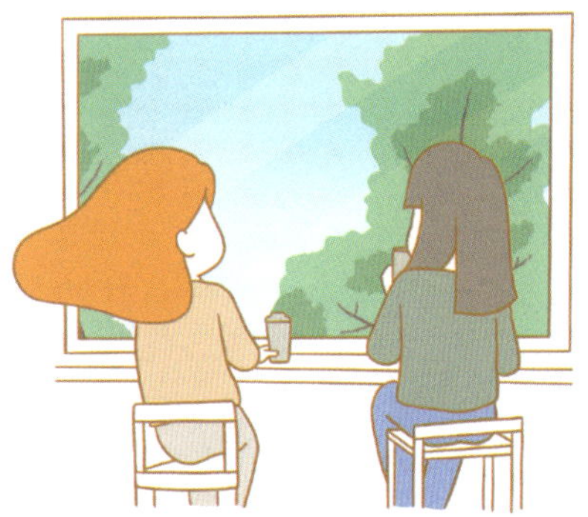

자연스레 대화가 이어지는,

그리고 침묵조차도 안정감을 줄 수 있는,

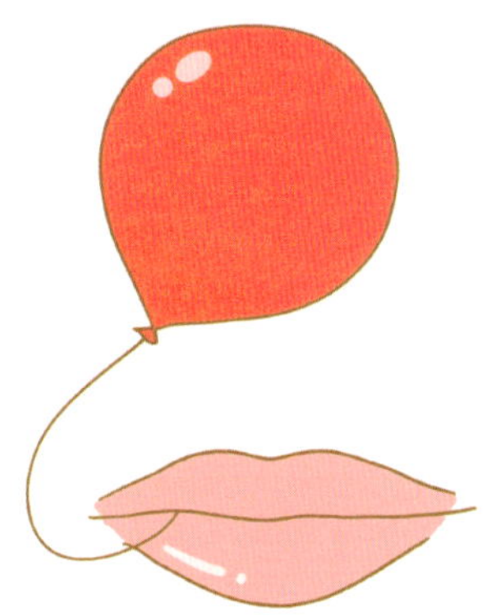

그런 한두 사람만으로도

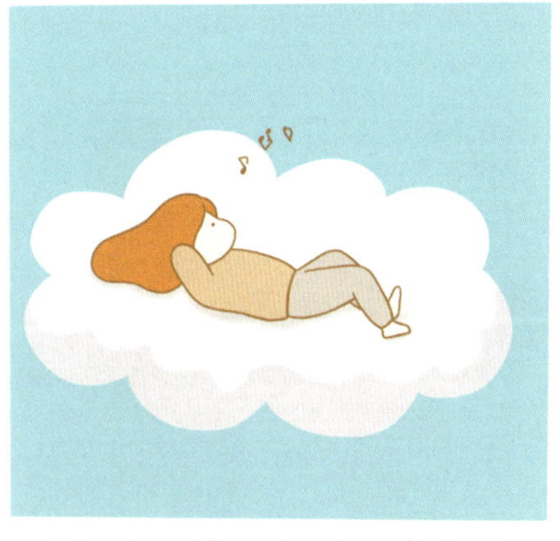

우리의 삶은 충분히 풍요로워질 수 있다.

나를 언제나 밝혀주는 친구는
도움이 되는 친구가 아닌
편안한 친구이다.

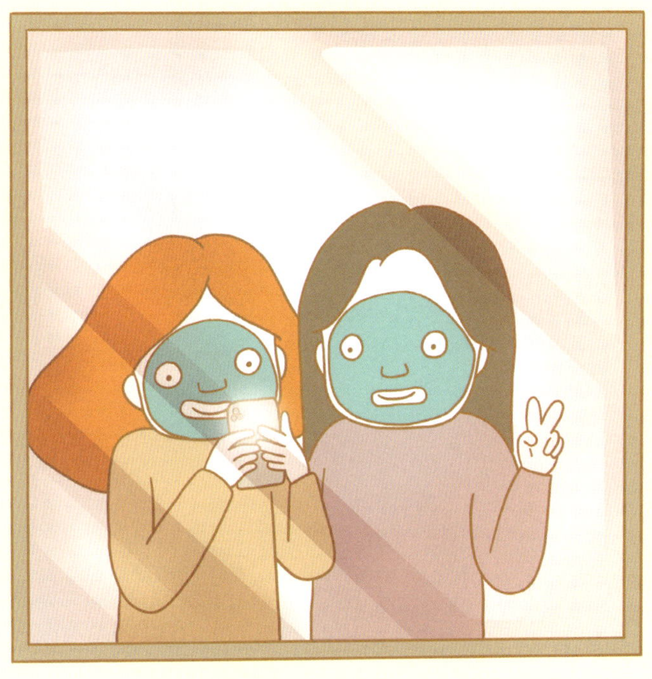

**4화**   # 곁에 두고 싶은 사람

똑같은 모습을 봐도

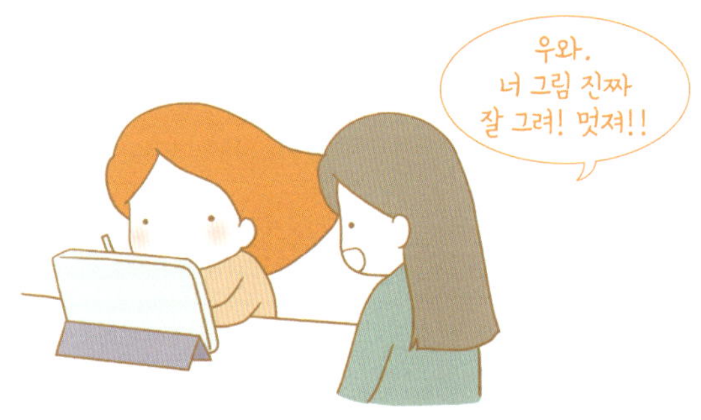


어떤 사람은 내가 멋있다고 하고,

어떤 사람은 아직 철이 없다고

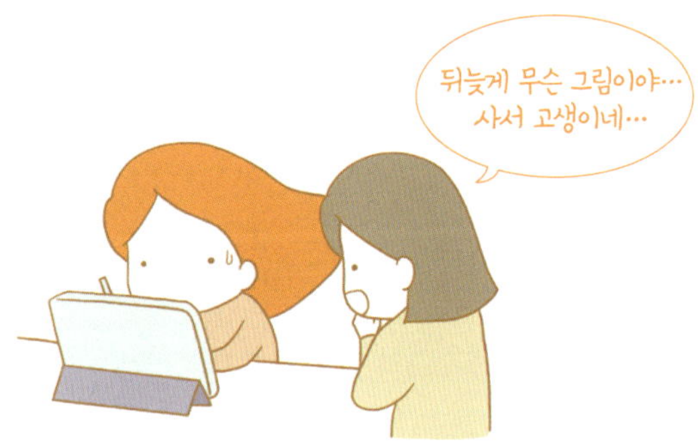


그저 나를 안쓰러워 한다.

부정적인 상황에서도 어떤 사람은 고민하는 나를

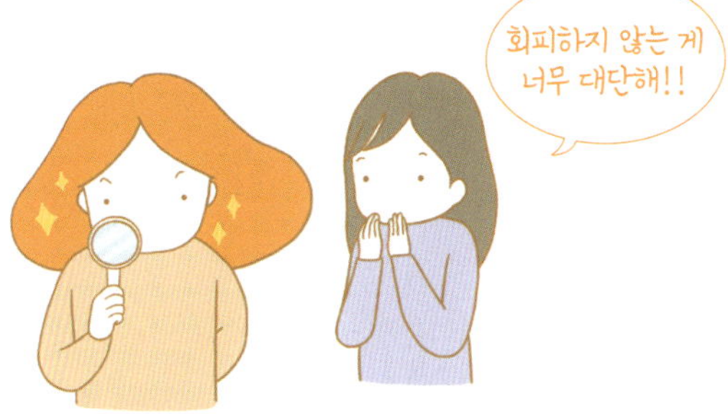


의연하다고 격려해주고,



어떤 사람은 부정적인 사건이 일어난 이유를

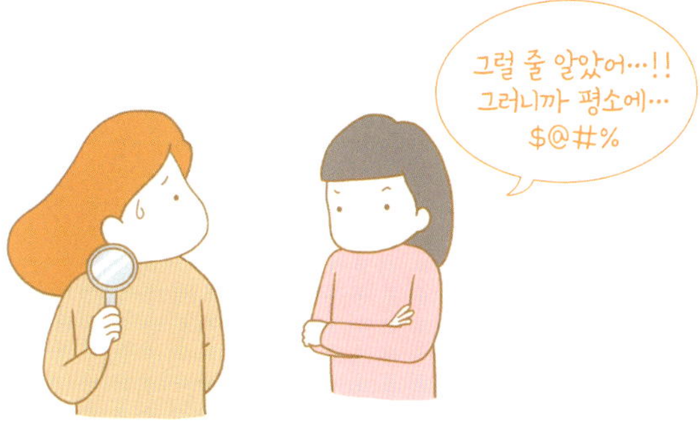


내 탓으로 몰아가며, 질책하기에 바쁘다.

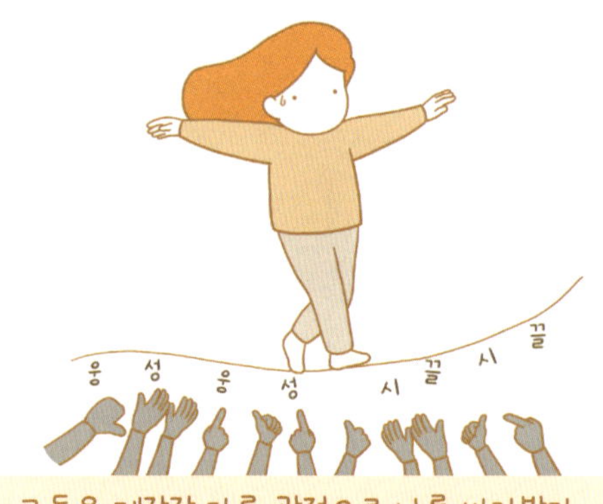




결국 근거가 없는 즉흥적인 시선으로
제멋대로 떠드는 이야기일 뿐이다.

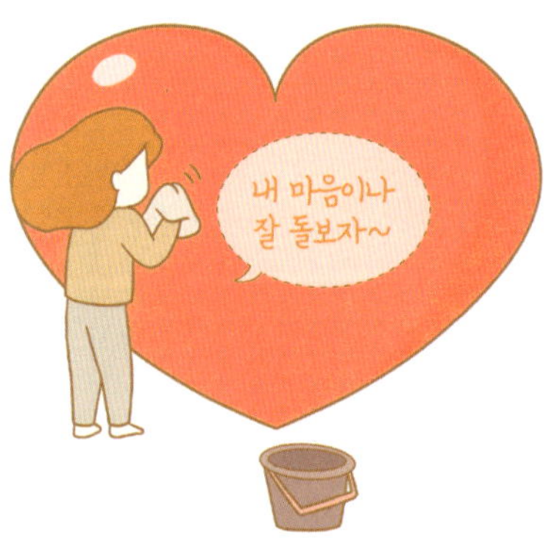


나를 제일 잘 아는 사람은 나밖에 없다.

어차피 남의 일에 넘겨짚는 게

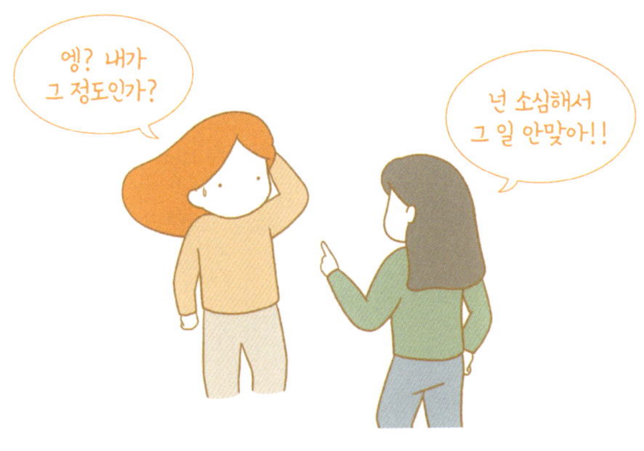


그들의 특기인데,

이왕이면 내가 모르는 나의 긍정적인 면을

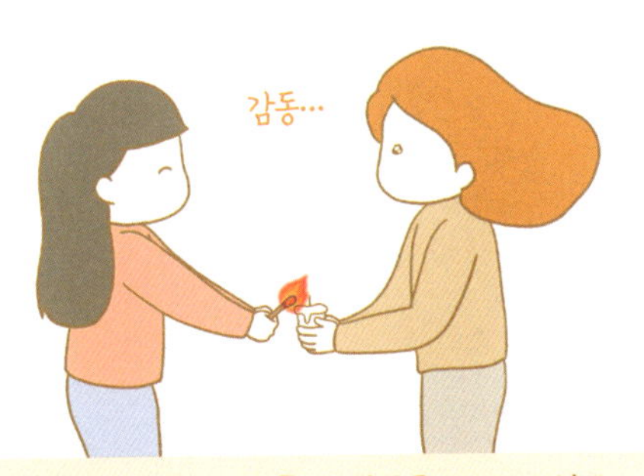


쉽게 발견해주는 이들과 일상을 더하고 싶다.

## 5화 거리두기가 필요한 순간

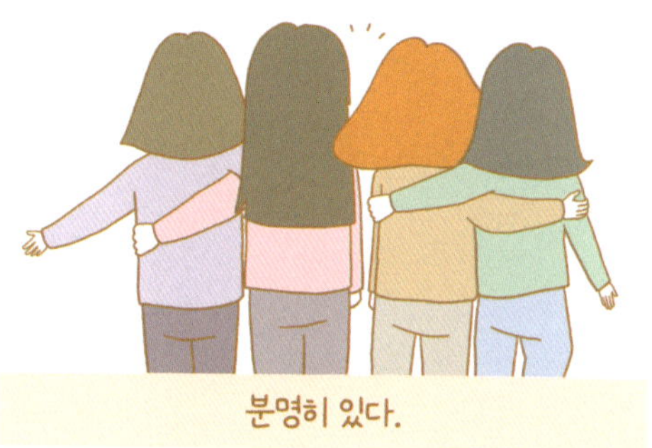



그런데 다른 친구들은
그 친구와 너무 잘 지내다 보니,

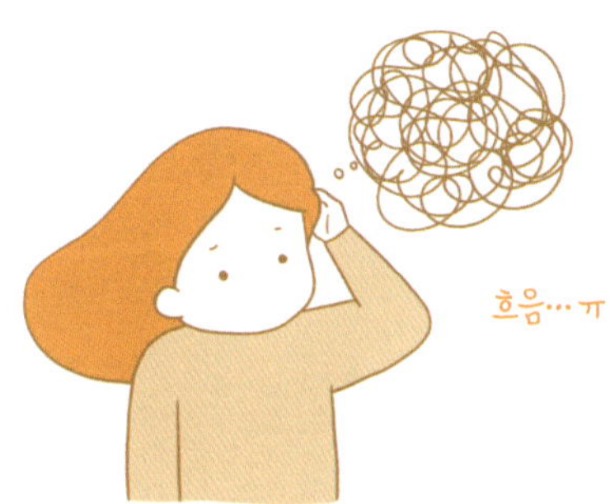



혼자서 늘 마음이 혼란스러웠다.

완전히 안 맞는 건 또 아닌데,

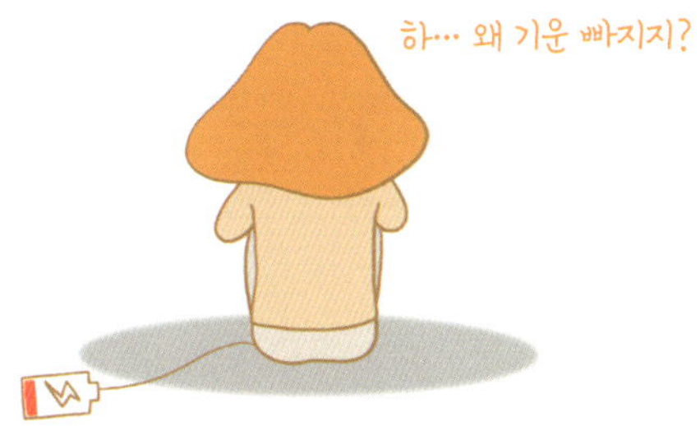


그 친구를 만나고 오는 날은 너무 피곤했다.



분명 나쁜 친구는 아닌데,

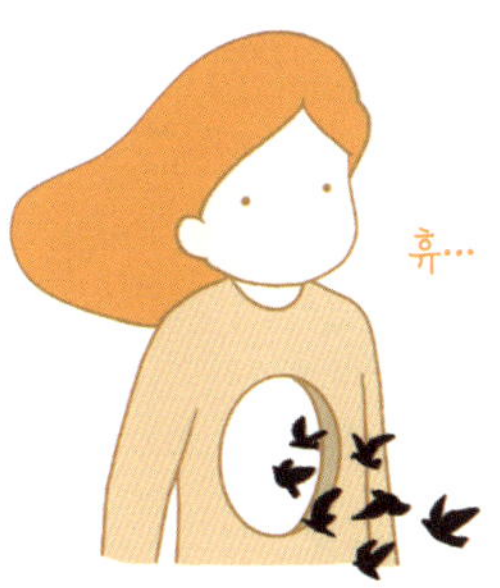


그 친구를 만나고 헤어지면 공허함이 커져 갔다.

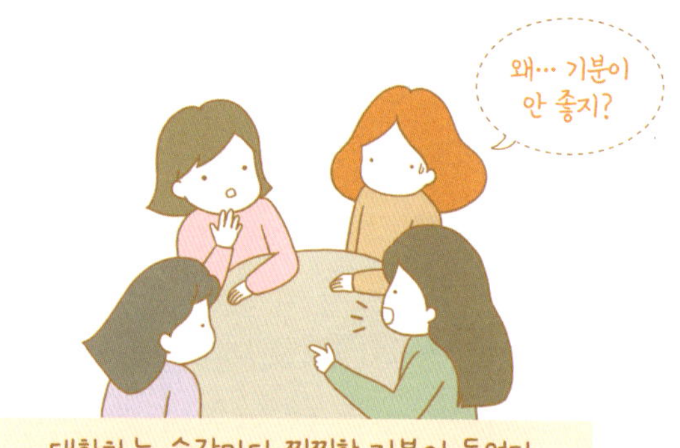


대화하는 순간마다 찜찜한 기분이 들었다.



뒤늦게 알게 되었다.

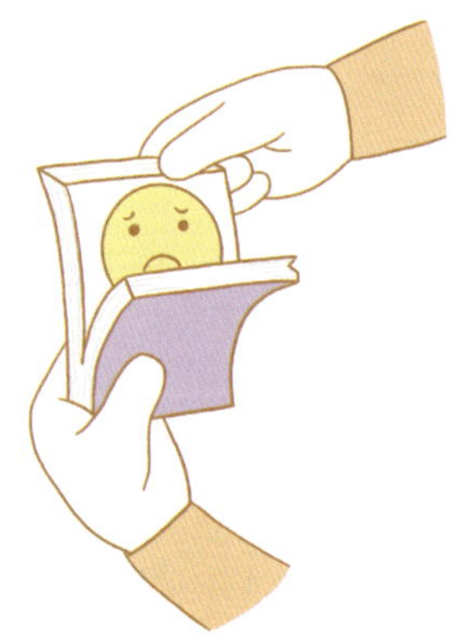

이 모든 감정들이
무언의 신호를 보내고 있었다는 것을.

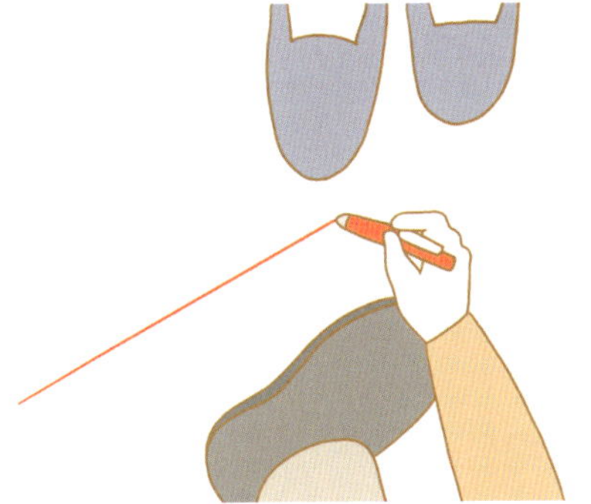


그 사람과는 멀어져야 나를 지킬 수 있다.



내가 예민해서도, 유별나서도 아니다.

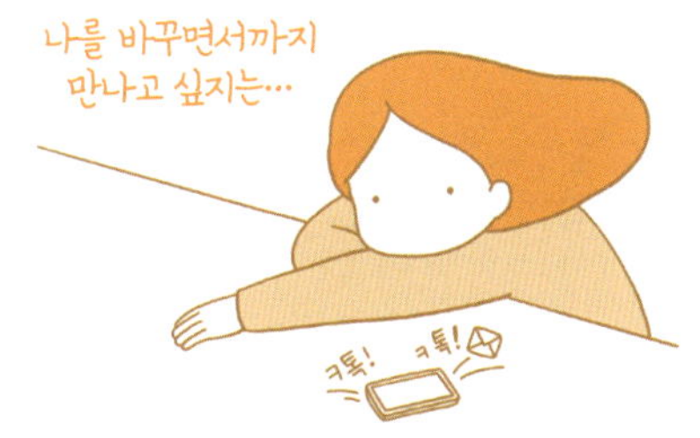


나와 맞지 않는 사람이기 때문이다.

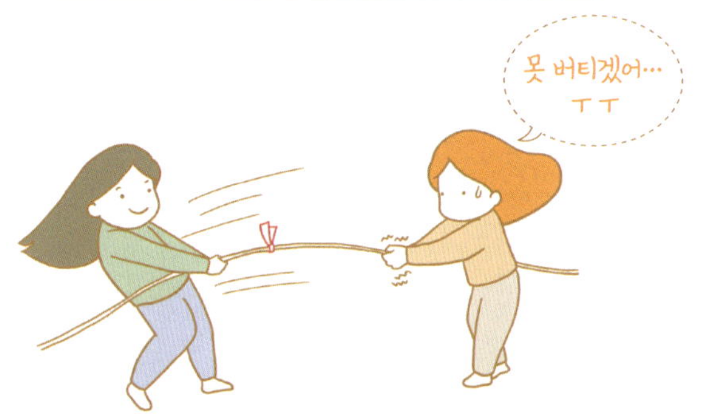


분명한 건 불편함을 느끼는 쪽이
늘 약자가 되어야 할 것이다.



불편을 무릅쓰고도 누군가를 배려하는 만큼,

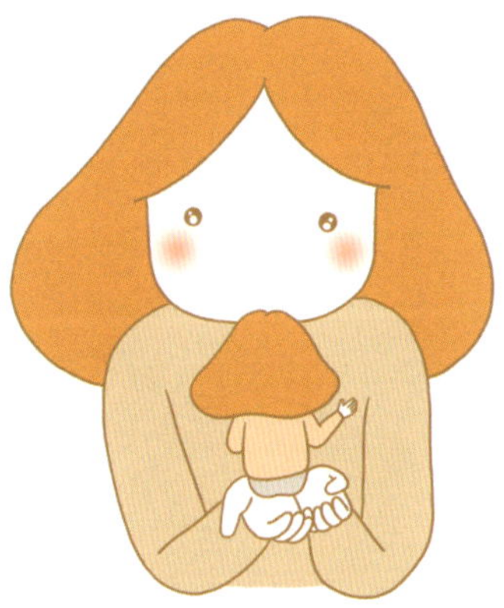

나 역시 나에게 배려받아야 하는 소중한 존재이다.

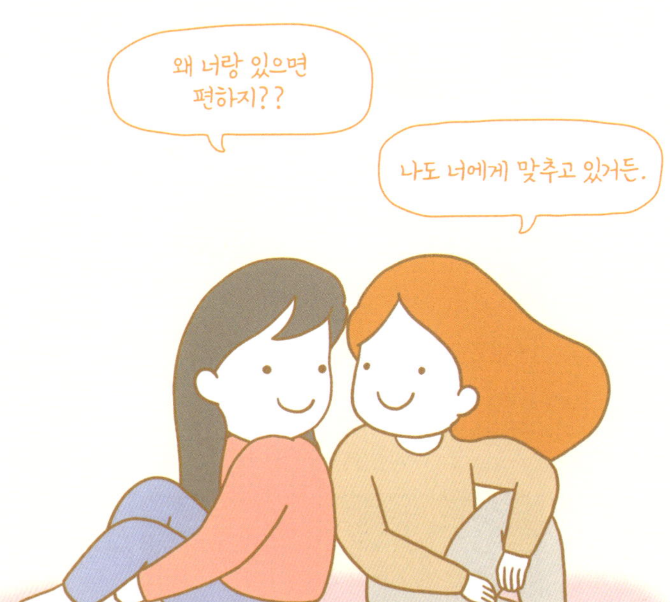

왜 너랑 있으면
편하지??
나도 너에게 맞추고 있거든.

# 귀인을 만나는 방법

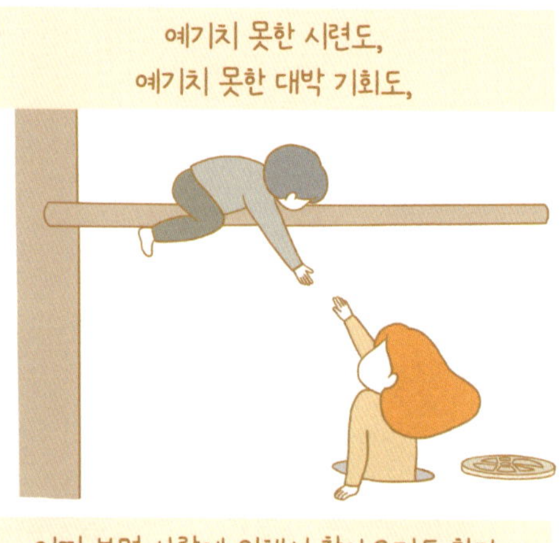




물론 누군가와의 인연으로

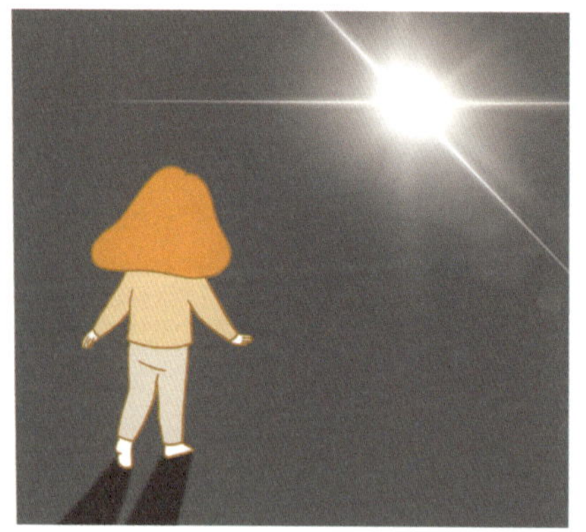

내 인생에 한 줄기 빛이 드라마처럼 나타나는 일은
아직 경험하지 못하였다.

그러나 막상 시간이 흘러 되돌아보니

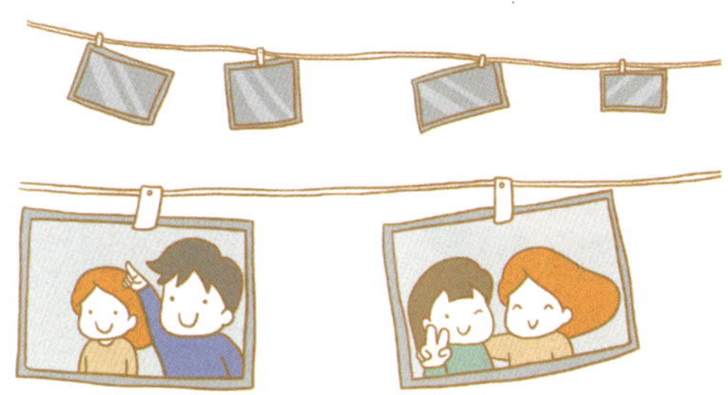

나를 스쳐 갔던 모든 인연들은 나에게 귀인이었다.





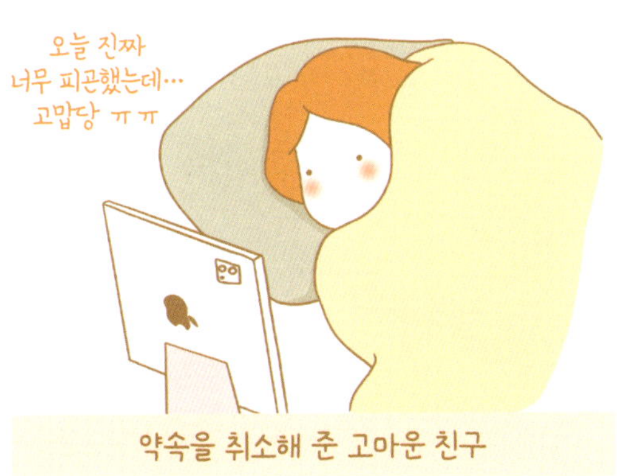

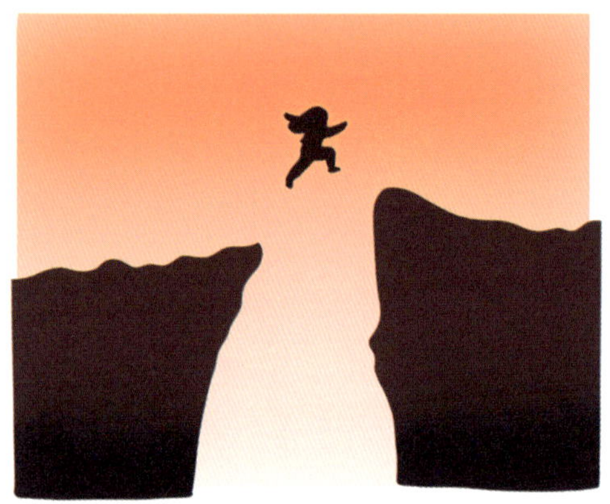

먼저 용기 있게 도전하는 모습을 보여준 친구



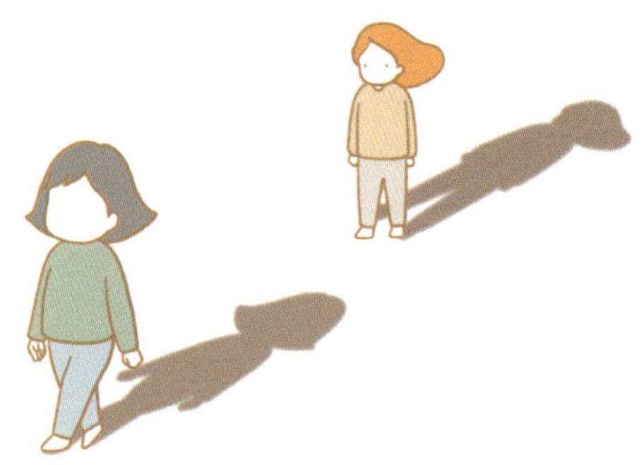

일찌감치 먼저 내게 상처를 주고 떠난 친구

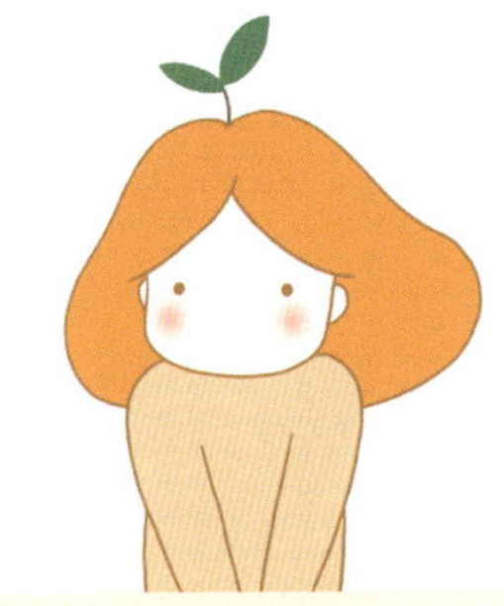



그러니 어쩌면 귀인은 없는 게 아니라

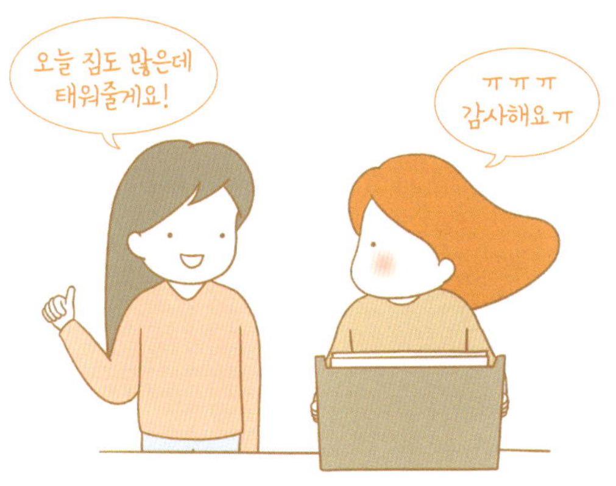


항상 주변에 있지만
우리가 알아보지 못하는 것일지도 모른다.

나의 귀인은
항시 대기 중…

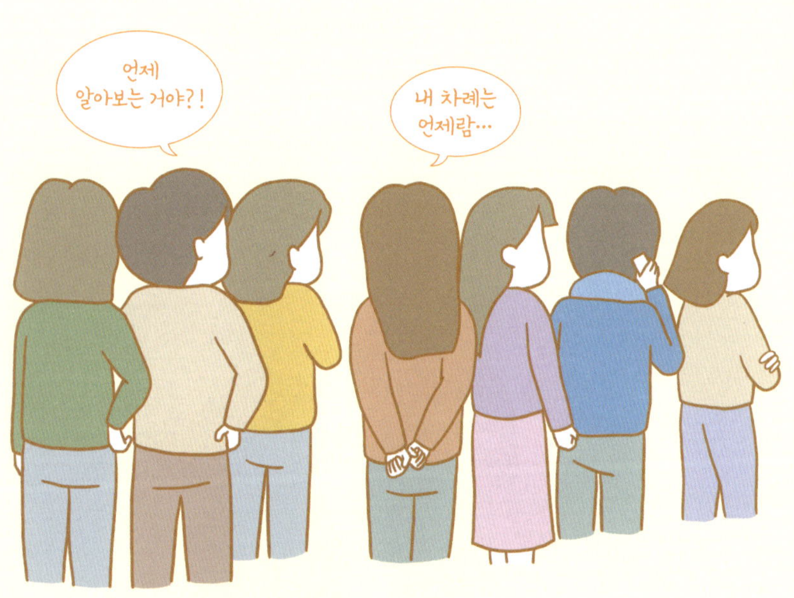

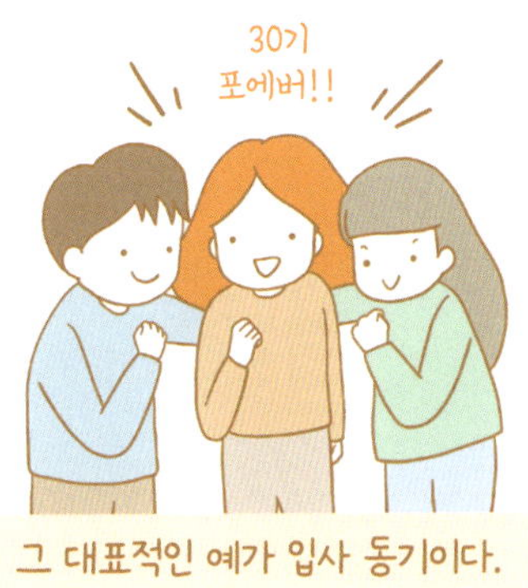




그러나 변치 않을 것만 같았던 시간도
그리 오래 머무르지 않았다.

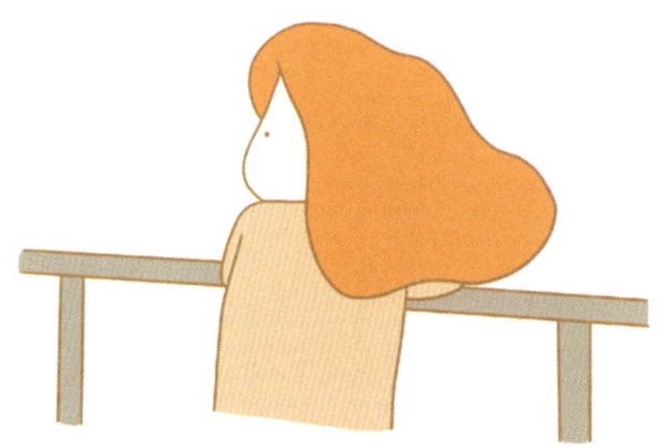

시간이 지나면서 '끼리끼리' 중에서도 야심가들은

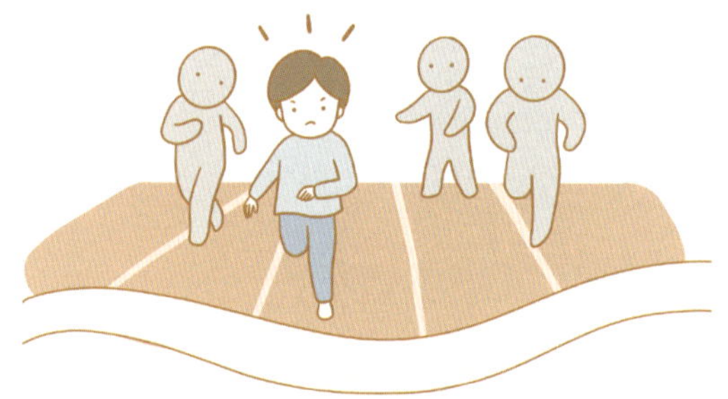

동등했던 무리를 이탈하여 점점 출세를 위해
질주하기 시작했다.



동시에 순수하게
회사의 고락을 나누던 모임의 색깔도

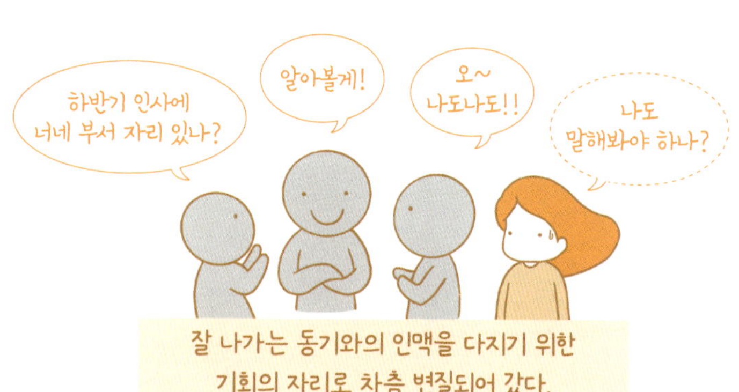


잘 나가는 동기와의 인맥을 다지기 위한
기회의 자리로 차츰 변질되어 갔다.

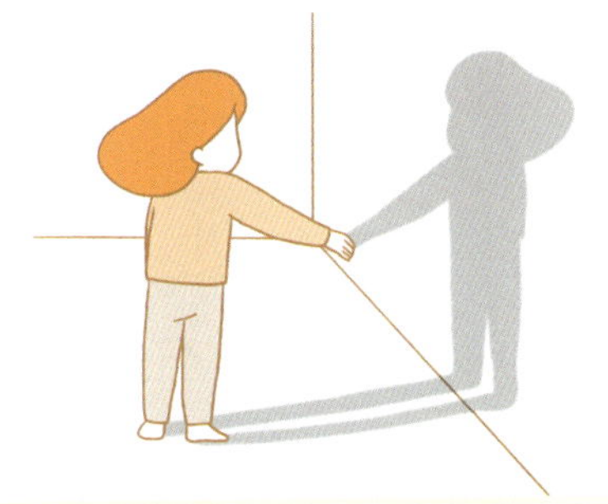





결국 인맥을 위해 애쓰는 모든 모임을
조금씩 정리해 나갔다.

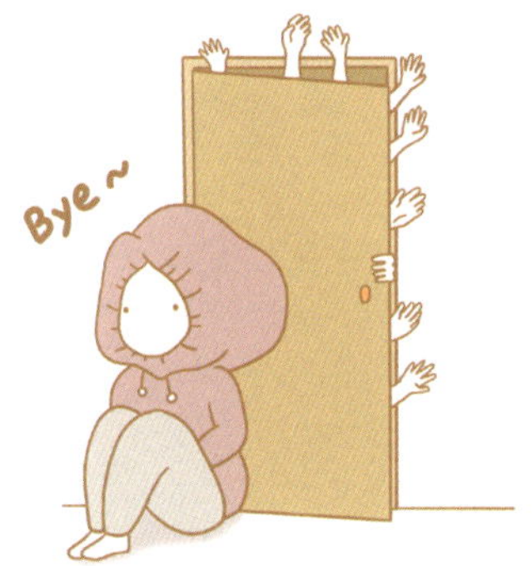



인맥이 나의 위치를 대변해 줄 거라는
착각도 그만두었다.

그러자 신기하게도
나의 주변이 조금씩 변하기 시작했다.

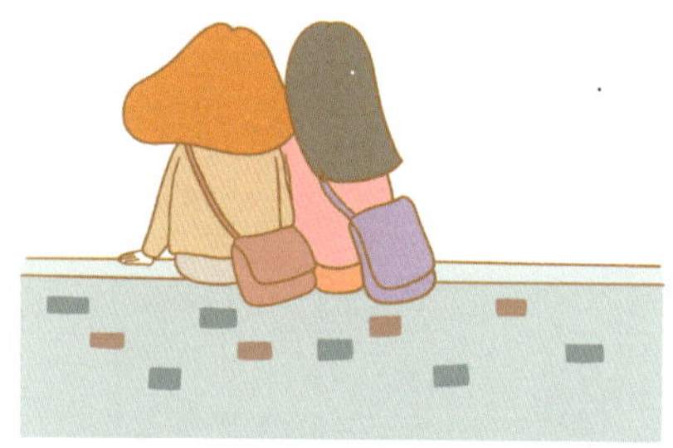

나다움을 유지하면서도 예전보다
훨씬 좋은 사람들로 새로운 관계들이 생겨났다.



딱히 나와 잘 맞는 것 같지도 않은데
부단히 노력하고 있는 관계가 있지는 않은가?

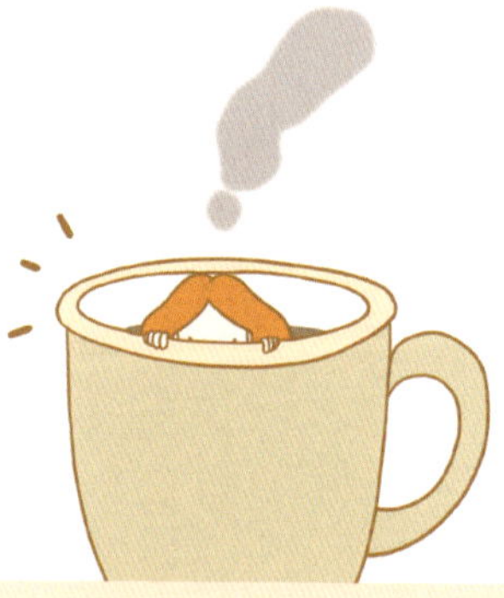

그 이유가 내심 기대하고 있는
어떤 욕심 때문은 아닌지, 과연 그것이 얼마나
가치 있는 것인지 다시 고민해 보자.

# 다정함과 무례함의 사이

8화

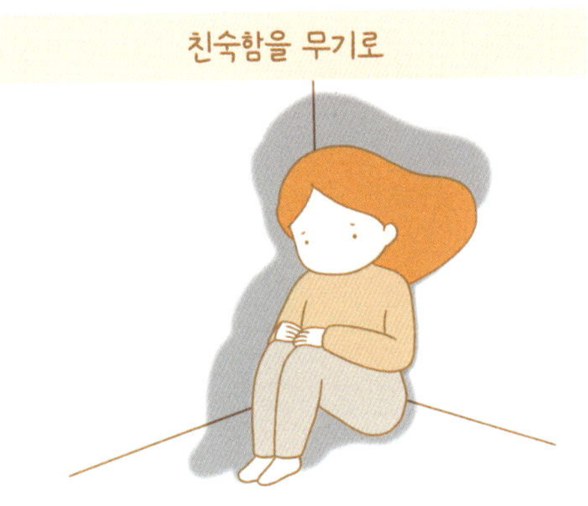



우리나라는 '정'이라고 하는
따뜻하고도 잔인한 문화 특성 덕분에

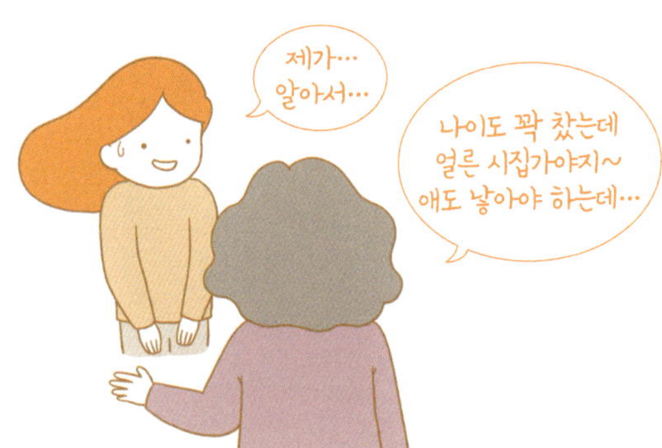



많은 무례함이 이 한 단어로 둔갑 되곤 하였다.

생각해 보면 옛날부터 우리나라는
개인사를 물어보지 않으면

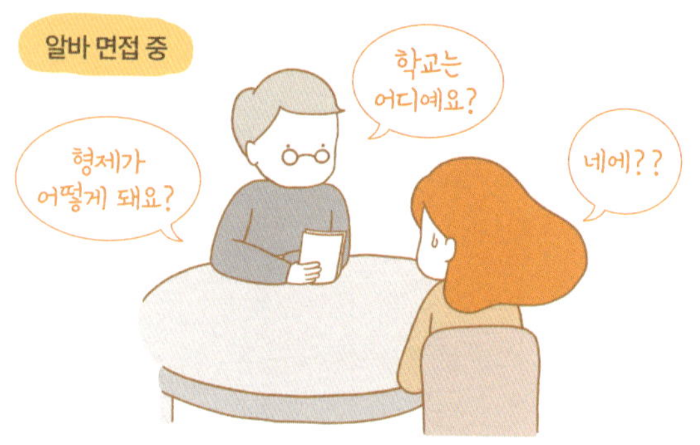


관계가 시작되기 어려웠다.



굳이 말하고 싶지 않은, 불편한 개인정보를

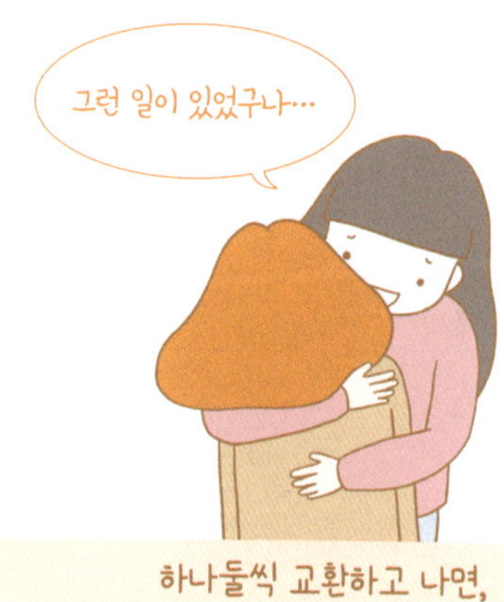


하나둘씩 교환하고 나면,

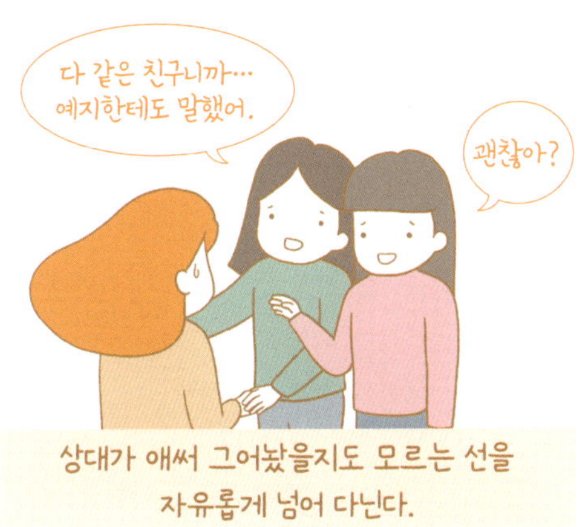


선을 넘고 나서도 관심이라는 명분으로

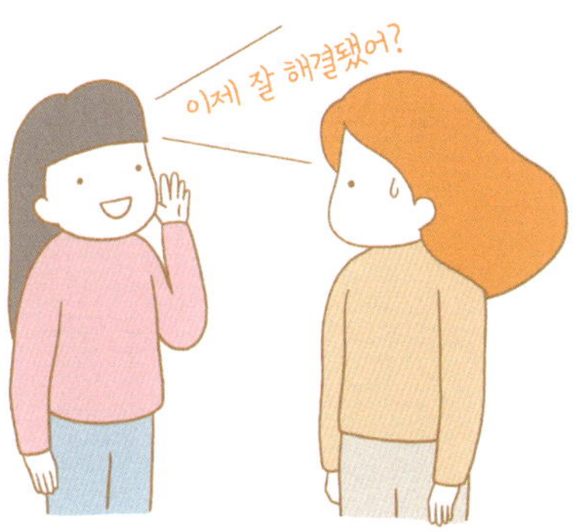


그 어떤 죄책감도 찾아보기 힘들다.

그런데 정말 소중한 사람이라면,

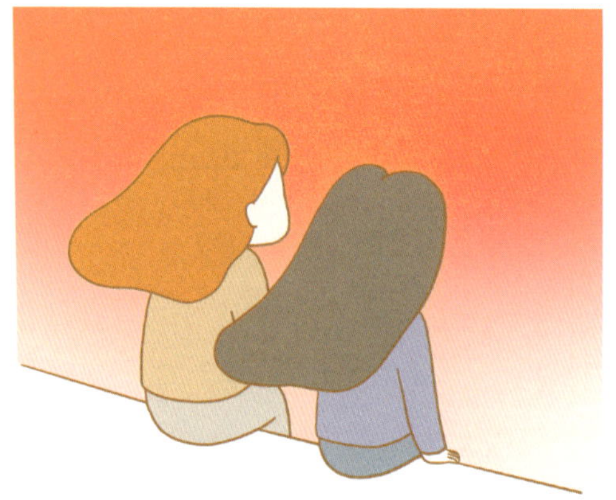

상대가 먼저 꺼내지 않는 이야기는
나 역시 모르는 척해 주는 게 맞다.

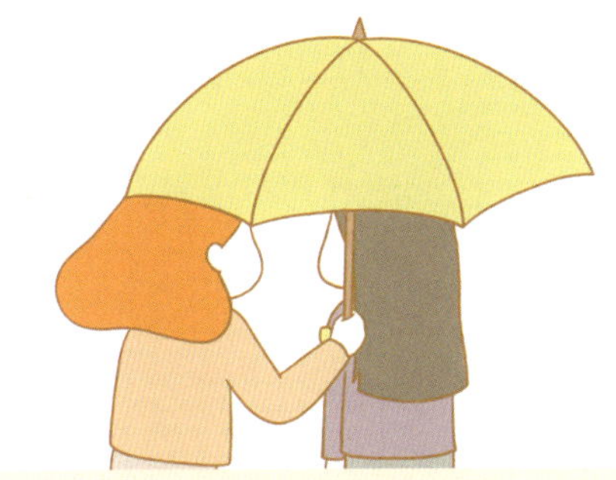





어쩌면 기다림의 미학은 인간관계에서

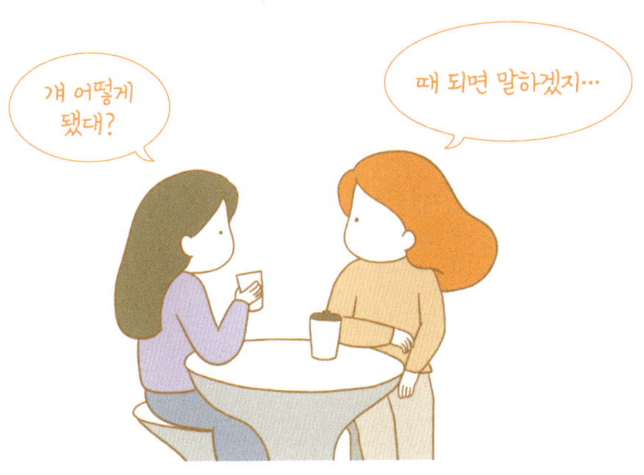


본연의 빛을 낼 수 있는 가치가 아닐까 싶다.

관심이지,
가십인지,

나의 양심에 먼저 물어보기!

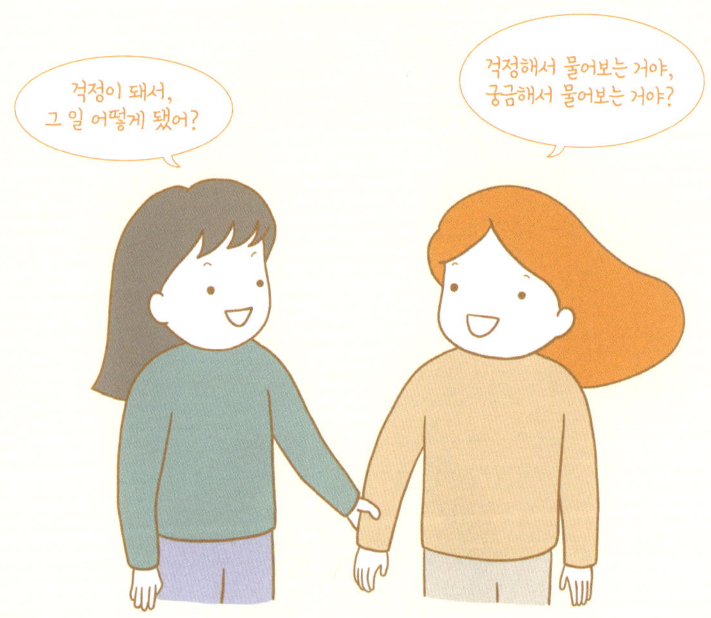

# 그 사람이 너무 싫다면 9화

가끔 내 마음이 통제가 안 될 정도로

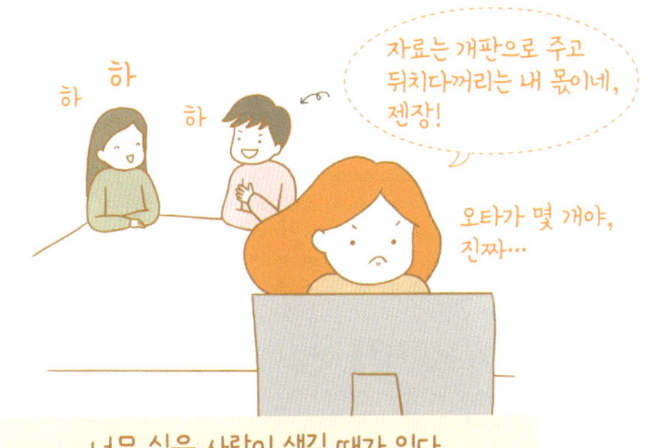


너무 싫은 사람이 생길 때가 있다.

한번 내 안에 미움의 감정이 싹트면

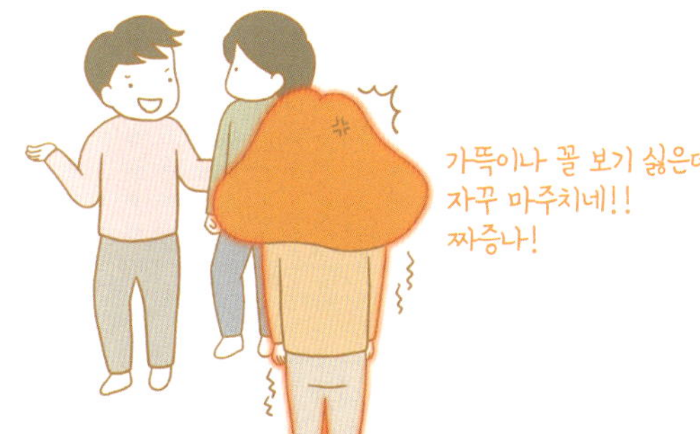


걷잡을 수 없이
나의 모든 감정과 행동을 지배한다.

이럴 때는 나를 괴롭히는 상대에게 한 번쯤

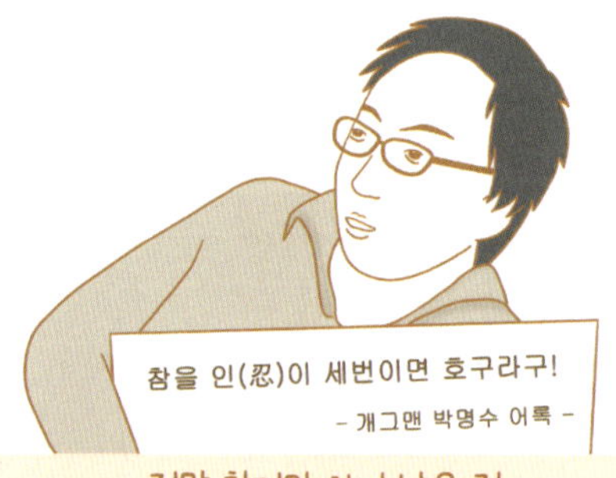


하고 싶었던 말을 직접 다 쏟아붓는 것도
하나의 방법이다.

보통 이런 유형의 인간들은 제멋대로 사는
스타일이라 진정 어린 반성을 기대하기는 힘들 것이다.

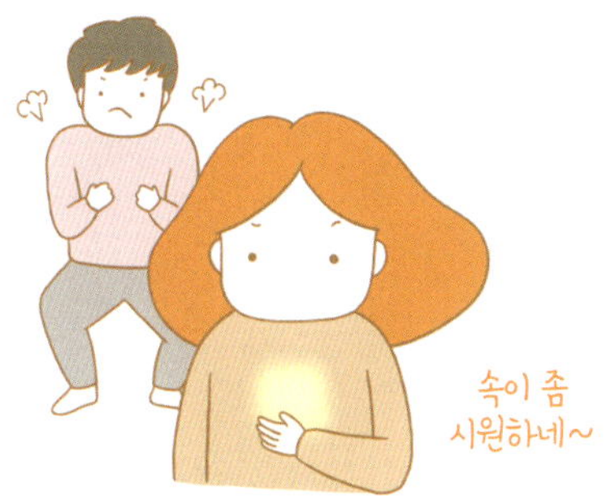


그러니 하고 싶은 말이라도
후회 없이 다 해버리는 게 낫다.



그래야만 또다시 나를 함부로 대하는 것을

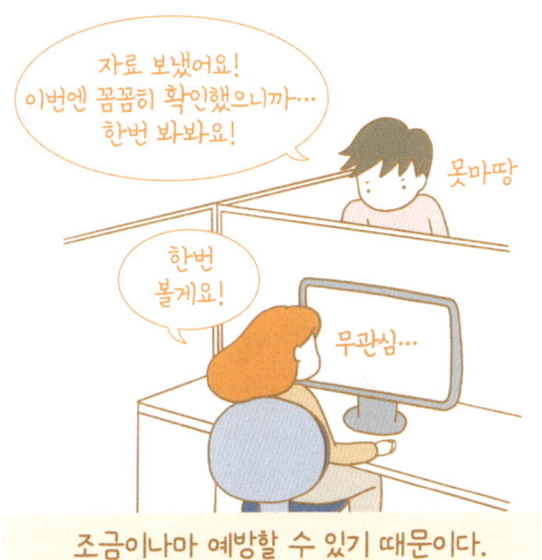


조금이나마 예방할 수 있기 때문이다.

그런 후에는 의식적으로 마음속의 분노를
내려놓아야 한다. 분노를 쌓을수록
일상을 망치는 사람은 나뿐이기 때문이다.

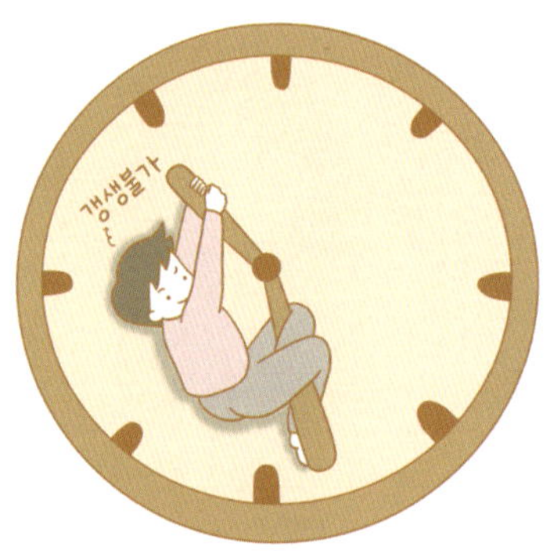



갱생이 어려운 또라이 한 명 때문에
나의 시간을 낭비하지 말자.

또라이와 분명하게 선을 그은 뒤,
우리가 해야 할 일은

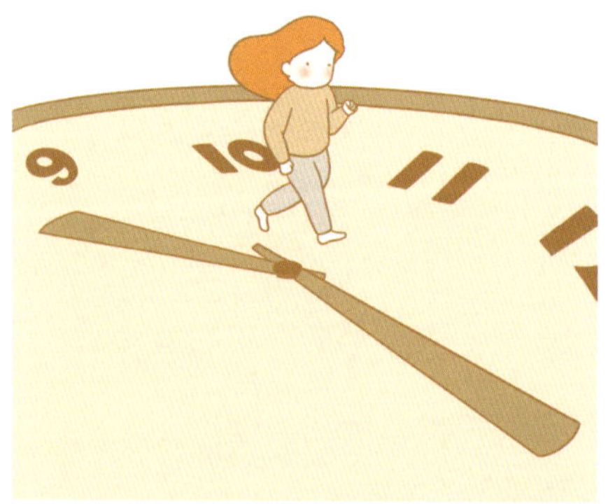

다시 나의 삶으로 온전히 돌아오는 것이다.

똥이 무서운 건 아니지만,
더럽다고 계속 피하기만 하면
나도 모르게
다시 밟게 되는 날이 올 수도 있다.

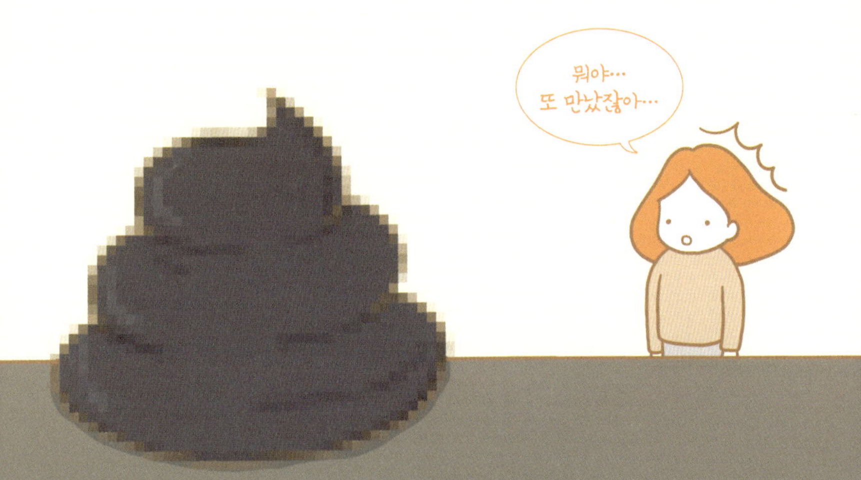

## 10화 이 세상 소심좌들을 위하여

여럿이 재미있는 분위기에서
다른 화제의 이야기를 꺼낼 때면,

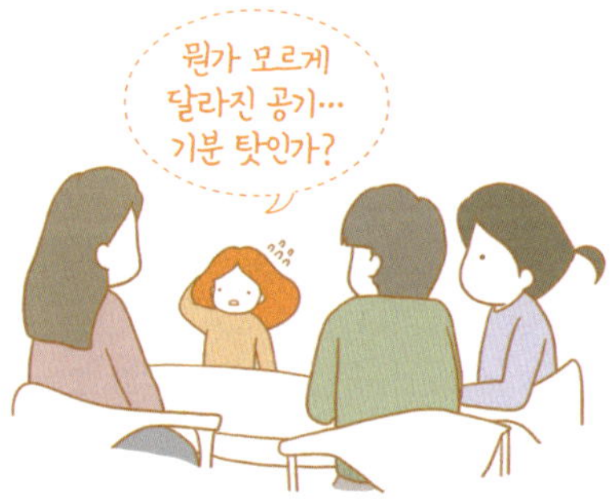


잠시 머뭇거려질 때가 있다.

한창 말을 이어가다가도,
주변 반응이 냉랭해짐을 감지하면



불안은 걱정을 타고 한없이 부풀어
나를 작아지게 만들었다.

결국 하고 싶은 이야기의 절반도
제대로 하지 못하고,

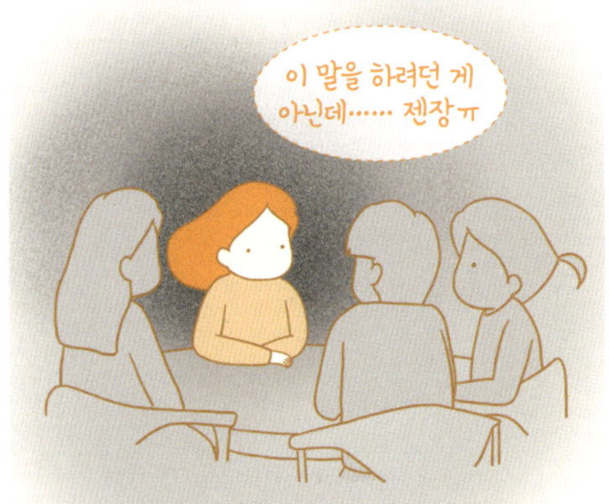


얼렁뚱땅 얼버무리고 끝내기 일쑤였다.



그리고 집에 돌아와서 바보 같았던 순간들이
꼬리를 물며 수없이 곱씹어졌다.

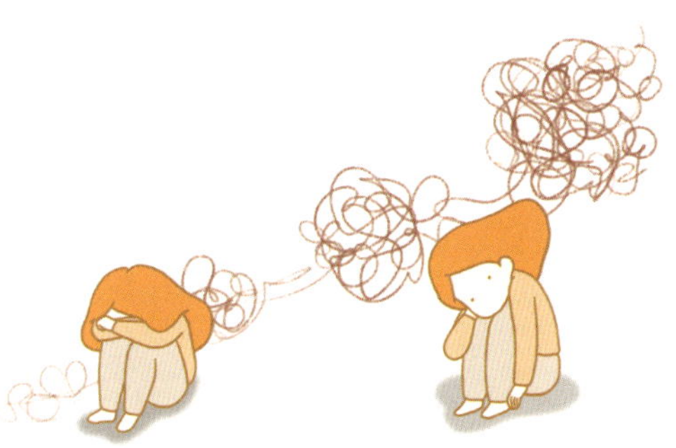

괜한 말을 꺼냈던 나를,
자신감이 없는 나를 자책하곤 했다.

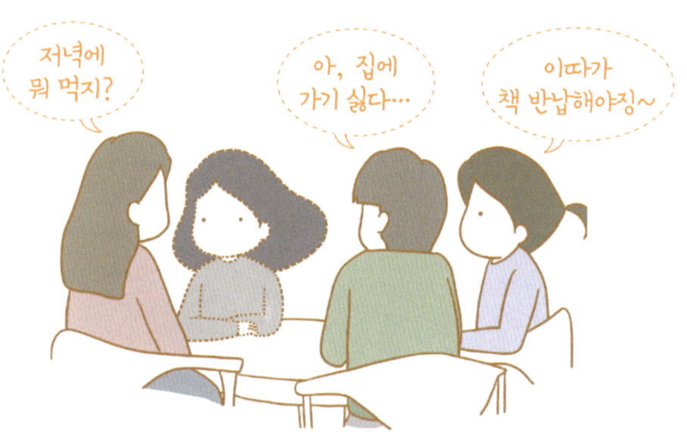


모두 자기 생각만 하느라 매우 바쁘다.

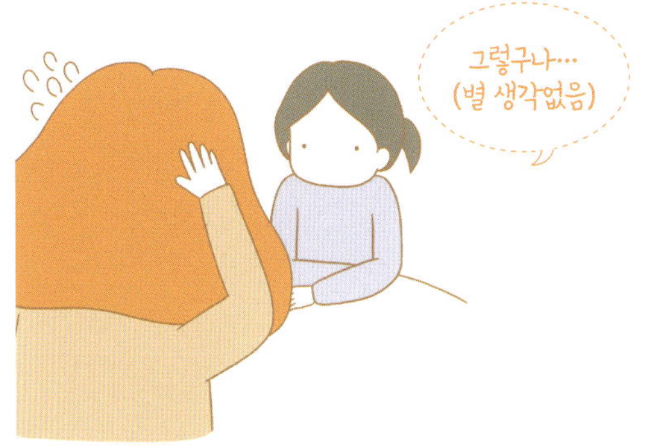

남이 어쭙잖은 모습을 보이더라도
금세 잊어버린다.

그렇구나…
(별 생각없음)

내 일이 아니니까.




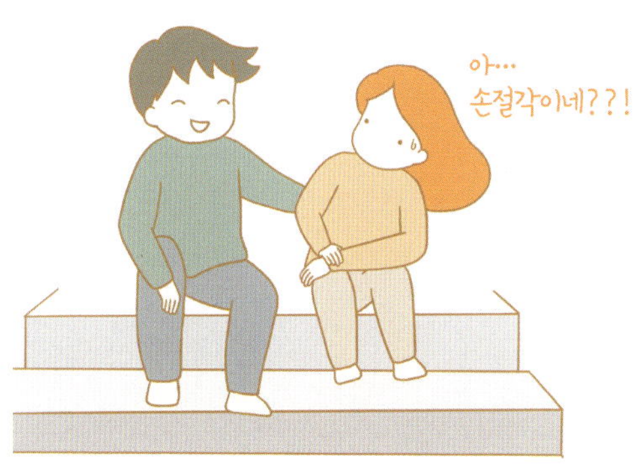

설령 누군가가 나의 못난 부분을 발견해서
나를 안 좋아하게 된다고 해도 뭐 어떤가?

아…
손절각이네??!

나 역시 모두를 좋아할 수는 없지 않은가?

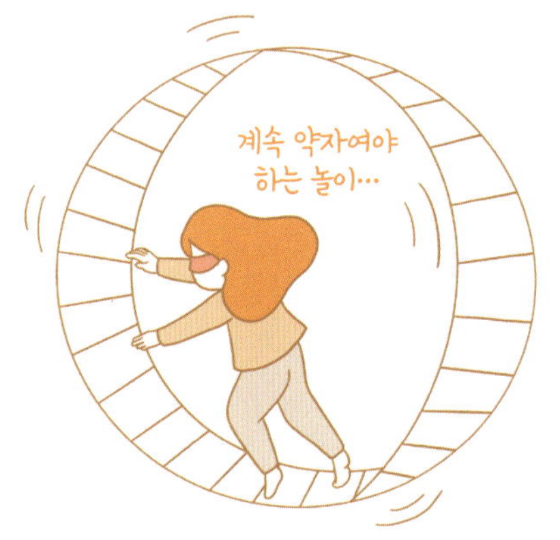




모든 생각은 나의 머릿속에서 만들어진 것일 뿐,
당당하게 나를 표현해도 좋다.

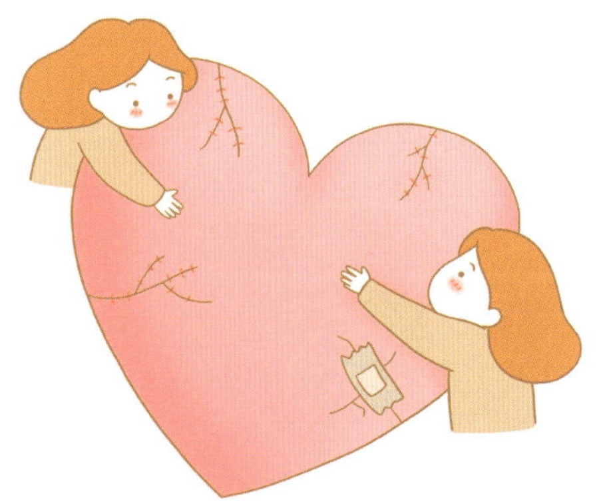

있는 그대로 보여줘도
우리의 모습은 늘 충분하다.

잠시 완벽해지려고 나 혼자 고장나지 말자.
나답게 살기에도 너무 짧은 인생이다.

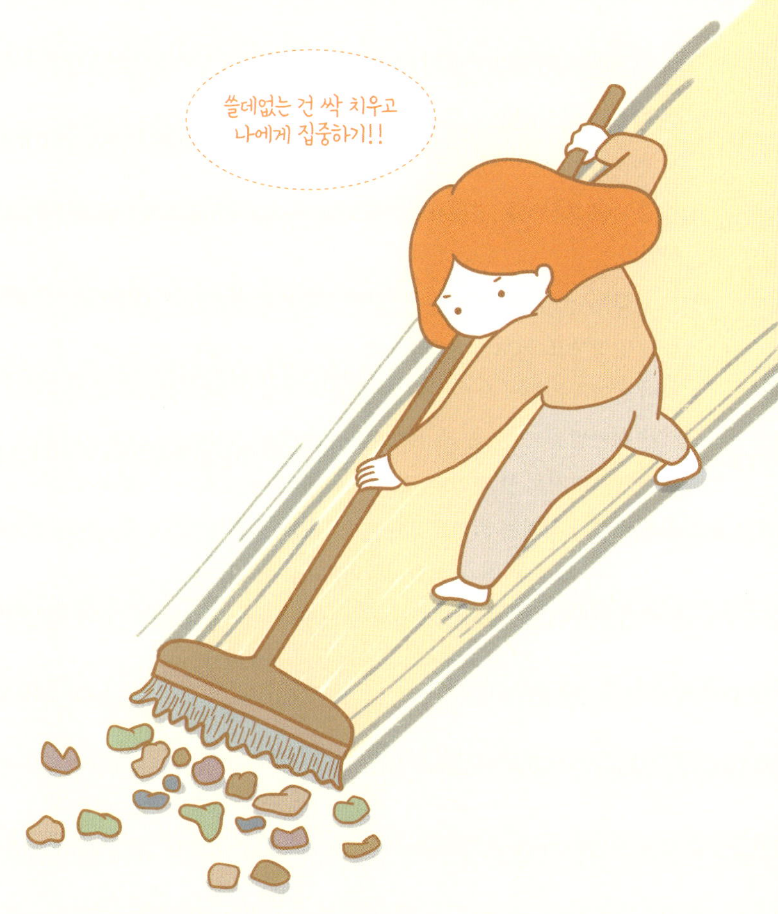

## 나를 위한 관계에
## 선 긋기

어차피 인생은 혼자라고들 말한다. 하지만 참 이상하게도, 관계 하나하나에 쉬이 마음을 내려놓기 어려웠다. 가까운 사람의 지나가는 말 한마디에 맥없이 무너지고, 소원해진 사람의 작은 기척 하나에도 긴 여운이 남곤 했다. 그렇게 사람으로 상처받고도, 또다시 사람을 통해 위로받기를 기대하며, 자꾸만 마음의 문을 열고 닫기를 반복하였다.

그러나 그 어리석은 시간들이 되풀이되면서 언제부터인가 다름을 인정하고, 서로의 우선순위에 대한 욕심도 사라지게 되었다. 혼자서 살아가는 것조차도 마냥 편한 것이 아님을 알기에 어차피 어울려야 살아남을 수 있는 게 세상이라면 어디에도 속하지 않은 채 나부터 생각하기로 한 것이다. 외로움을 완벽하게 없앨 수는 없어도 나를 잃어 괴로워지는 최악은 막을 수 있을 테니까.

'이런 말을 하면 재미없어할까?' '이 얘기를 해도 될까?' 이런 망설임이 안 드는 관계가 점점 소중해진다. 이제는 사람을 만날 때 관계의 '유용함'보다, '편안함'이 더 중요해졌기 때문이다.

누구나 언제든지 변할 수 있다는 것을 인정하며, 불안함 없이 온전히 마주할 수 있는 나의 '품'을 먼저 생각한다. 예전만큼 크고 화려하지는 않더라도, 있는 그대로를 좋아해 주고, 기억해주는 이들 앞에서 나는 더욱 나다워진다.

　　결국 내가 머무는 곳이 나를 만든다. 함께 있을 때 내가 더 좋아지는, 시간이 지나도 내 안의 빛을 꺼뜨리지 않는, 그런 이들과 오래 머무르는 삶을 살아가자.

# 4장

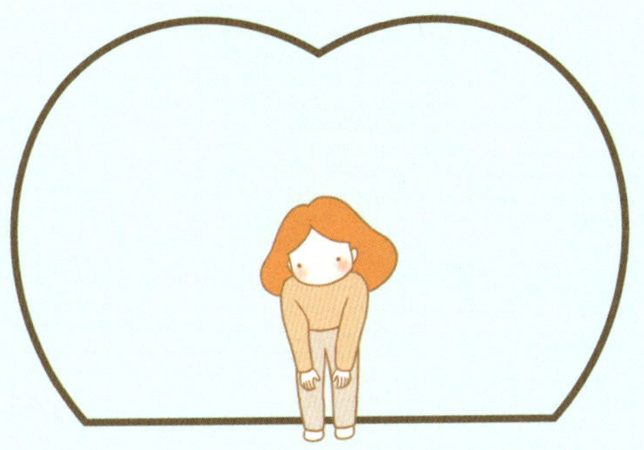

## 나를 위한 사랑에
## 선을 긋다

# 속물의 고백

나이가 들수록 연애 조건의 꼬리는 길어진다.

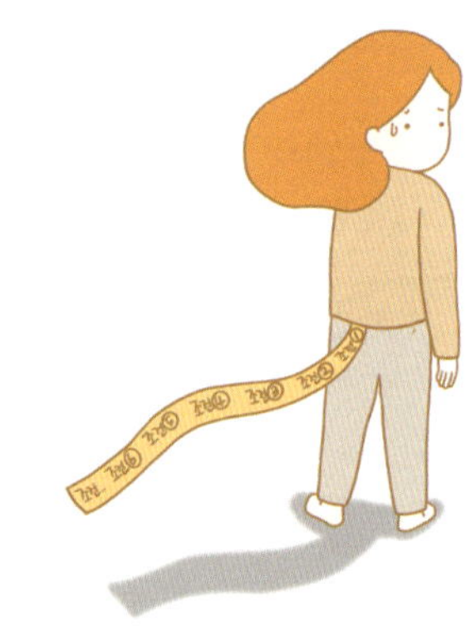

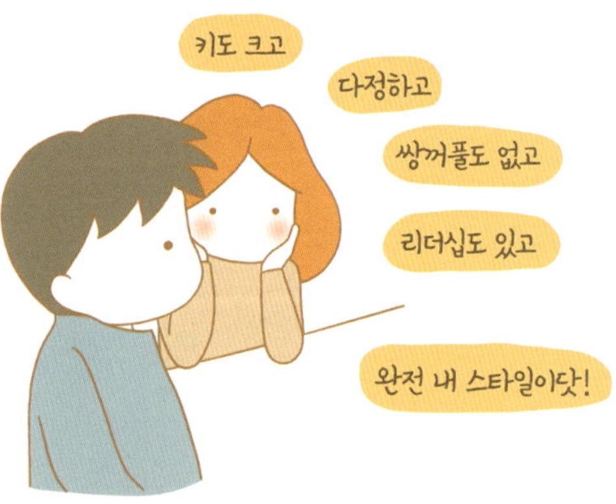


그나마 20대에는 눈에 보이는 조건들이
대부분이었다.

하지만 30대 중반이 되니 눈에 보이지 않는
조건들이 추가되면서

자기 고집이 없어야 하고, 독립적인 사람이고,
웃음 포인트가 맞아야 하며, 현명한 사람이고,
가치관이 잘 맞았으면 좋겠고, 경제관념이 있어야 하며…

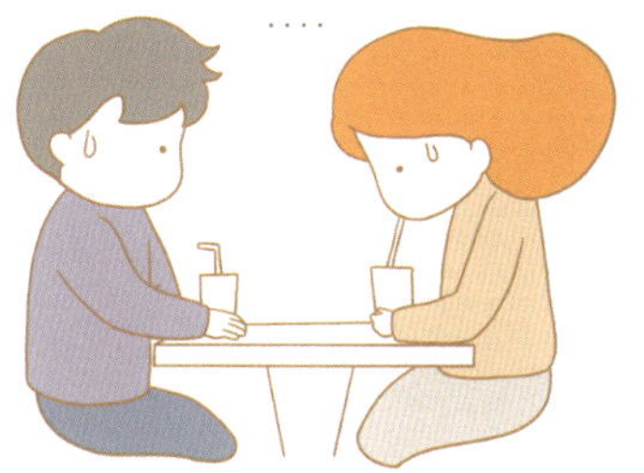

한두 번 만나서는 바로 확인하기도 어려워진다.



어쩌면 결혼 상대가 될 수도 있다는 생각에

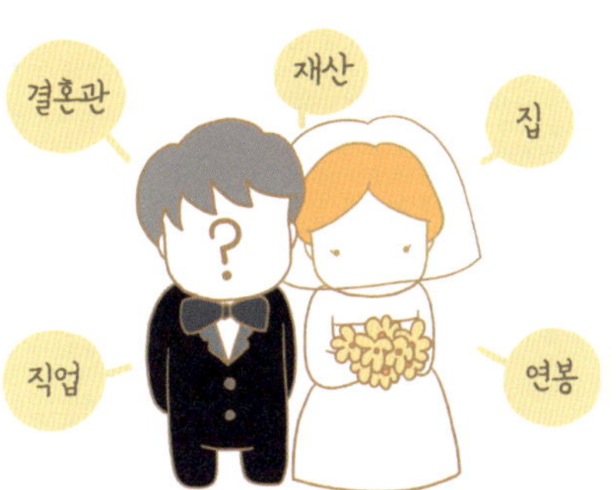


조건에 조건이 붙으며 확인 사항은
눈덩이처럼 불어나기도 한다.

서로의 조건을 따져 드는 게
너무 속물 같고 부담스러워서

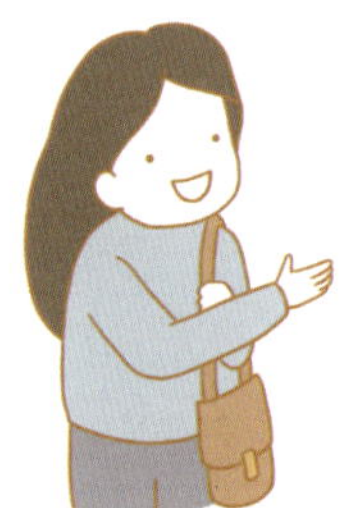


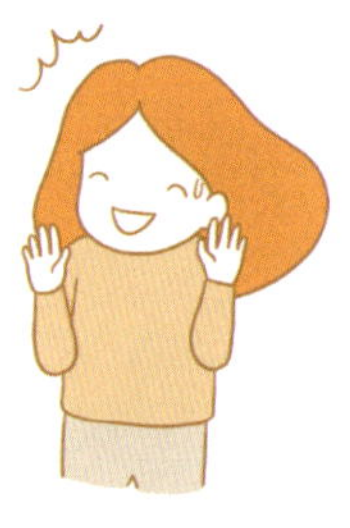


소개팅을 애써 외면하기도 했다.



하지만 다른 사람의
연애나 결혼 이야기를 들었을 때

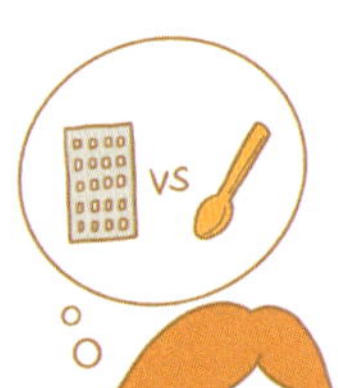


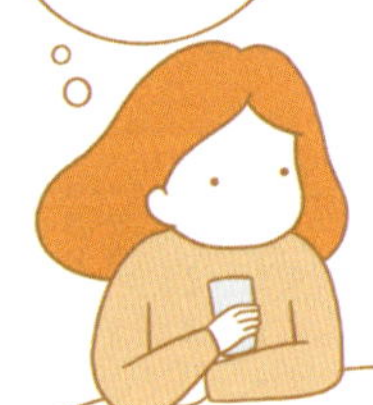

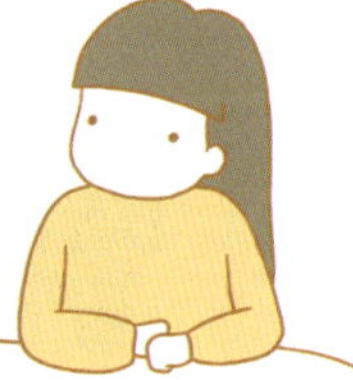


자연스레 누가 더 손해인지
몹쓸 계산을 하는 나 역시 속물 그 자체이다.

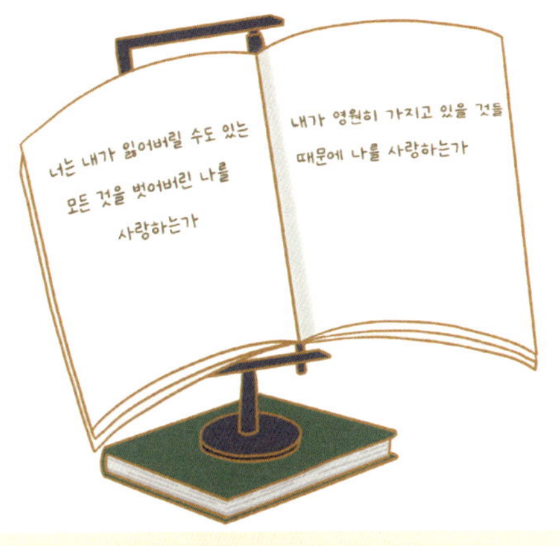






나는 계산적이어도,
너는 그러지 않은 사람이었으면 하는…

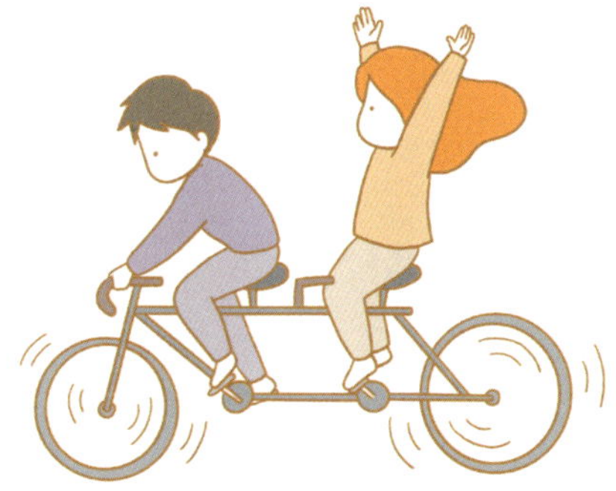

인간은 참으로 지독하게 이기적인 것 같다.

# 환승연애



헤어진 연인들이 나와 새로운 인연을 만들어가는
〈환승연애〉라는 프로그램이 있다.

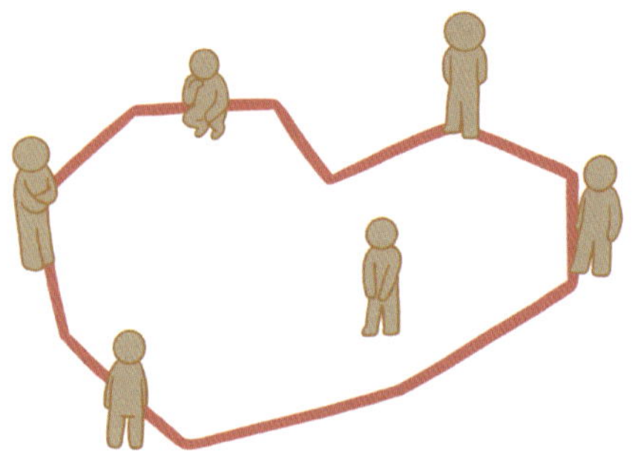

출연자들의 연애 서사를 따라가다 보면
자연스레 나의 연애 추억이 투영되곤 한다.

나의 연애의 모든 순간은 애틋하고도 특별했다.
하지만, 사실…

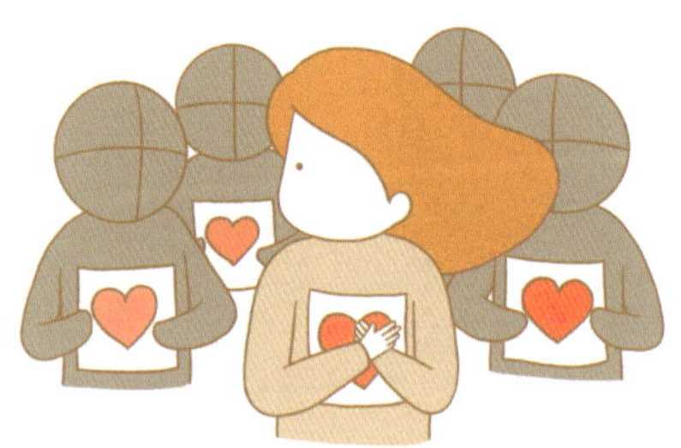

멀리서 보면 다른 이들의 여느 연애 서사와
크게 다르지 않다.

프로그램을 볼 때면 커플들의
갈등 상황에 몰입하며

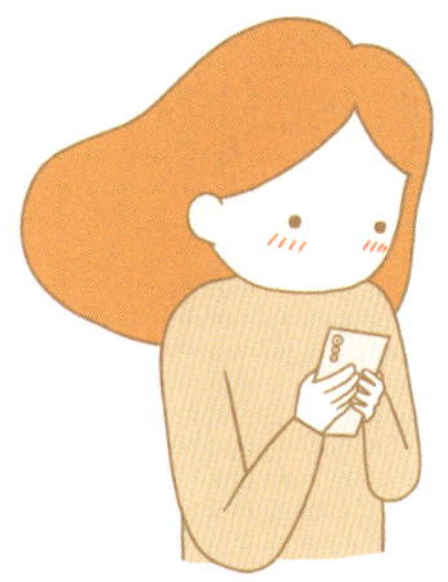


예전의 기억을 소환하여
그때의 나를 추억하곤 했다.



성숙했던 나의 모습들과
미숙했던 나의 아쉬움들이 뒤섞여

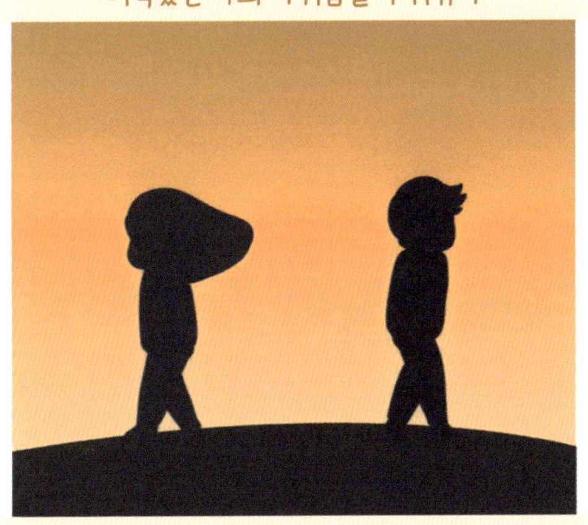

관계 속에서 성장해 가던 나의 모습들이 떠오른다.

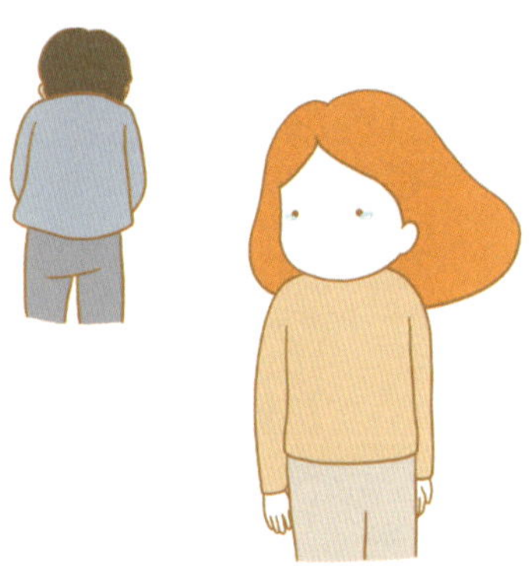


그때의 감정을 그 순간,
더 솔직하게 말을 꺼냈다면...

우리의 끝은 달랐을까.




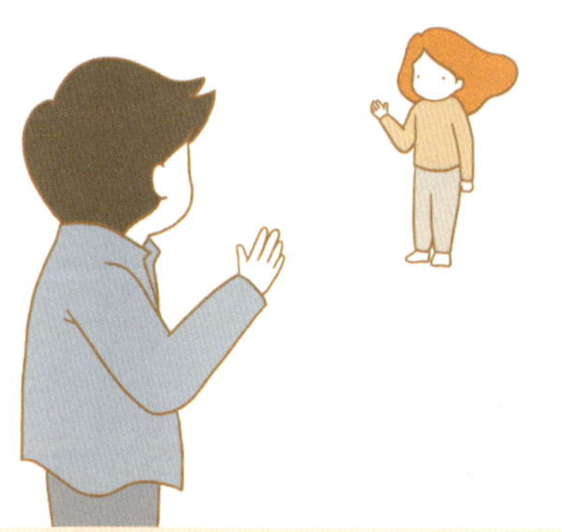


제3자의 입장에서 별반 다를 게 없는
남들의 연애사를 보고 있자면,

사랑에도 소통이 정말 중요하다는 생각이 들었다.

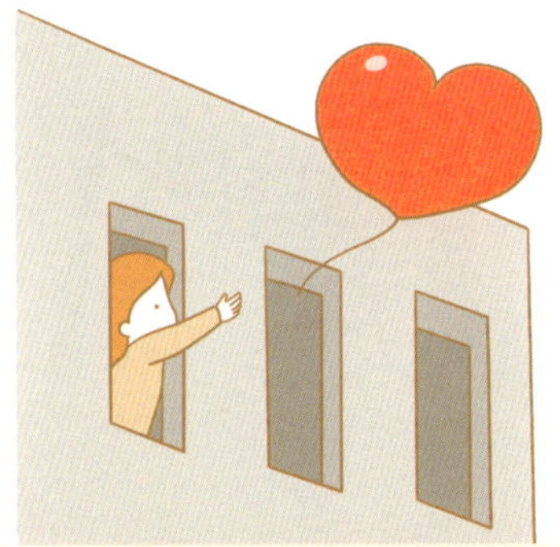





최선을 다했던 순간들이 모여 관계를 키워가고

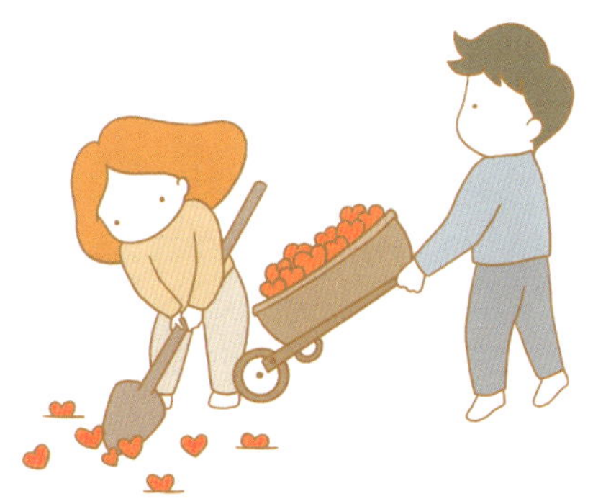

서로가 수정에 수정을 거듭하였지만,

그럼에도 더 이상 회복이 어렵다는
합의에 이르게 되면

우리의 그림은 이제 나의 그림이 되어
서사가 이어진다.



우리의 서사는 끝이 났지만,
나의 언어는 성장해 있었다.

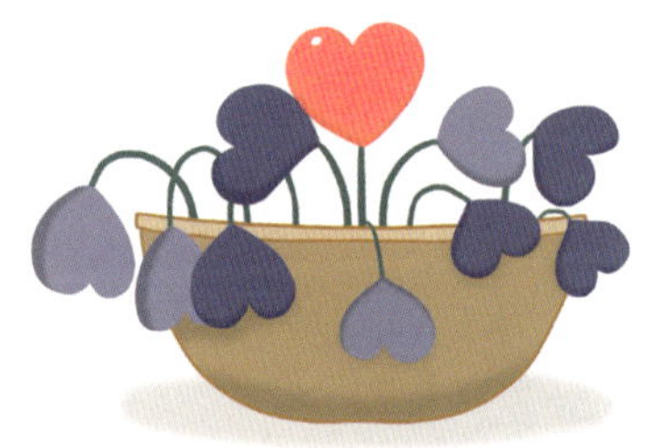

유한한 사랑이 남긴 것이
이별의 아픔만은 아니었다.

시간이 지날수록
선명해지는 만남이 있다.

이제 와서 운명이라고
변명이라도 하고 싶게 만드는…

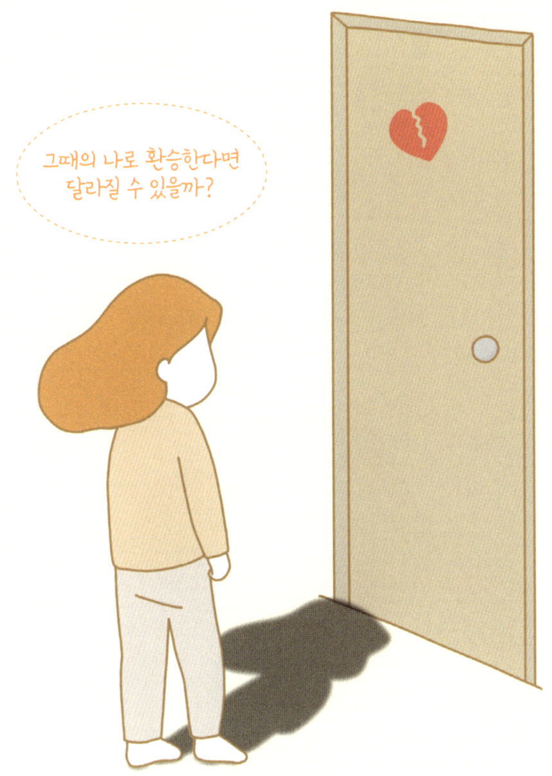

# 3화

# 손해 없이 이별하는 법

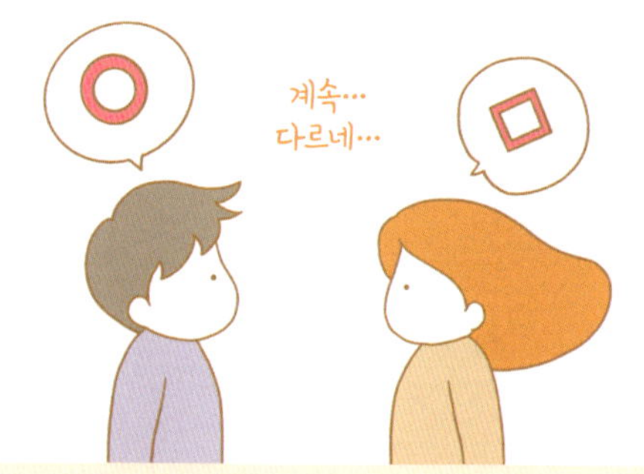




하지만 지금의 이 서늘한 확신을
잠깐 스친 감정이었던 걸로 생각해야 한다.

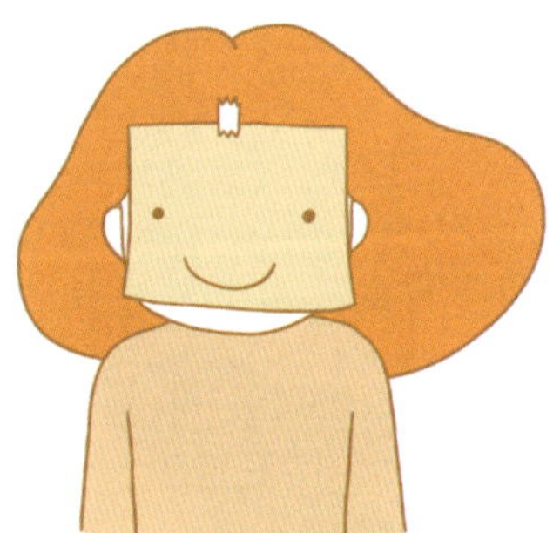

아직은 내가 준비되어 있지 않으니까.

이왕이면 네가 지금보다
날 더 좋아해 줬으면 좋겠다.

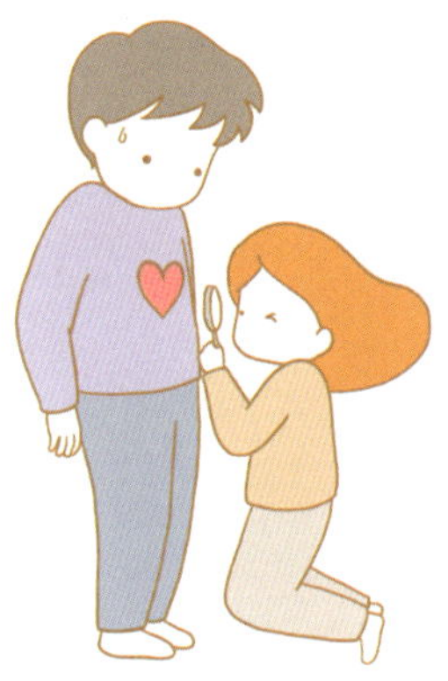

혹시나 그날이 와도 내가 덜 아프고 싶으니까.



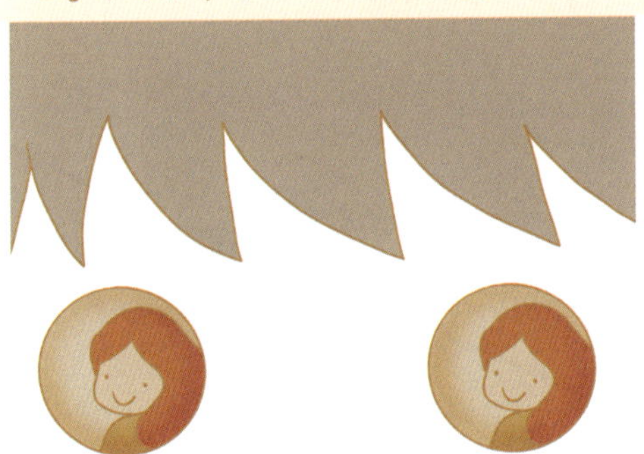

기다림의 시간만큼 나 역시 너에게
정이 더 들겠지만,

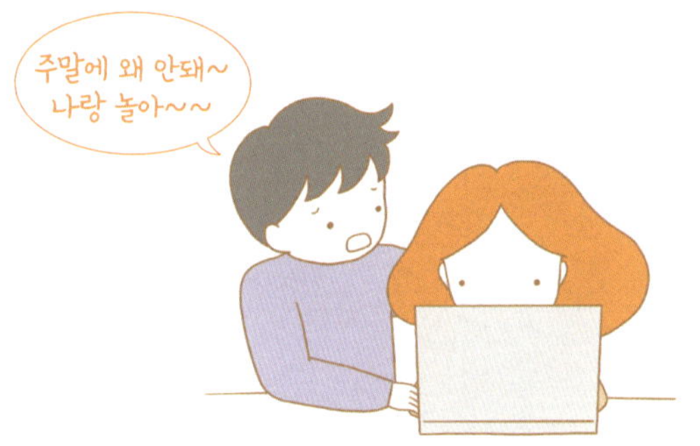


공평하게 좋아한다면 내가 덜 슬플 테니까.



그렇게 헤어질 타이밍은 기어이 찾아왔고,

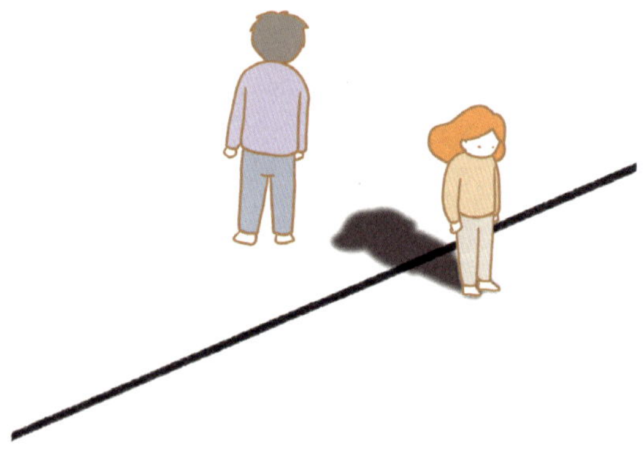

이제는 더 이상 지체할 수 없음을 알기에
먼저 쿨하게 이별을 고했다.

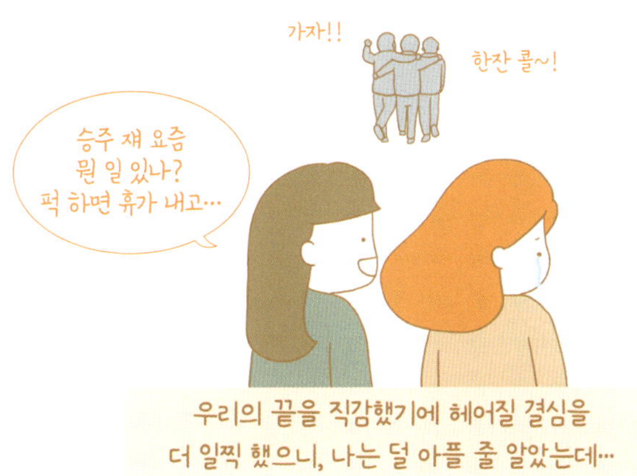





마음의 크기가 어떻든, 누가 먼저 변하든,
이별의 아픔은 모두에게 필연적이라는 것을…

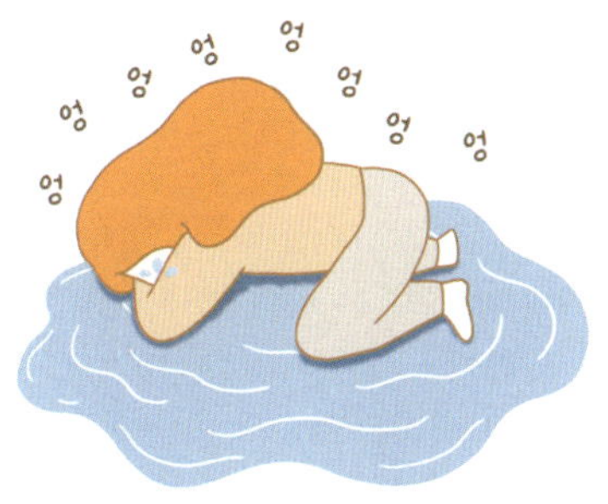



손해 없이 우월하게 이별하는 방법이란
존재하지 않았다.

서로가 연결되어 있던 선을 놓아주는 것이 아닌
끊어내는 것이기에

우리의 이별은 어떤 형태로든
늘 시리고 아프다.

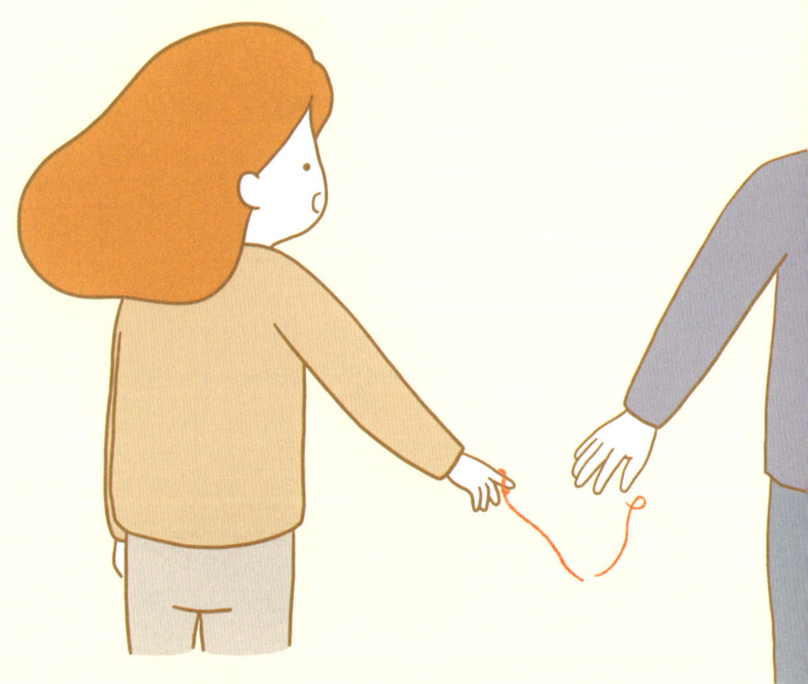

# 가족이라는 이름으로　4화

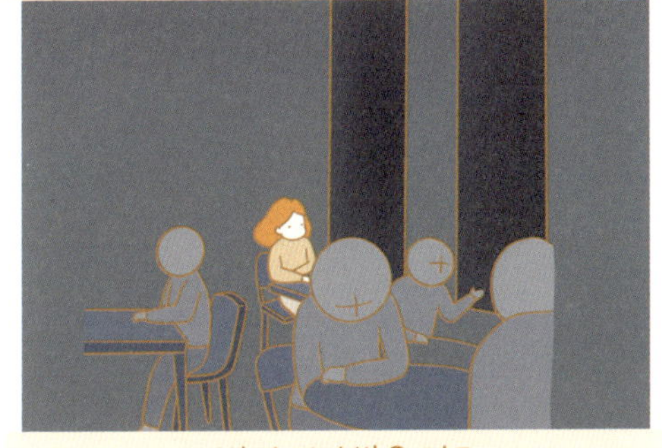


엉킬 대로 엉킨 나의 일상을 어떻게 되돌려놔야 할지,

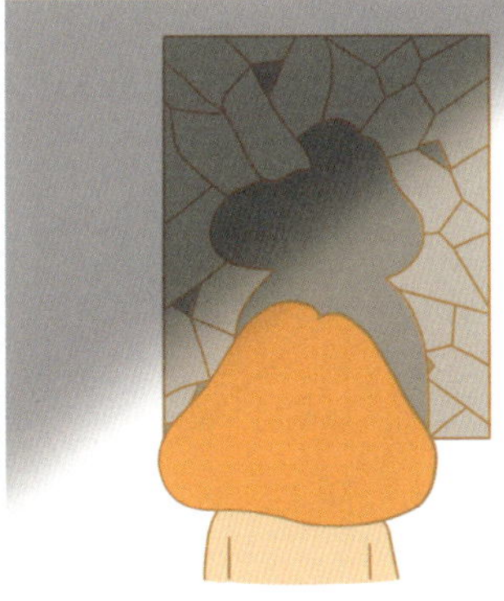

한 발짝을 떼는 것조차 버거웠고,
한편으로는 이대로 멈춰있고도 싶었다.

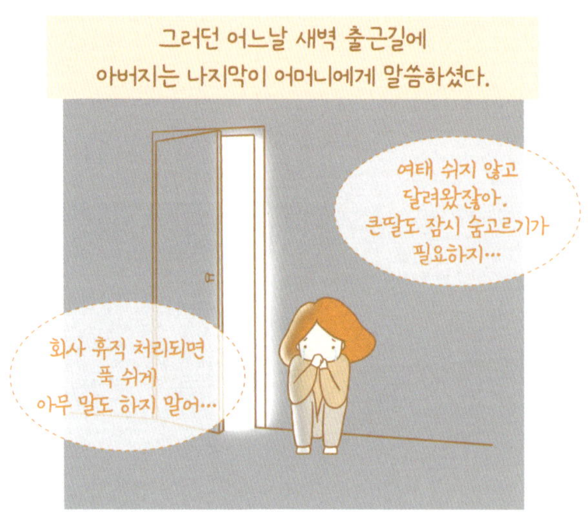



나의 급한 불이 서서히 잦아든 후, 그제야…

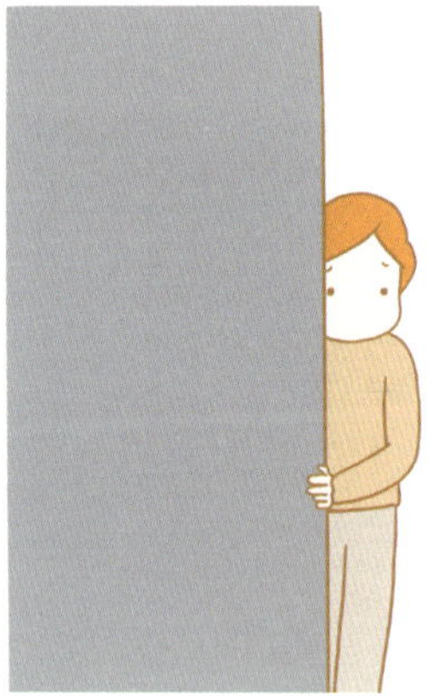

그동안 보이지 않았던 장면들이 보이기 시작했다.

주름이 한 뼘은 더 깊이 팬 모습으로

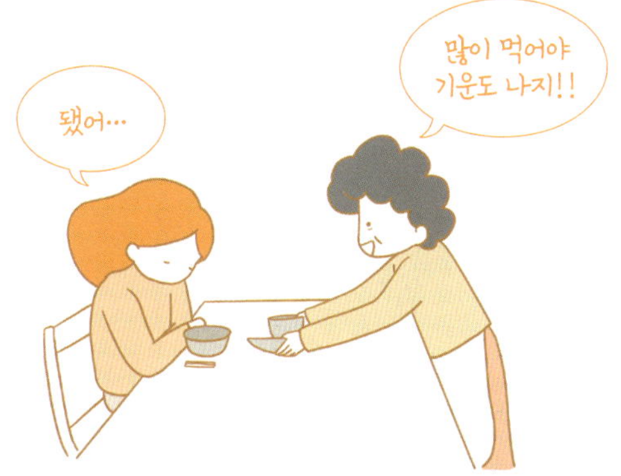


한결같이 나를 돌봐주었던 순간을



무뚝뚝해서 평소에 데면데면했지만,

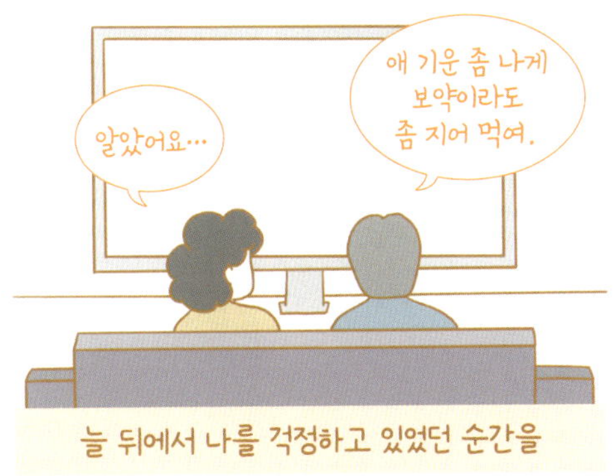


늘 뒤에서 나를 걱정하고 있었던 순간을

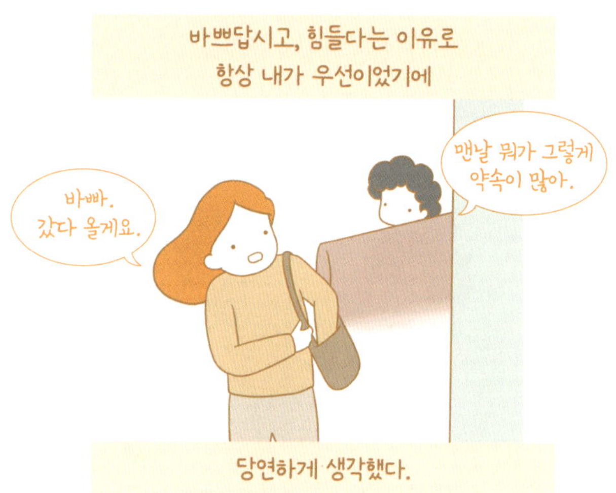


어쩌면 인생에서 잠시 멈추는 시간이
찾아오는 이유가

내가 잊고 있던 당연함을
다시 깨닫게 하기 위함은 아닌지 모르겠다.

모든 관계에서 갈등은 필연적으로 나타난다.

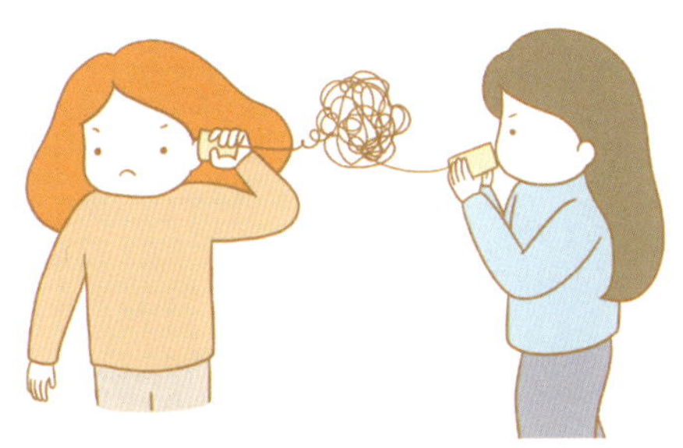

사소한 오해와 서운함의 골이 깊어져
사이가 변하기도 하고,



바뀐 환경에 적응하는 데 급급하여

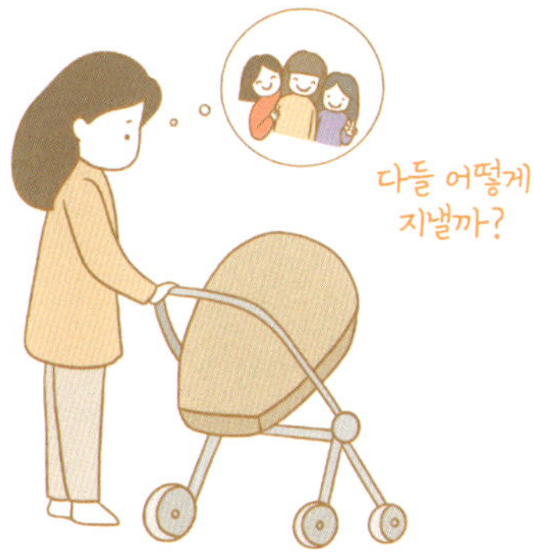


자연스레 주변과 소원해지는 경우도 있다.

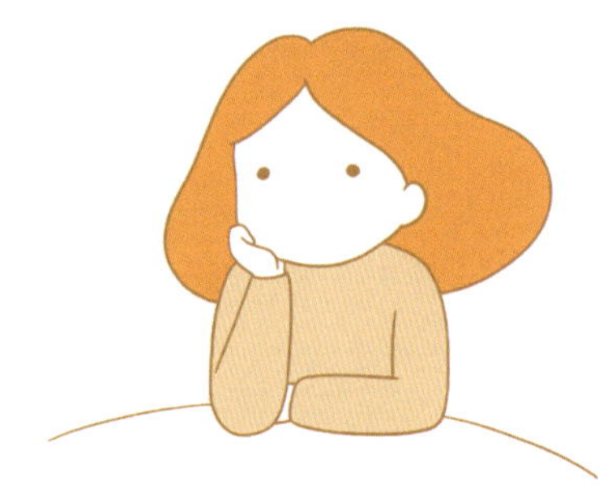





상대가 나를 떠났다고 가정했을 때

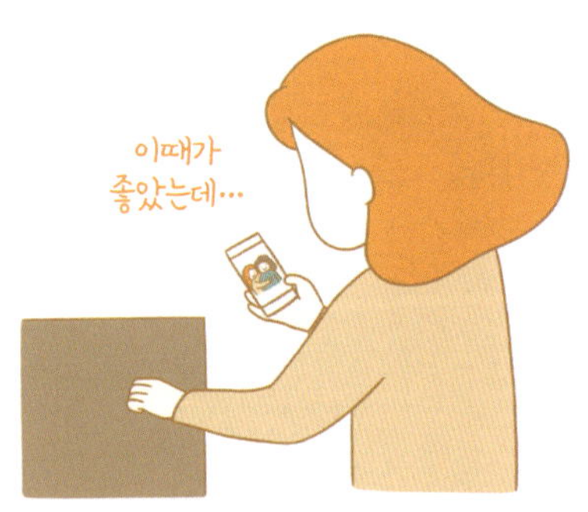


스스로 어떤 감정을 느끼는지
마음속으로 그려보는 것도 좋은 방법이다.

만약 관계를 개선하기로 결정했다면

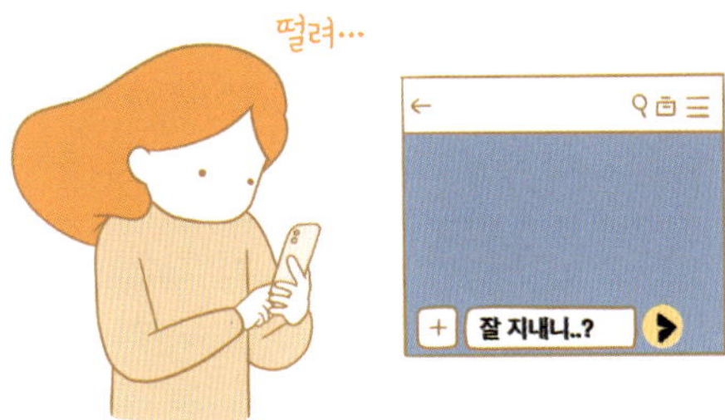


서로가 허심탄회하게 대화하는 시간이
반드시 필요하다.



이때 나의 마음을 해명하는 데 집중하기보다는

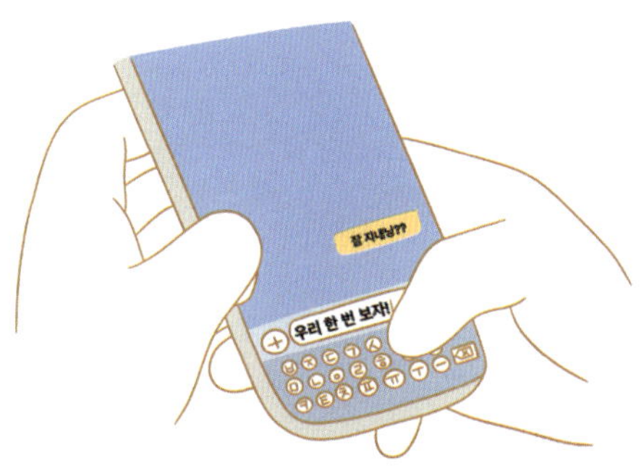


그의 입장을 먼저 공감하는 이야기로 시작해 보자.

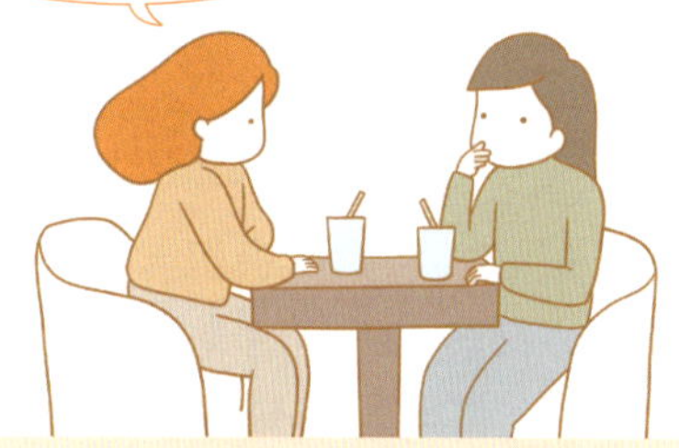






시간이 지나도 마음 한켠에 그 사람이 지워지지
않는다면 한번은 용기를 내어야 한다.

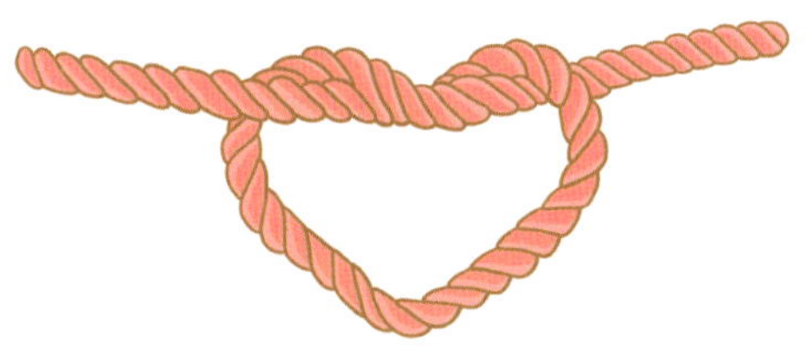

화해는 미래의 새로운 결말을 맺기 위한 시작이다.

연결의 회복을 위해
지금 우리에게 필요한 건

자존심이 아닌 진심이다.

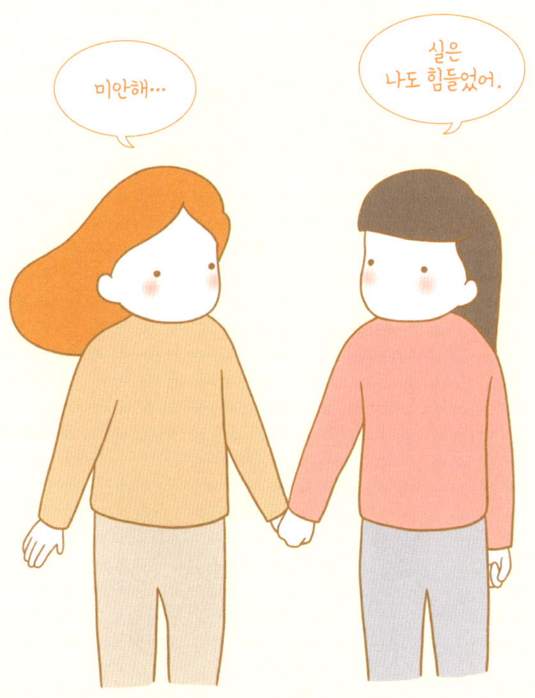

## 6화 사랑의 단상

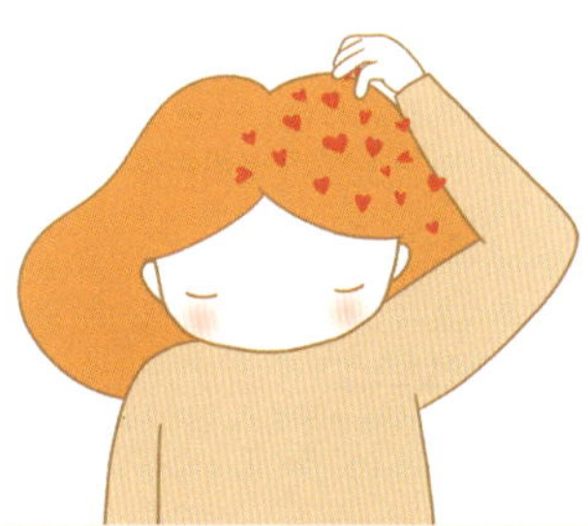



어찌 보면 우리의 성장에 가장 큰 원동력은

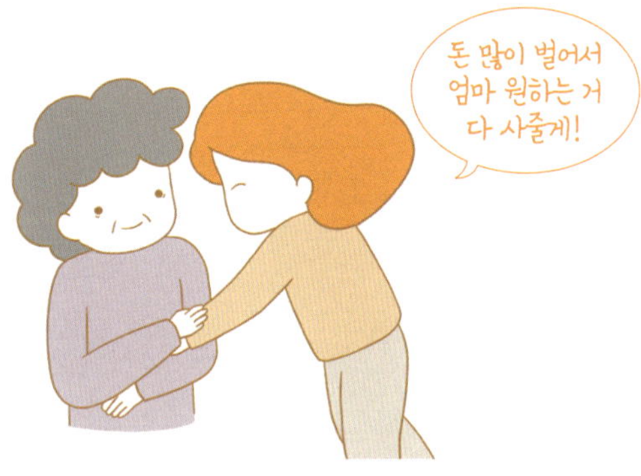



사랑일지도 모르겠다.

세상은 정교한 생존 법칙에 냉정하기 그지없지만,

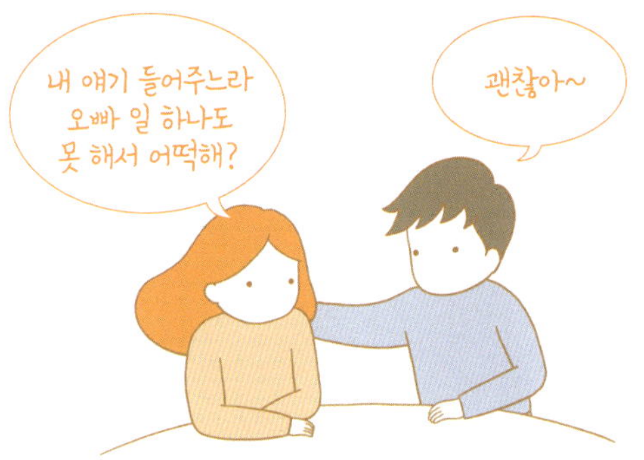


그러한 현실 앞에서도 사랑 때문에
모순적인 인간이 되기도 한다.



때로는 사랑하는 누군가를 위해

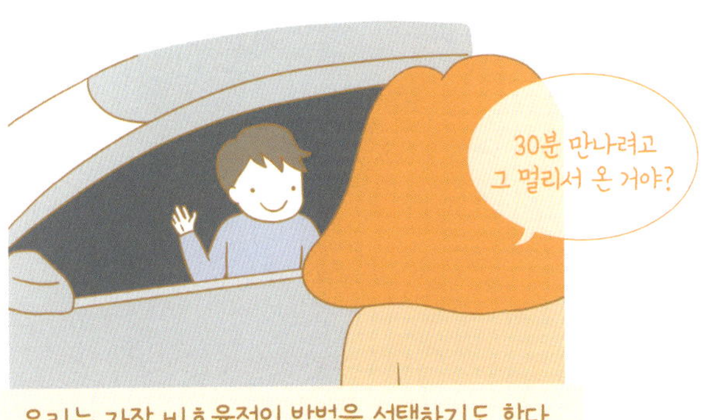


우리는 가장 비효율적인 방법을 선택하기도 한다.

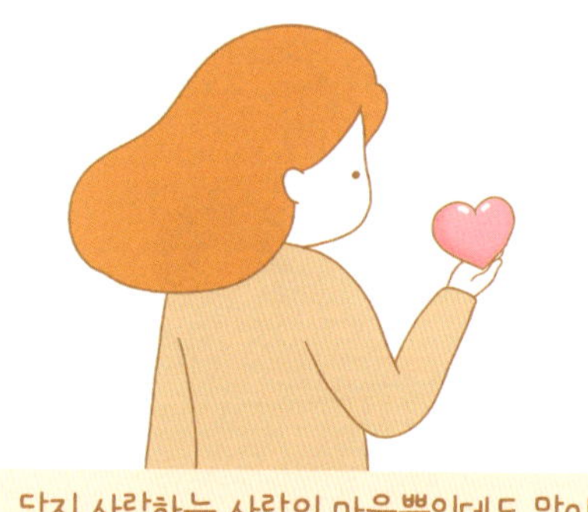







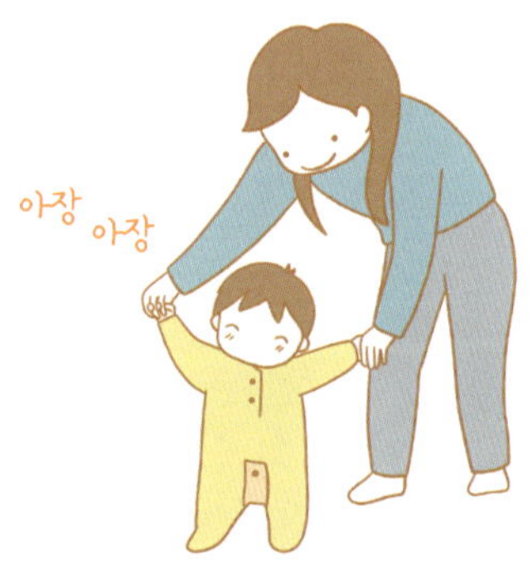



상대를 위한 조연이 되어
위성과 같은 존재를 자처한다.

그럼에도 불구하고, 오늘을 사는 이유가

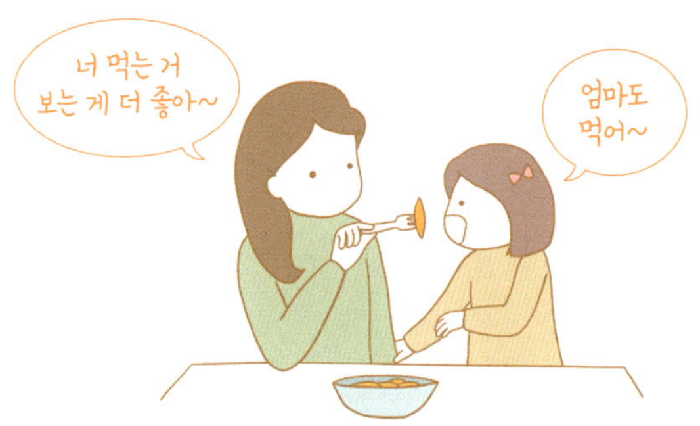


오롯이 나 혼자만을 위한 사람이 과연 몇이 될까.



결국 사랑이라는 믿음이 있기에
나는 너를 위해, 너는 나를 위해

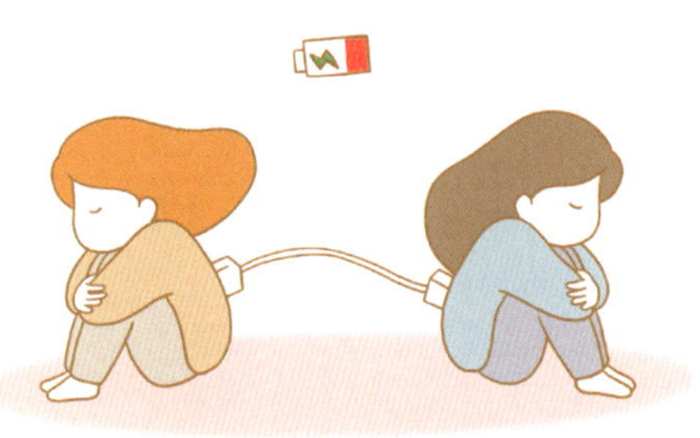

세상을 기꺼이 버텨낸다.

# 편향적인 사람



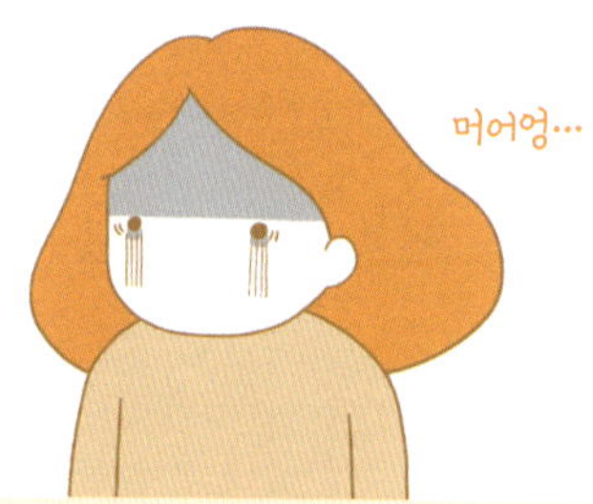




헤어지고 나면 이별의 잔재들을
최대한 빨리 정리하는 편이다.

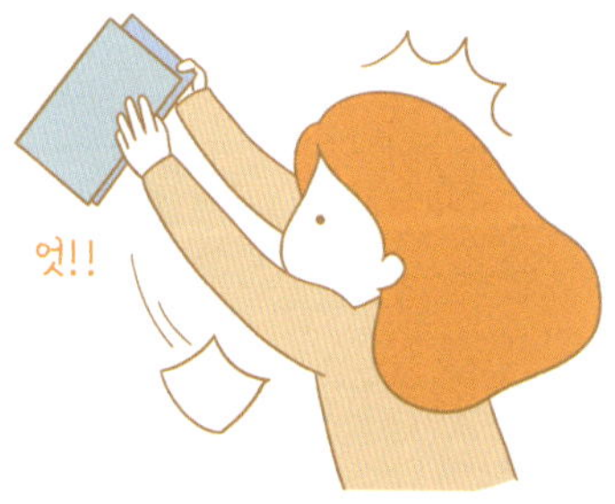


그럼에도 미처 지우지 못한 흔적의 일부가
발견될 때면 속수무책으로 과거에 휩쓸리고 만다.

기억 속 많은 장면들은 뒤섞이고 희미해지면서

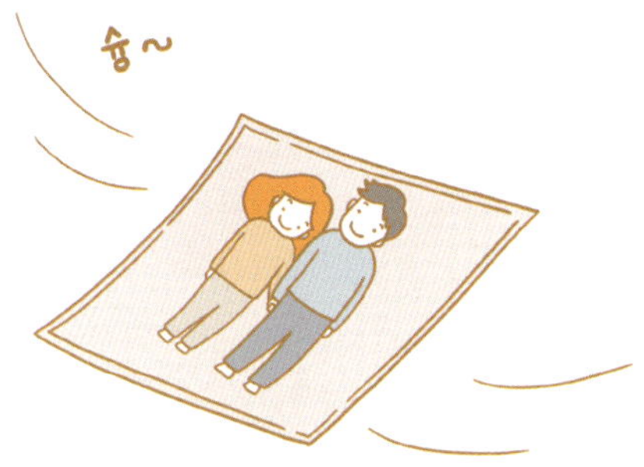


아팠던 기억은 이제
한 장의 추억으로 말할 수 있게 된다.



마냥 좋았던 장면만이 강하게 나를 스치고

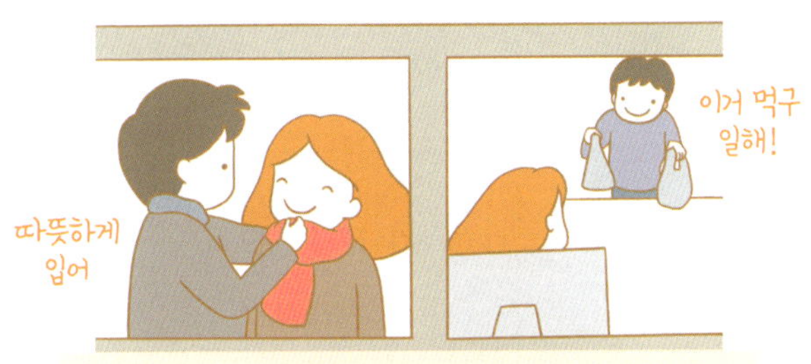


굳이 왜 이별했는지,
그런 사람을 또 만날 수는 있을는지,
그 짧은 찰나에 쓸데없는 미련들이 쏟아지기도 한다.

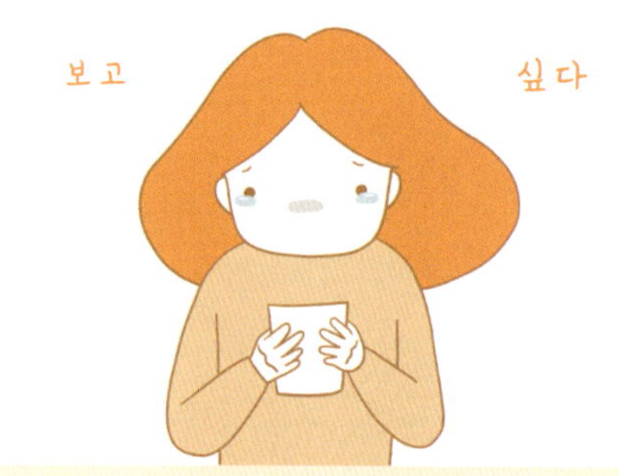






과거의 기억은
내가 떠올리기 적당한 만큼으로 편집되어
있는 그대로의 나와 마주할 시간을 내어준다.

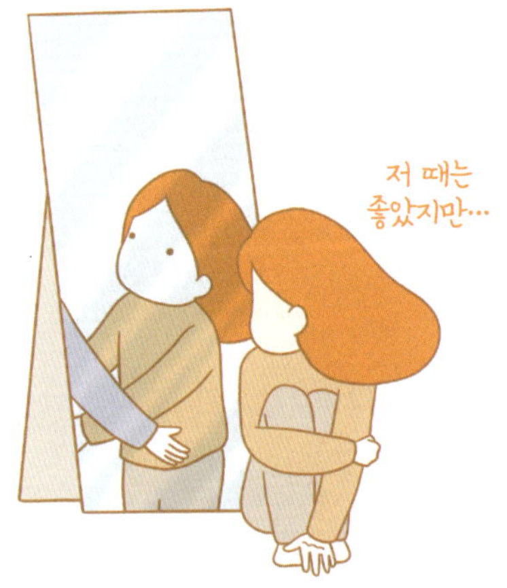

최선을 다하였음에도 끝날 수밖에 없었던
관계를 돌아보고,


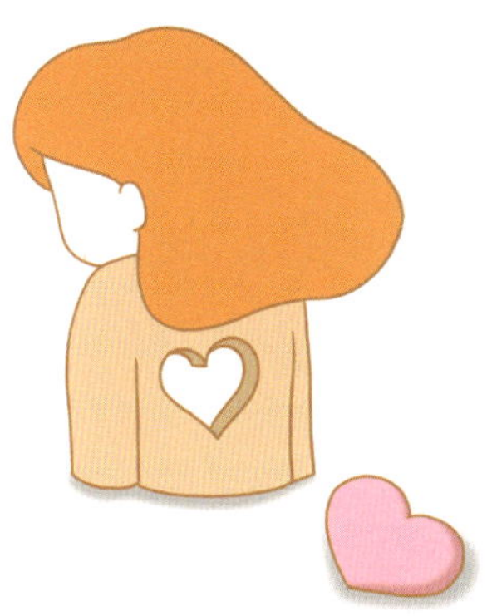


그럼에도 사랑했던 순간은
아리도록 소중했기에





우리는 그토록 수많은,
아팠던 순간들을 망각한 채


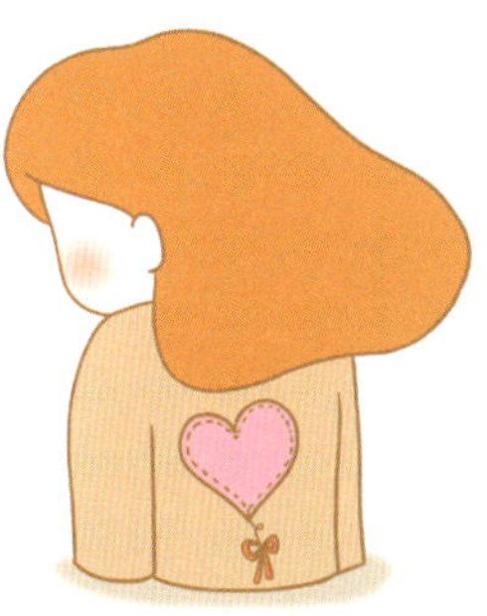


새로운 사랑의 함정에 또 빠지는 게 아닐까?

그 사람과 추억이
그리운 이유는
그 시절, 그 계절,
그 순간이었기 때문이다.

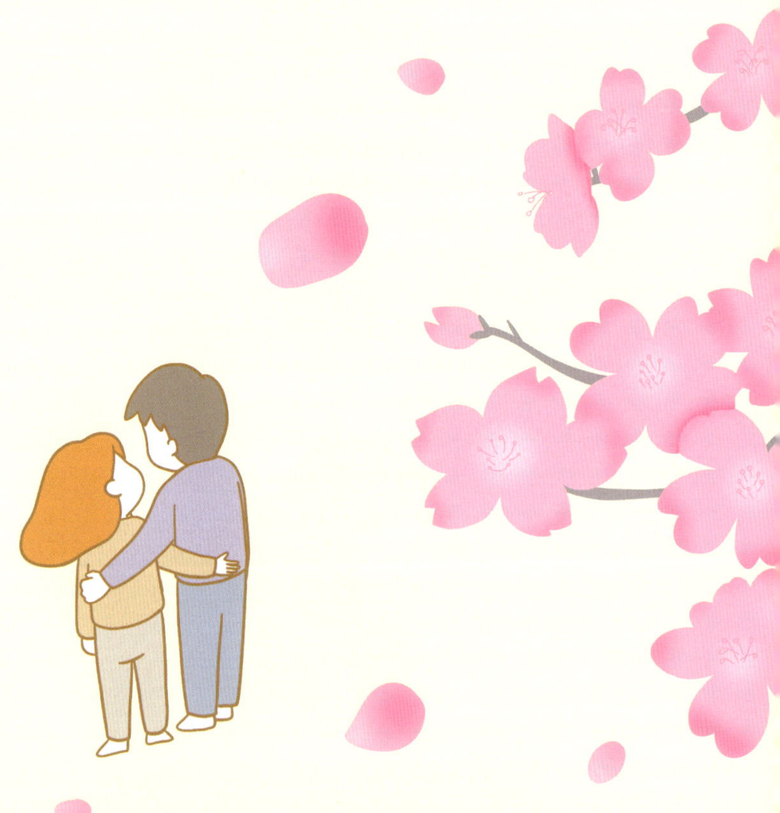

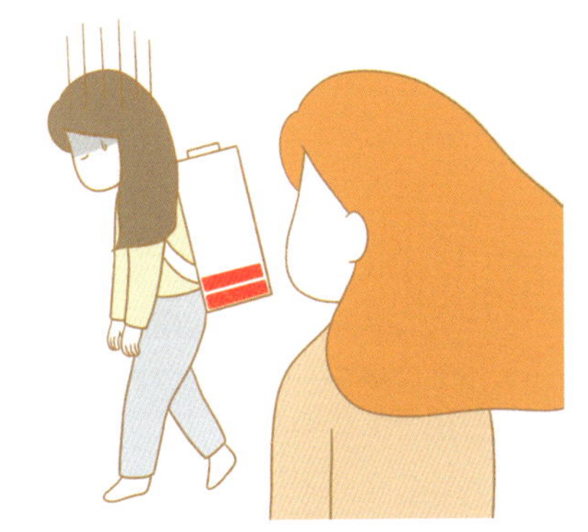


정말 내가 좋아하는 만큼 꼭 필요한 이야기로,

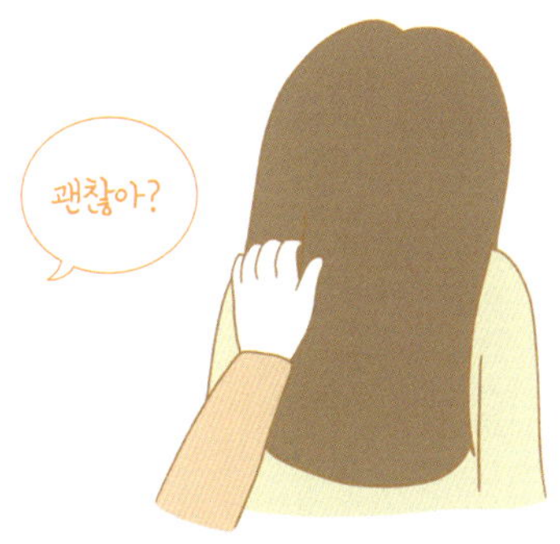


그들의 아픔에 조금이나마 도움이 되고 싶었다.

그럼에도 그들이 괴롭다고 할 때면

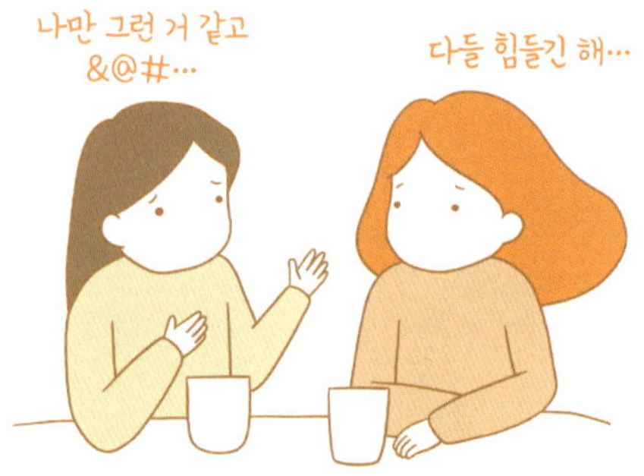


누구나 그러하다고,
솔직하게 말해주는 것이 최선이라 생각했고,

어려운 이야기를 꺼내는 그들에게

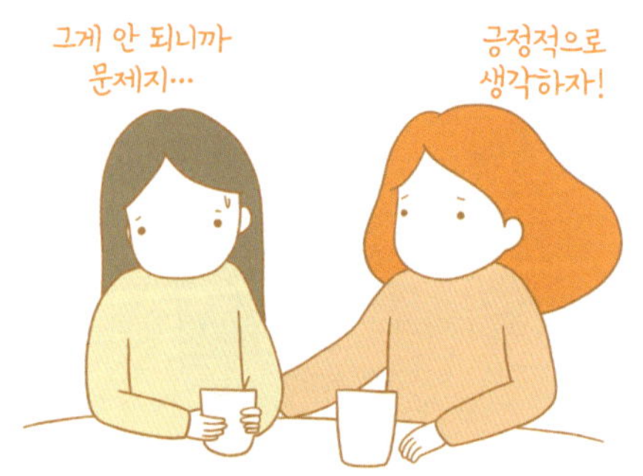


금방 좋아질 거라며 긍정적으로 생각하라는 말을
너무 쉽게 내뱉기도 했다.

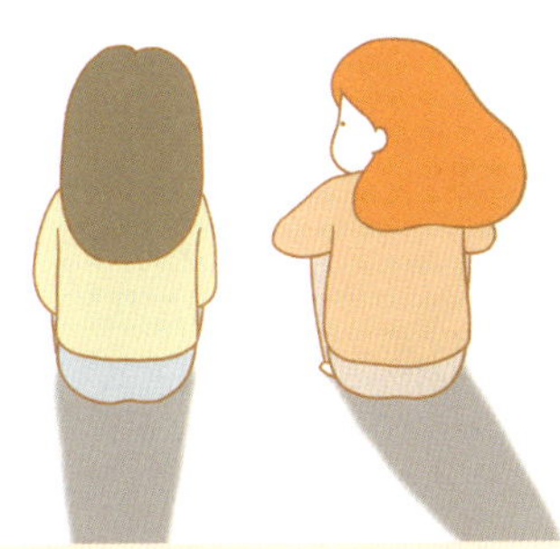





그런데 시간이 흐를수록 위로를 위해
위로의 방식을 억지로 찾기보다는,

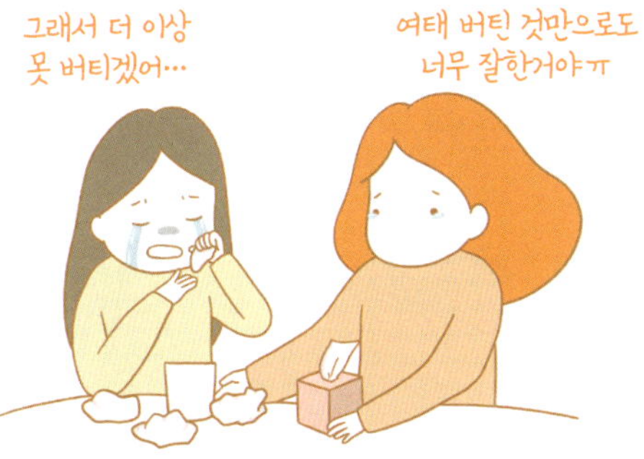


진심 어린 공감 한 마디로도 상대방에게
큰 힘이 될 수 있다는 것을 알게 되었다.

어차피 그들도 고민의 정답을
나보다 더 뼈저리게 알고 있기에

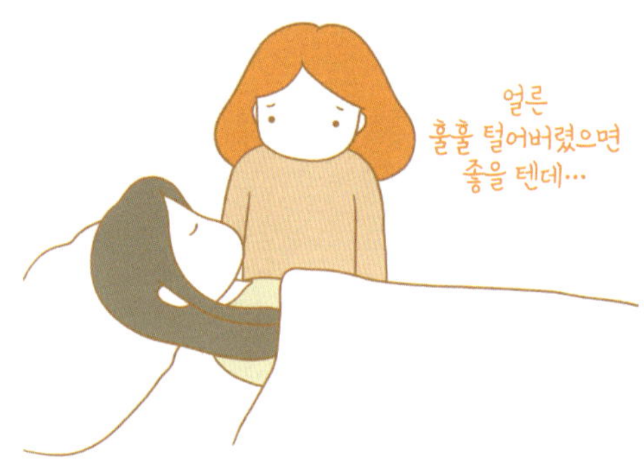


그저 나는 잠시 그들 앞에 놓인 어둠을
잊게 해 주는 것만으로도 충분하다.



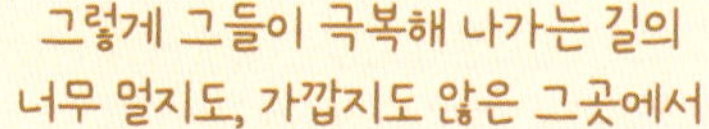

그렇게 그들이 극복해 나가는 길의
너무 멀지도, 가깝지도 않은 그곳에서

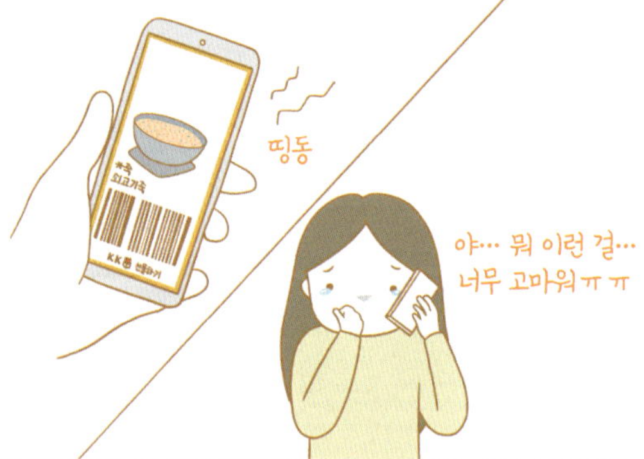


든든하게 그들의 내일을 응원해 주는 존재가
되는 것만으로도 충분한 위로를 건넬 수 있을 것이다.

힘든 친구에게 하면 안 되는
쌉소리 3가지!!


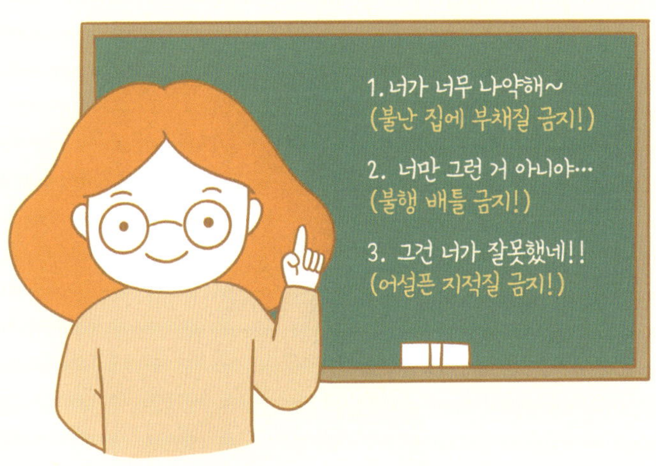

1. 너가 너무 나약해~
(불난 집에 부채질 금지!)

2. 너만 그런 거 아니야…
(불행 배틀 금지!)

3. 그건 너가 잘못했네!!
(어설픈 지적질 금지!)

# 건강한 틈 만들기

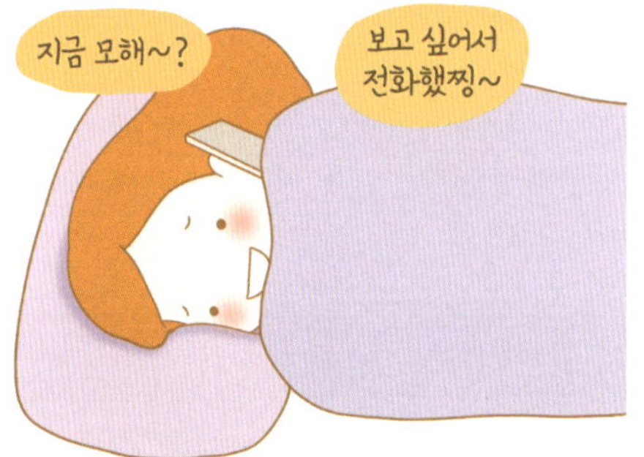




결코 가능하지 않을 것만 같았던
모든 에너지를 상대에게 쏟아내고 나면,

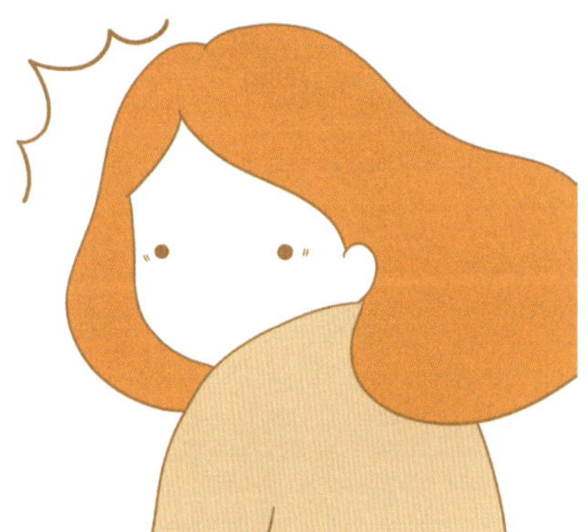

어느덧 나도 모르게
변해버린 내 모습을 발견하기도 한다.

나의 공간은 온갖 무수의 감정들에
점령당하게 되고,

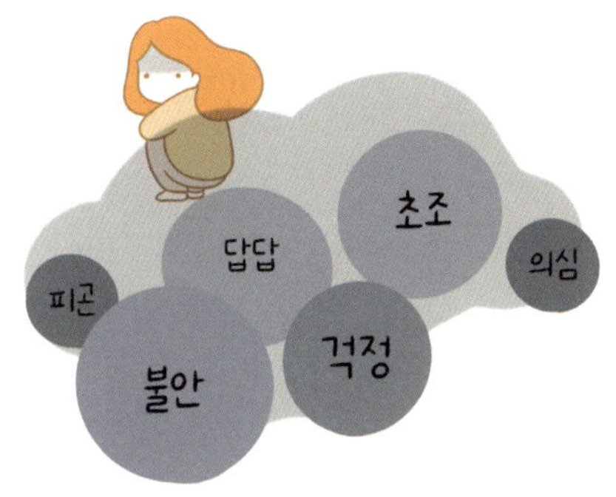


상대에 대한 애정은 어느 순간 어두운 그림자로
돌변하여 나를 뒤쫓기 시작한다.



정말로 서로가 아름다운 감정을
오래 지키고 싶다면

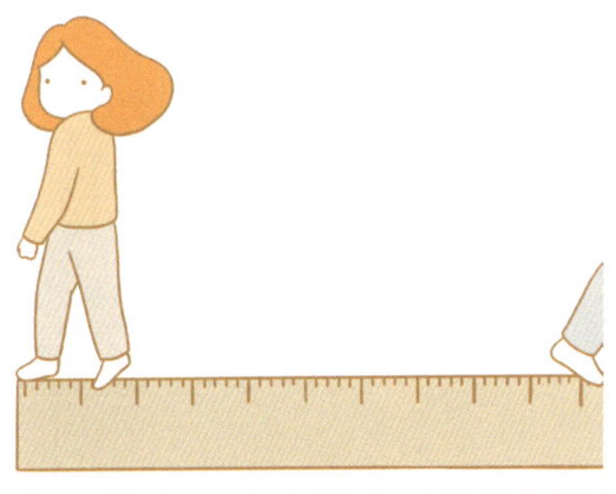

좋아함에도 거리두기가 필요하다.

서로를 챙겨주지만 간섭하지는 않을 만큼,

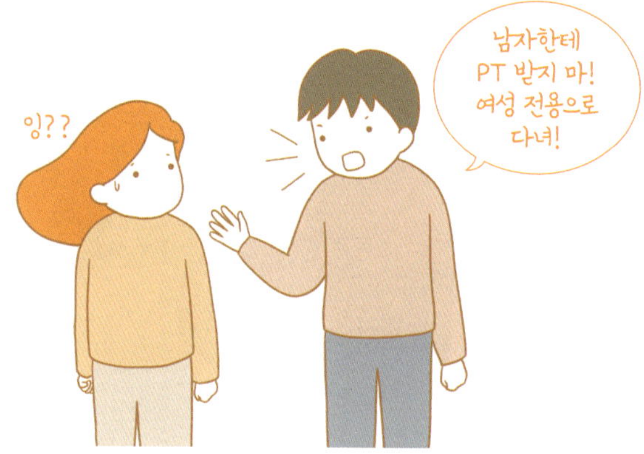




서로의 고민을 나누지만 의존하지는 않을 만큼,

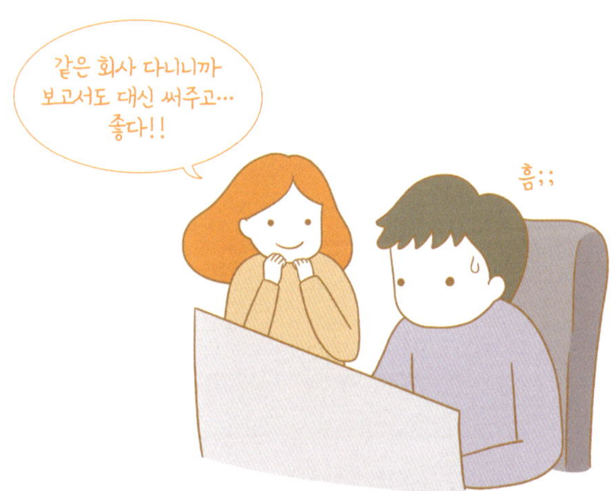

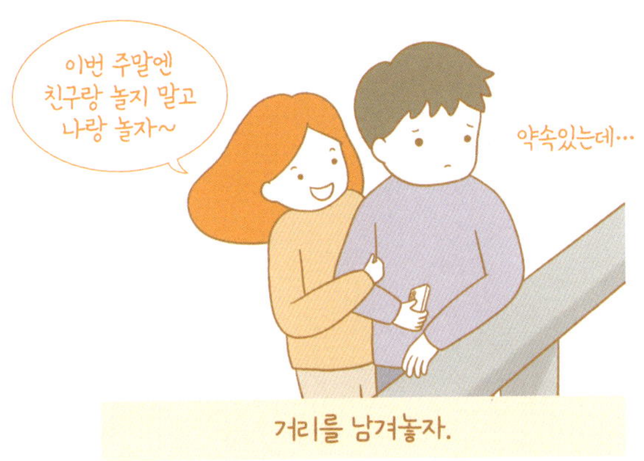




그러한 관계일수록 서로가 더욱 단단해지고,

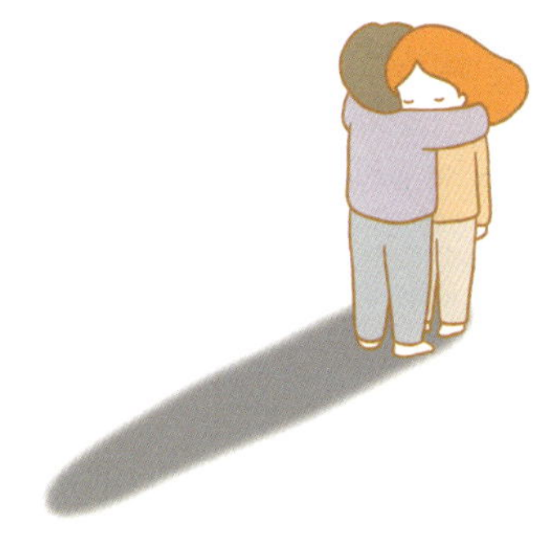

시간이 지날수록 더욱 오래가고 싶어진다.

일정 간격을 두고 심어야
건강히 자라날 수 있는 묘목처럼

좋아하는 마음 사이에도
서로가 건강한 숨을 쉬기 위한 틈이 필요하다.

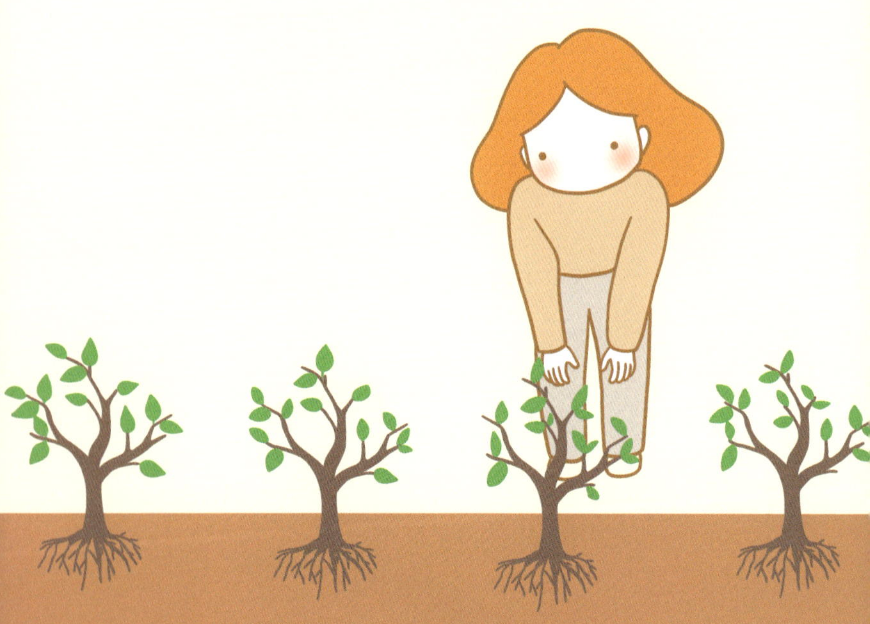

# K-장녀의 서사 10화

첫인상만 보고
어떤 사람인지 이미지를 맞추는 게임에서

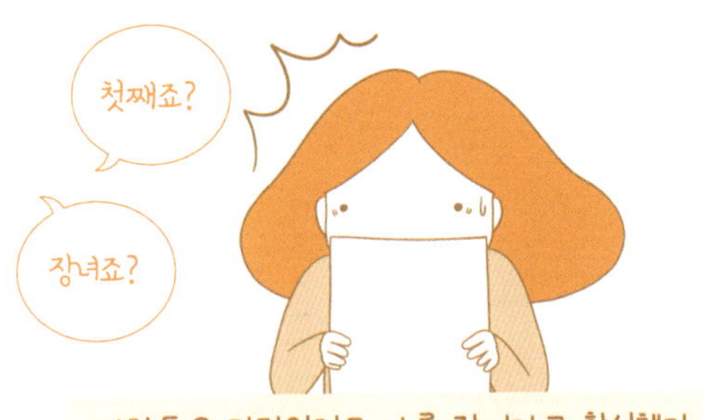


사람들은 만장일치로 나를 장녀라고 확신했다.

신기했다. 실제 장녀이기도 했지만,
나의 어떤 모습에서 장녀 티가 나는지…

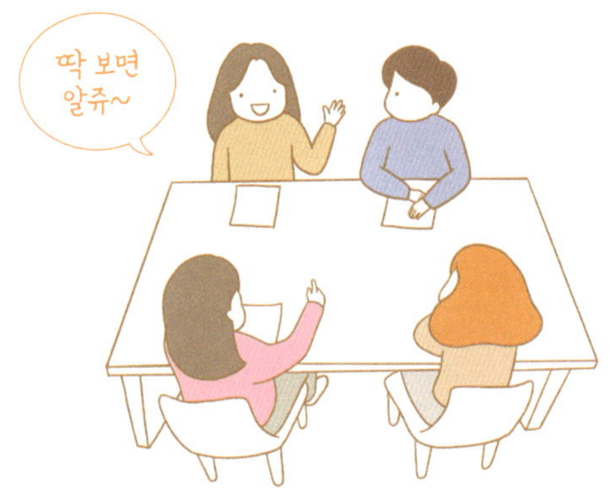


딱보면 안다고 했다. 자신도 같은 장녀이기에
말하지 않아도 느껴진다고 했다.

굳이 이유를 말하자면
K-장녀만의 몇 가지 특징이 있다고 한다.

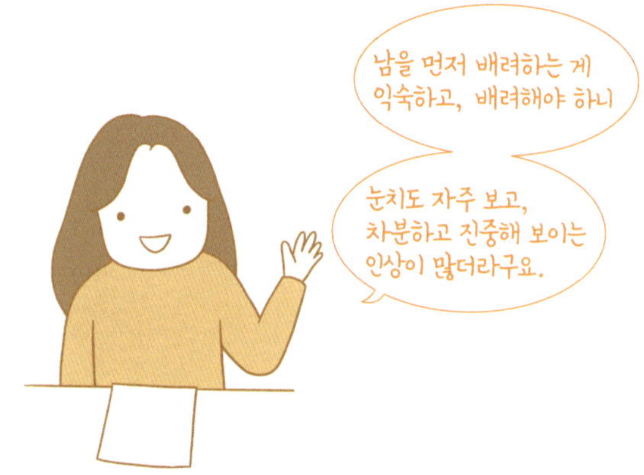




그 이야기를 듣고 나도 모르게 고개를 끄덕였다.

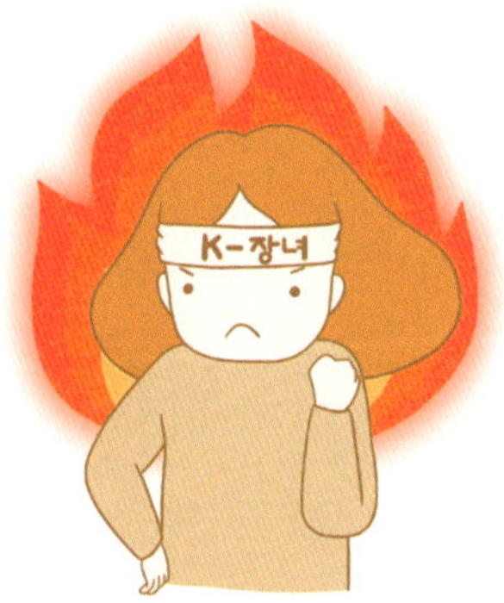


다른 형제와 달리 장녀에게는 부모님이 주는
사랑만큼의 무언의 책임감이 더해진다.

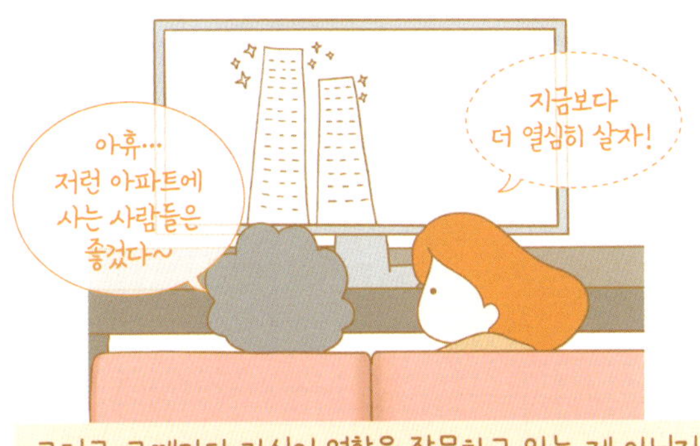






동생들보다 무엇이든 잘 해내야 한다는 부담감,

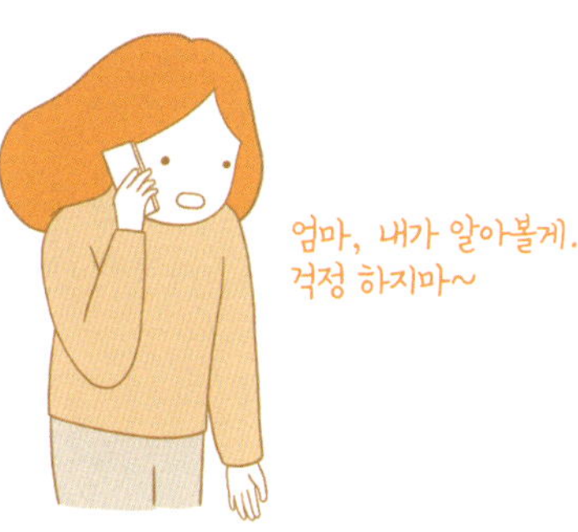


부모님의 든든한 보호자가 되어야 한다는 책임감.

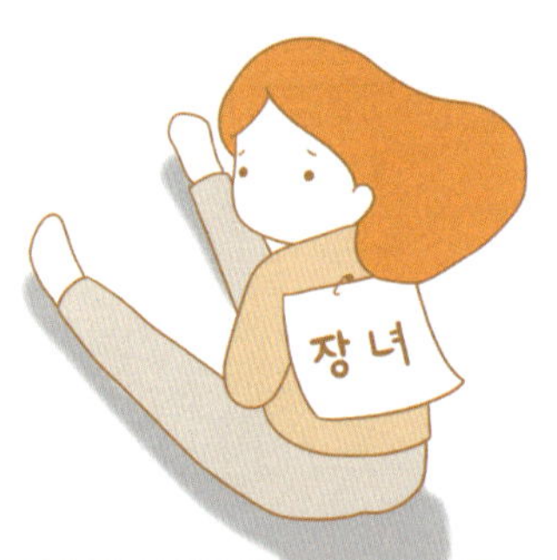




234

장녀뿐만 아니라
첫째의 삶의 무게는 결코 가볍지 않다.

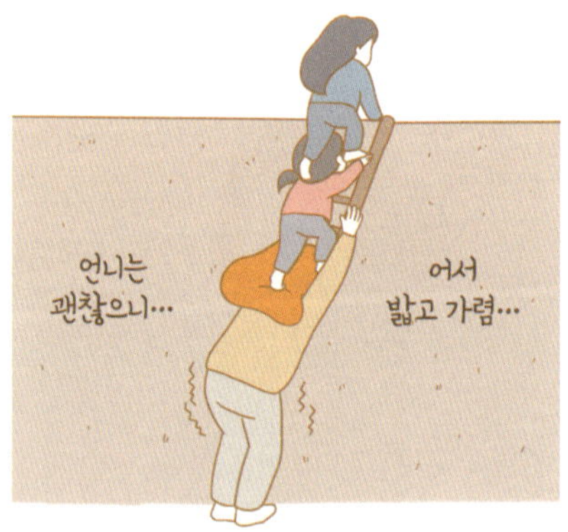


하지만 특정 문화가 억지로 당위성을 부여한 역할에
매몰되어 나 자신을 완전히 잃어서는 안 된다.

가족으로서의 역할과 책임은
서로가 동등해야 하는 것이기에
각자의 자리에서 자신의 삶을 자유롭게 살아가도록

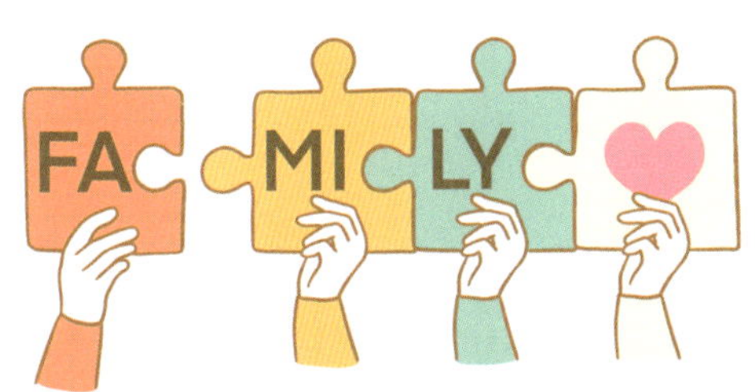


서로의 존엄성을 위해 공동의 영역을 함께 지키는 것,
그것이 진정한 가족이라고 생각한다.

# 11화 공감상실

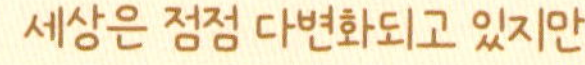


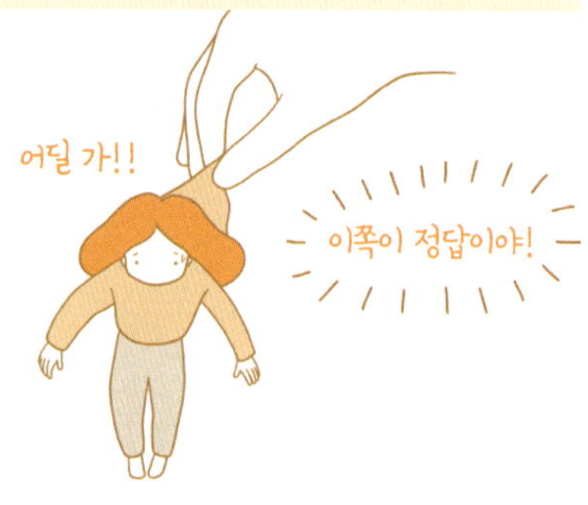


많은 사람들이 몰려다니는 길은
언제나 정답인 것처럼 여겨지곤 한다.

모두가 비슷한 길로 가고 있는데,
왜 너만 튀는 행동을 하냐며

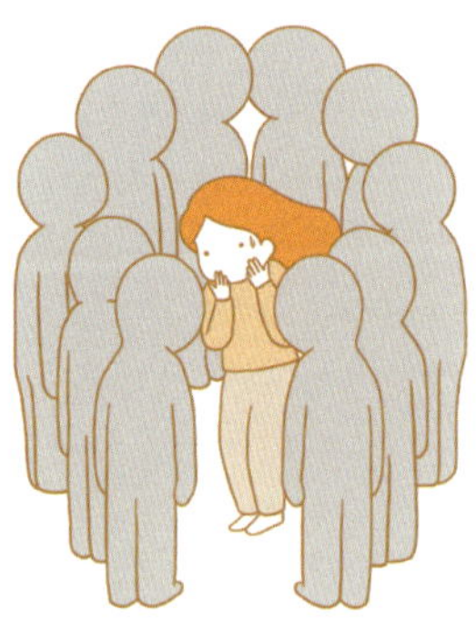

소수의 용기 있는 선택을 비난하기도 한다.

가끔 몇몇은 자신과 다른 선택을 한 사람들이
어떤 결말을 맞는지 몰래 지켜보기도 한다.

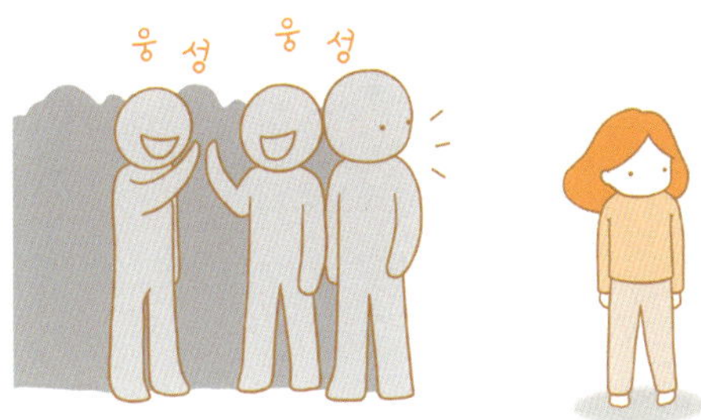


내심 그들도 다수와 생각이 달랐지만,
다수의 무리에 있어야 마음이 편안하기 때문이다.



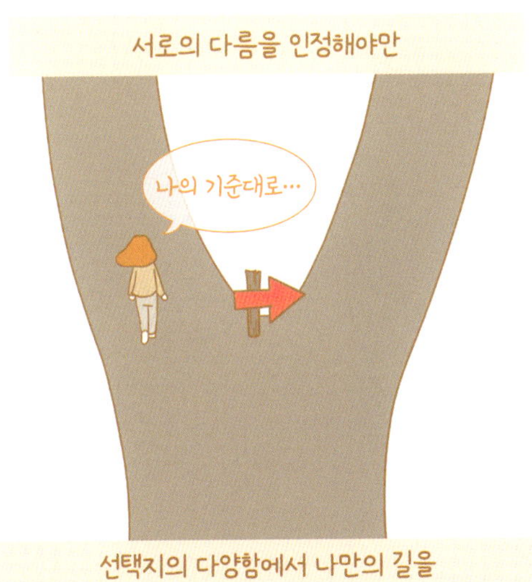

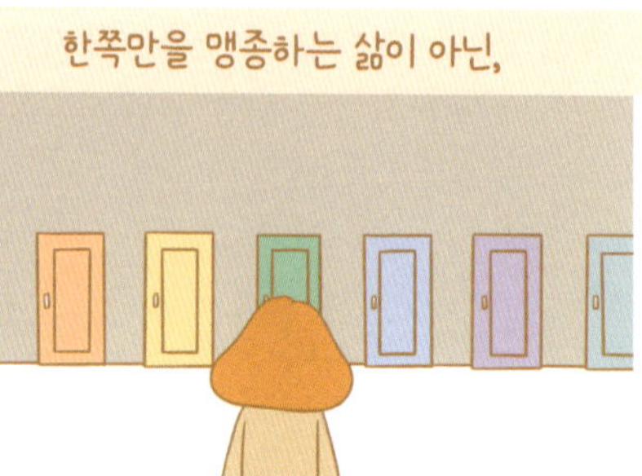


238

다양성을 포용한다는 것은 결국
사랑하는 대상을 있는 그대로 인정하는 것이다.

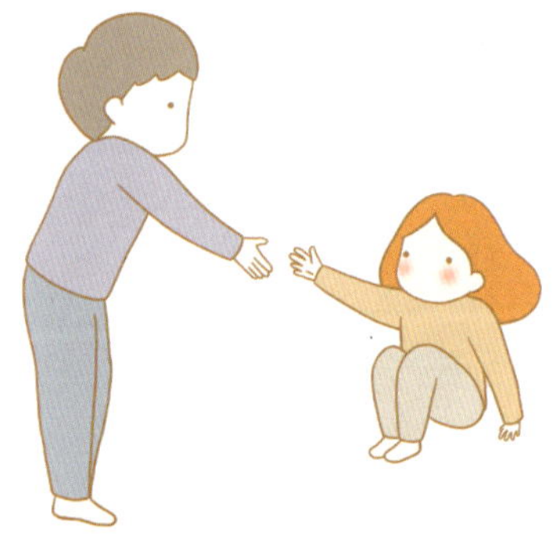

포용적인 관점에서 우리의 생각은
조금 더 자유로워지고 존중받게 된다.

여태 겪어보지 않은 일이라서
이해하고 싶지 않을 수도 있다.

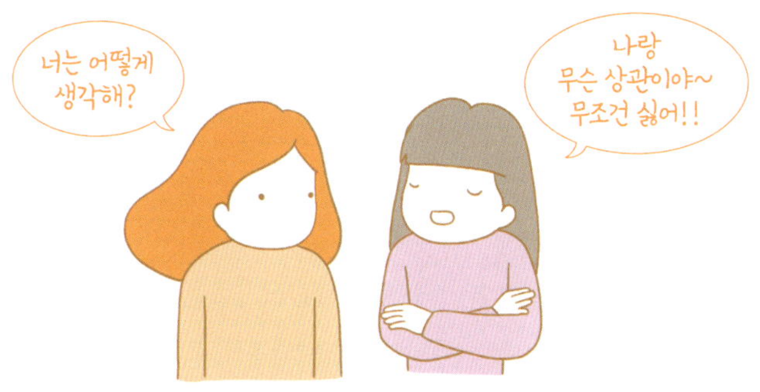


하지만 그 틀을 깨야만
새로운 가치가 만들어지기도 한다.



다양한 생각과
각자의 다름을 공감하고 존중하는 일.

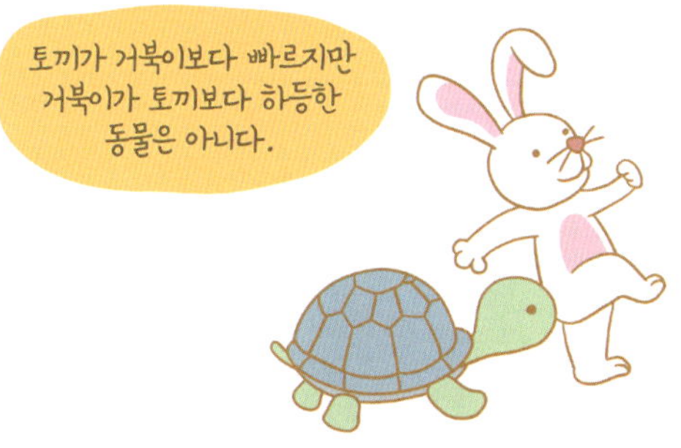


그러한 모습들이 모여 결국 우리 자신을
구할 수 있는 힘이 된다고 믿는다.

## 나를 위한 사랑에
## 선 긋기

사랑은 감정인 동시에 기술이다. 마음만으로는 오래 지켜내기 어려운 것이기에, 우리는 노력이라는 반복을 통해 조금씩 사랑하는 법을 배워나간다. 마음을 다해 베푸는 사랑의 효과는 우리가 생각하는 것보다 훨씬 대단하다. 죽기 일보 직전의 사람을 다시 살아가게 만들고, 갈등과 혐오로 점철된 무도한 세상을 끝낼 수 있게 하는 것도 사랑이 유일하다.

그러나 현실은 사랑을 말하기에 늘 바쁘고, 건조하다. 해야 할 일들이 매일 쌓여 있고, 마음을 건네기엔 서로가 너무 조심스럽다. 하지만 사실 대단한 무언가를 하지 않아도 괜찮다. 그저 내 주변을 무심코 흘려보내지 않는 것, 그것으로부터 사랑은 시작될 수 있다.

친구의 울적한 말 한마디에 나의 시간을 기꺼이 내어주는 일. 지하철에서 서 있는 게 다소 불편해도, 임산부석엔 자연스럽게 앉지 않는 배려. 출근길에 엄마와 언성을 높였지만, 퇴근 후엔 언제 그랬냐는 듯이 살갑게 대하는 일. 아마 이런 것들이 그럼에도 여전히 사랑하기 위해 애쓰는 모습들일 것이다.

지나간 사랑에도, 지금 머물고 있는 사랑에도 각자 그 나름의 의미가 있다. 떠난 이의 뒷모습은 그 모양 그대로 기억하되, 곁에 있는 이들에겐 감사함을 먼저 떠올려보자. 예측할 수 없는 삶이 두려워

애써 감정을 미루기보다는, 지금 이 순간의 마음을 망설이지 말고, 주저 없이 표현해 보자.

우리가 사랑에 그었던 그 모든 선들은 결국 시간이 지나 나의 인생에 작고 단단한 이정표가 되어줄 테니까.

# 5장

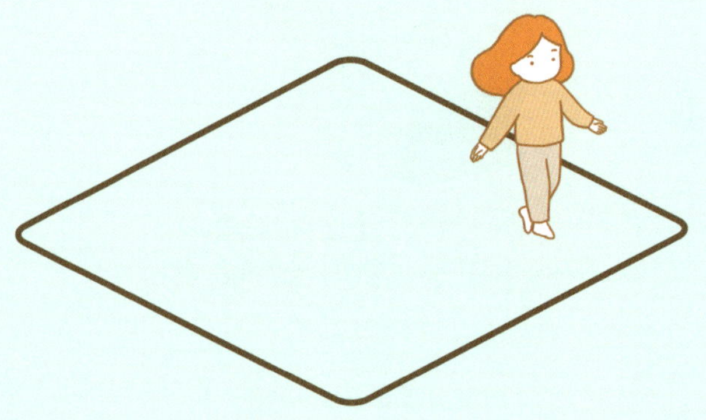

## 나를 위한 세상에
## 선을 긋다

# 밥그릇 챙기기

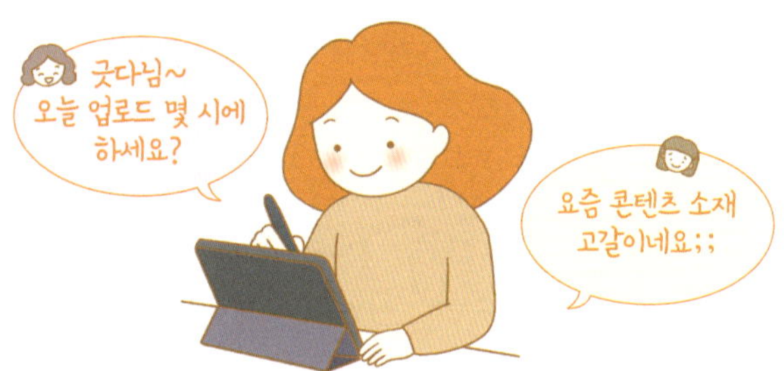


서로의 일에 진심인 만큼
이렇게 다 알려줘도 되나 싶을 정도로

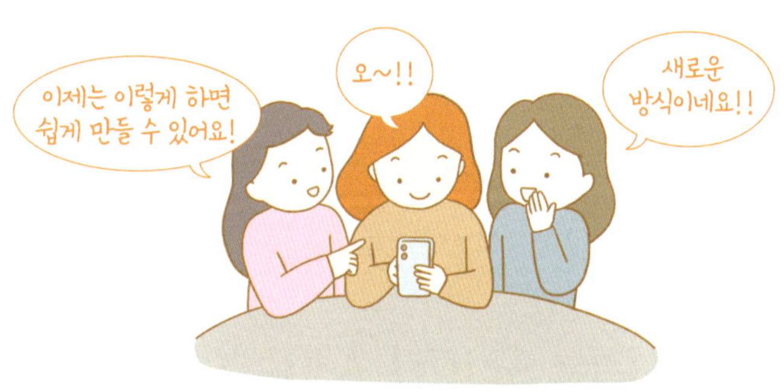


각자가 공부하고 얻게 된 지식을 풀어 놓으며
함께 성장하고 있다.

우리는 흔히 나만의 노하우를
공유하는 일에 인색하다.

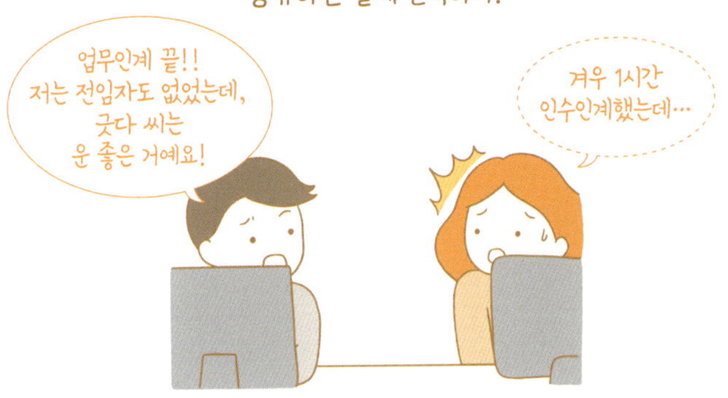


오랜 시간 고생해서 쥐게 된 내 밥그릇을
빼앗기는 것과 같은 느낌이랄까.



하지만 묘하게도 세상은 그렇게 단순한
덧셈과 뺄셈으로 돌아가지 않는다.

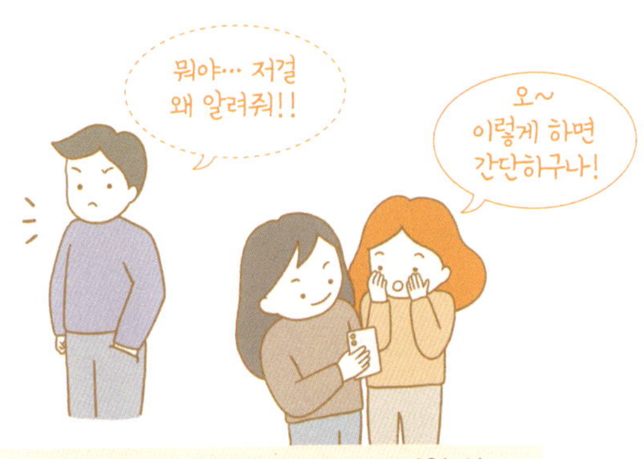


나만 움켜쥐고 감춰봤자, 내 안에 멈춰있는
노하우는 곧 평범한 것이 되고 만다.

오히려 서로가 베푸는 정보일수록
더욱 정교하고 풍성해진다.

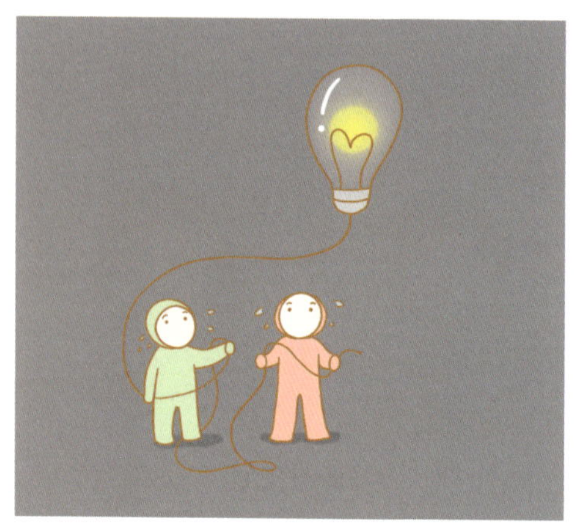



모호했던 개념은 선명해지고
암묵적 지식은 명징한 언어가 되어

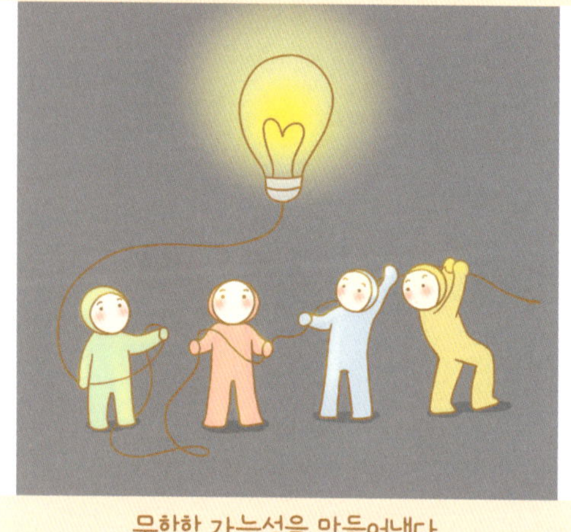

무한한 가능성을 만들어낸다.

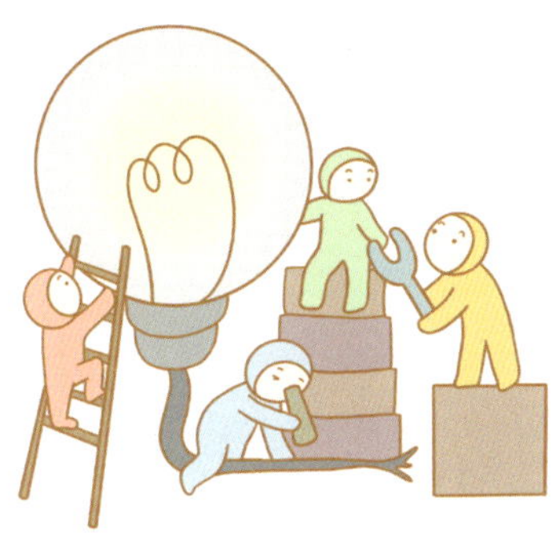



내 밥그릇만 움켜쥐지 않아야
내 밥그릇이 더 커진다는 사실을,

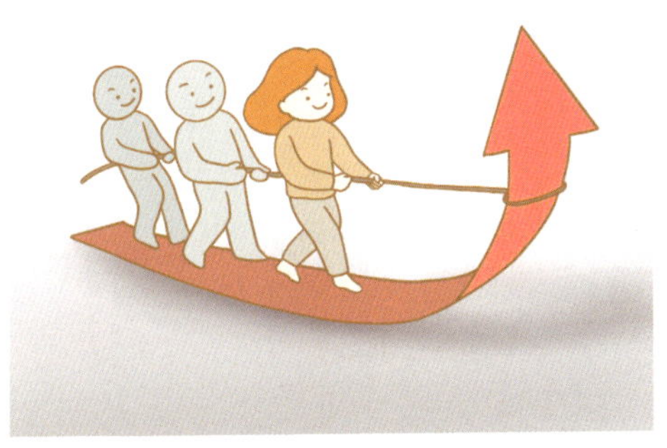

결국 지키지 않아야 지킬 수 있다는 것을
이제서야 새삼 깨닫고 있다.

전 세계를 수년 동안 공포에 떨게 했던
코로나19 바이러스 극복의 비결도
정보의 독점이 아닌 공유에 있었다.

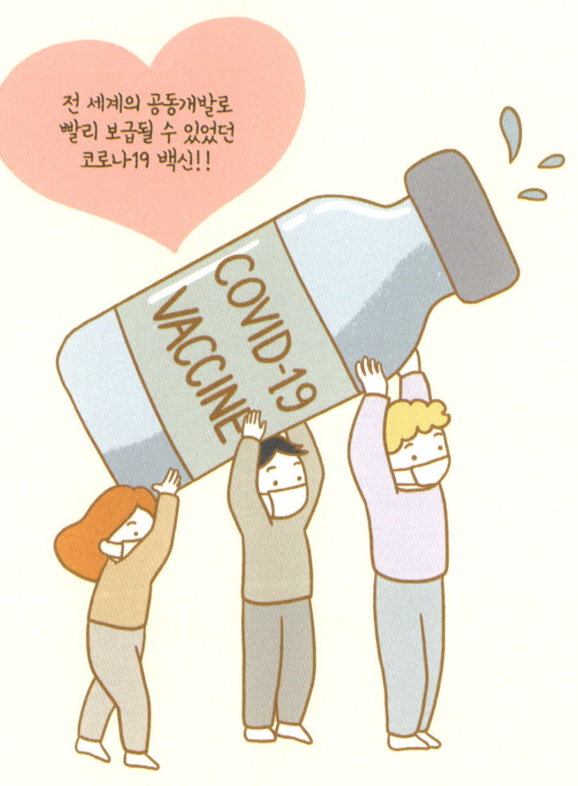

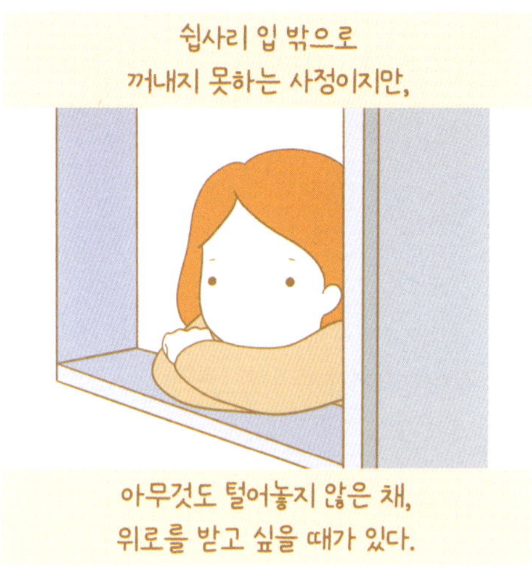


괜찮아 그 한마디로, 등을 토닥이며
내가 괜찮아질 때까지

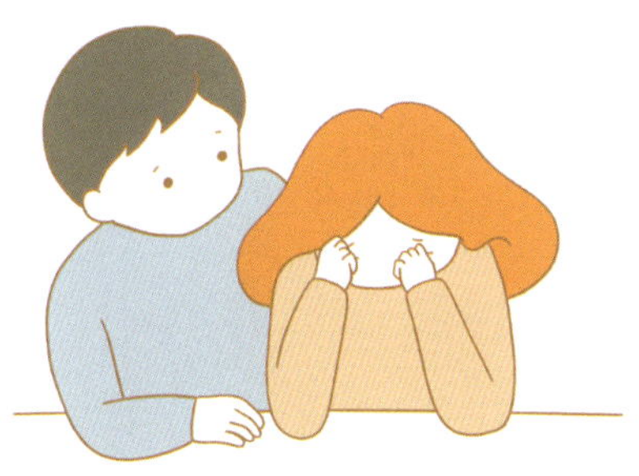

누군가가 마냥 위로만 해 준다면
얼마나 좋을까.

설령 나의 치부를 여과없이 드러내놓고
위로를 구한다고 해도

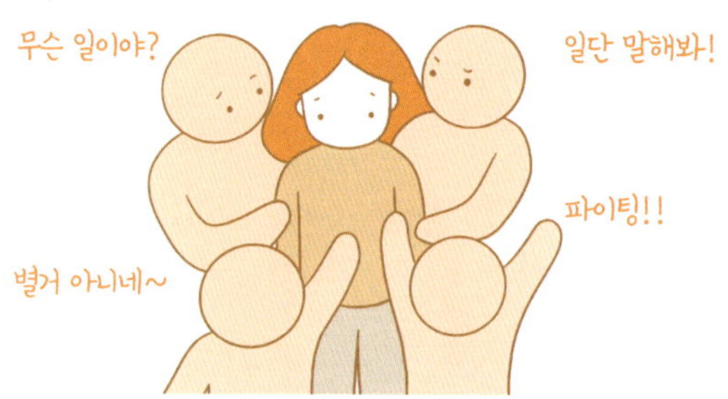


나에게 듣기 좋은 말로 완벽하게 짜여진
위로를 돌려받기란 거의 불가능하다.



그래서 이럴 때는 가끔 위로를 직접 찾아 나선다.

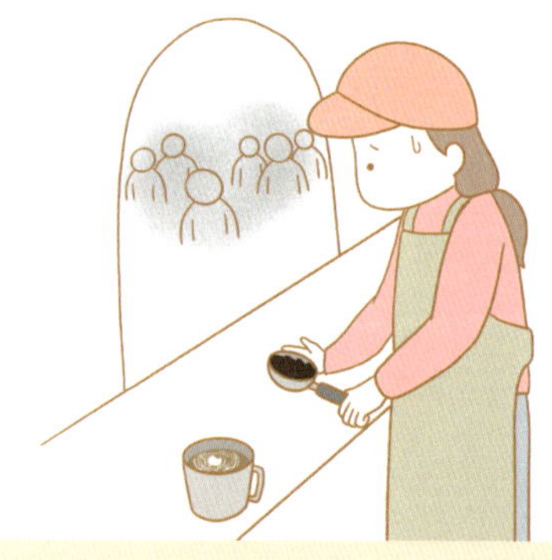

바쁜 와중에도 라떼의 우유 거품 모양이 흐트러져
커피를 새로 내리느라 고생하고 있는
알바생을 무심코 본다.

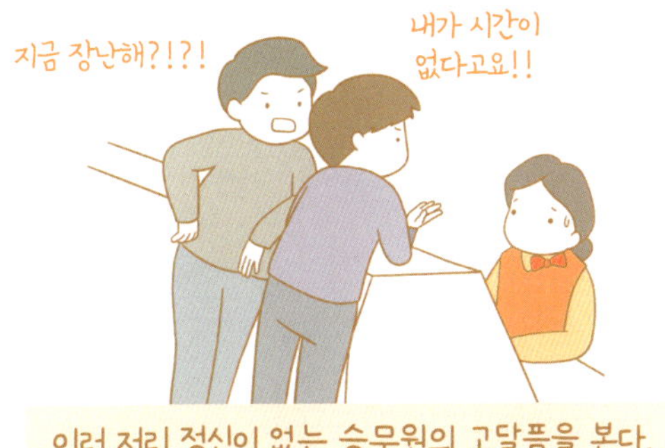






본인 얼굴에 머리카락들이
덕지덕지 묻었는지도 모른 채

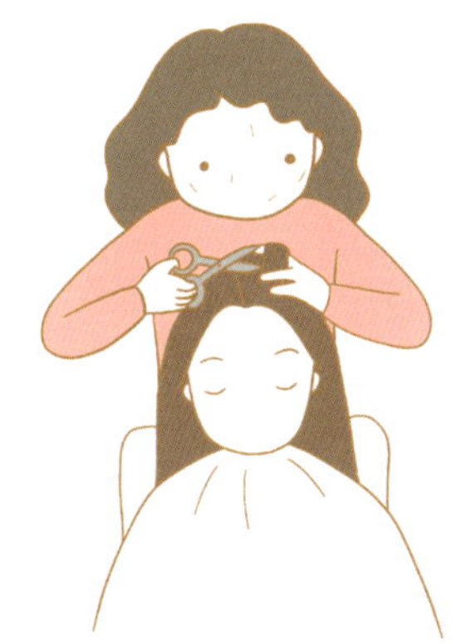

고객 만족을 위해 커트에 여념이 없는
헤어 디자이너의 열의를 엿보기도 한다.

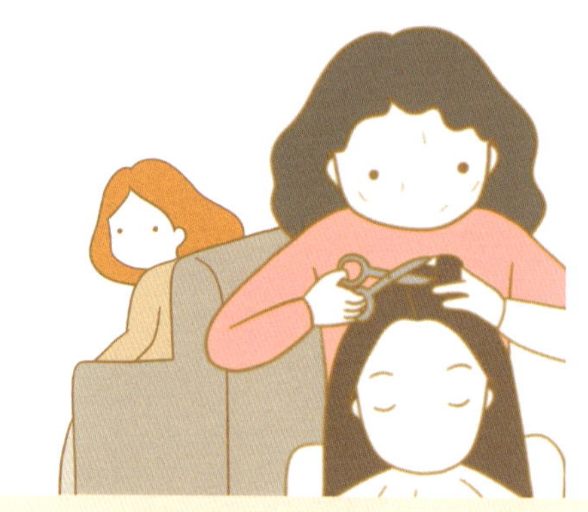





각자의 이유로 단단하게
순간을 살고 있는 사람들을 보며

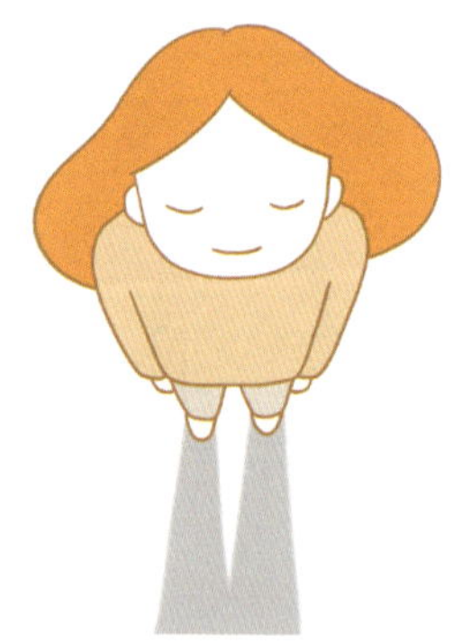

다시 한번 나를 힘껏 일으켜 본다.

멫 날 며칠 어찌하기 힘들었던 마음도
가끔은 대단하지 않은 사소한 위로에
맥없이 누그러지기도 한다.

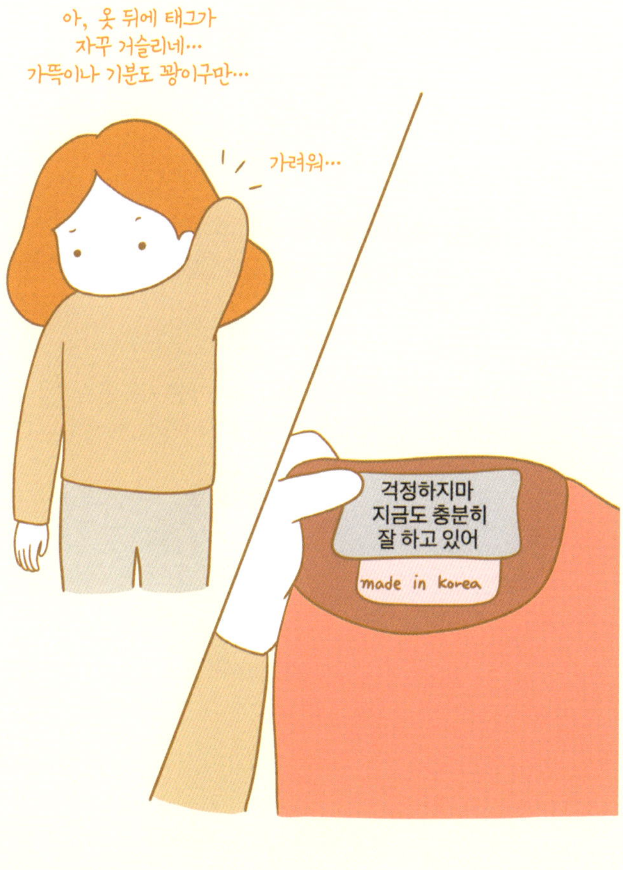

# 위기의 양면성

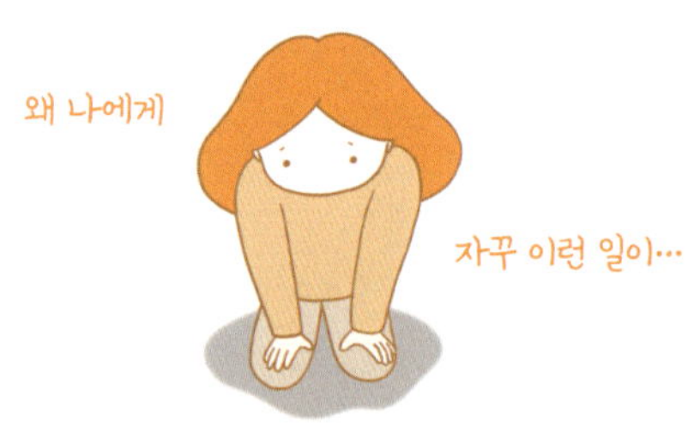


속수무책으로 세상에 괴롭힘만 당하는 것 같아
이럴 때마다 참 억울하고 속상하기만 하다.

그러나 행복이 우리가 살아가는 이유를
느끼게 한다면, 불행은 우리를 다시 깨어나게 만든다.

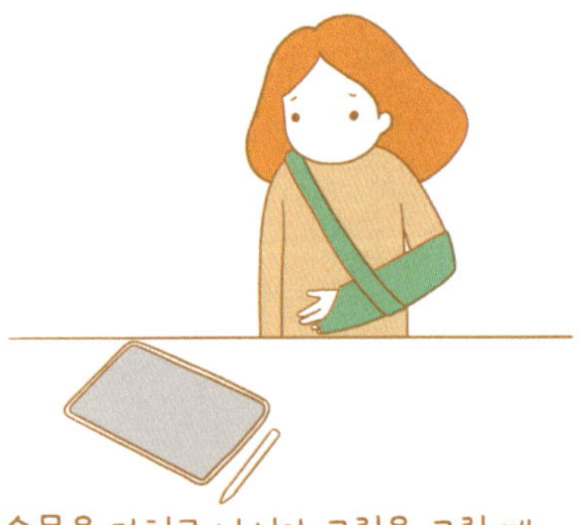

손목을 다치고 나서야 그림을 그릴 때
펜을 쥘 수 있다는 사실이
누구에게나 당연한 것이 아니었음을 깨닫게 되었다.

안면마비를 앓게 된 이후에는 모든 어둠에 휩쓸려

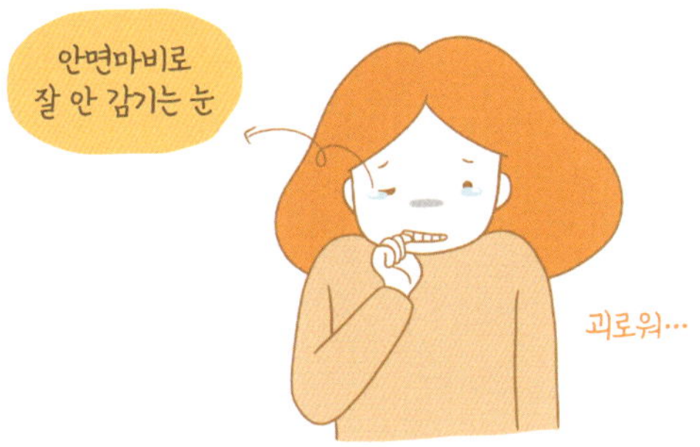


내면이 완전히 무너지기도 하였다.



그러나 무너진 마음을
억지로 일으키면서 깨닫게 되었다.

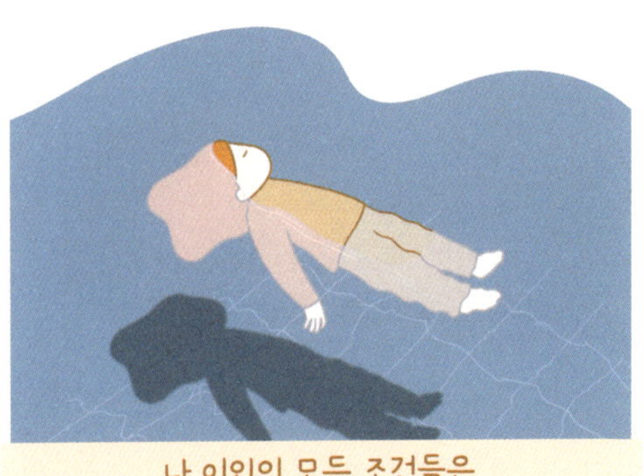

나 이외의 모든 조건들은
절대 바뀌지 않는다는 사실을,

통제할 수 없는 인생의 흐름 속에서
그저 일상이 더 이상 무너지지 않도록

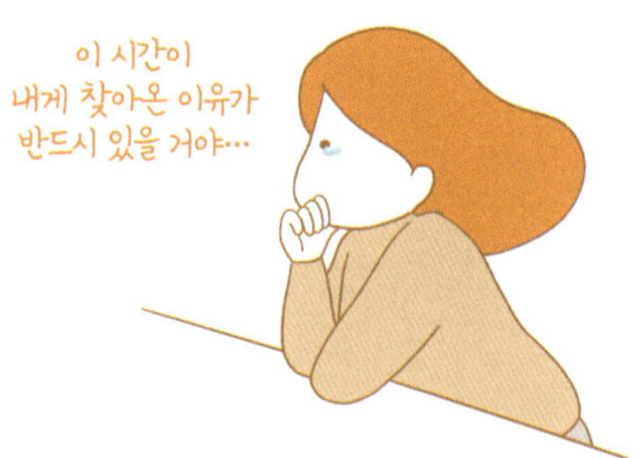


지금 이 순간 내가 할 수 있는 일을
찾아야 한다는 것을 말이다.



시간은 여전히 흐르고 있고,

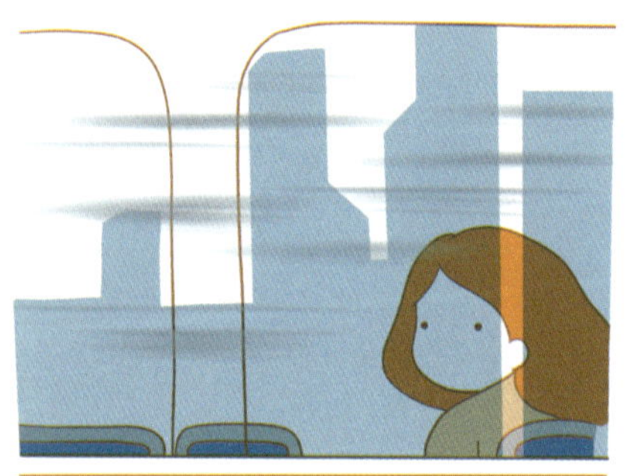

모두가 어떤 상황에서든
삶을 이어가고 있기 때문이다.

결코 반갑지 않았던 크고 작은 고난들은

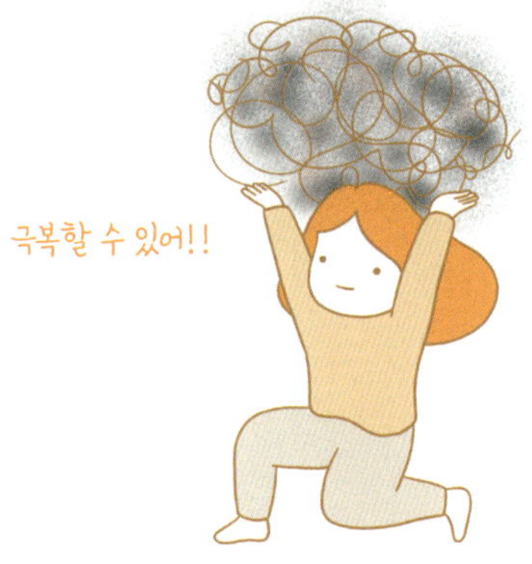

잠시 멈춰서서 내가 이 순간 할 수 있는 일을
발견하는 내공을 키워주었다.



결국 불행과 행운은 서로를 비추며
우리의 삶을 완성시킨다.

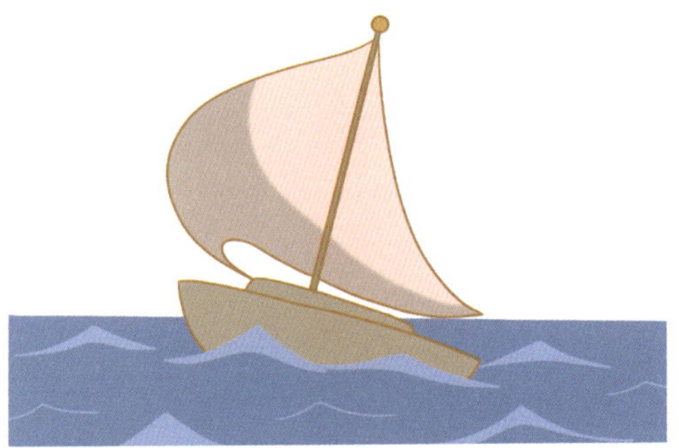

잠시 부는 역풍에도 돛을 돌려 새로운 방향의
흐름을 이어가다보면 원래의 목적지보다
더 멋진 곳이 우리를 기다리고 있을지도 모른다.

시간은 절반의 불행과
절반의 행복을 번갈아 가며,
계속 삶을 기대하게 만든다.

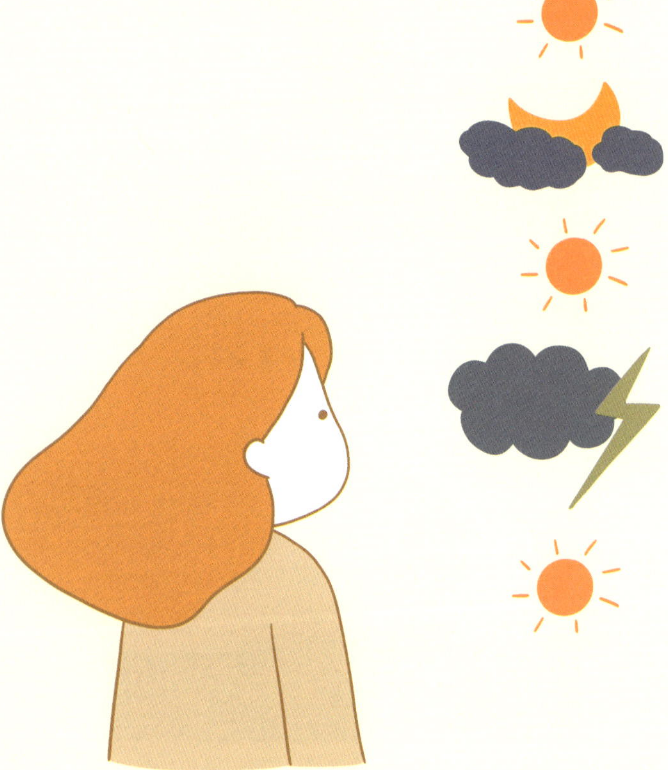

어른이 되고 나이가 들어갈수록
불확실한 미래에 대한 불안감은 커지기만 한다.

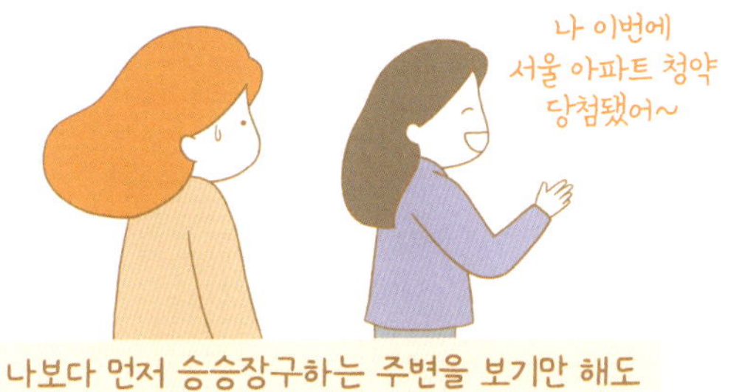


나보다 먼저 승승장구하는 주변을 보기만 해도
위기감은 한층 더 커진다.



어렸을 때는 아무것도 가진 게 없어도
그저 세상이 예뻐만 해 주었는데,

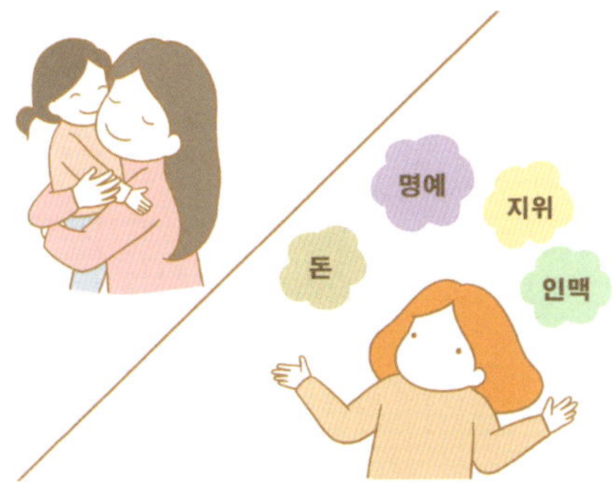


어른이 된 세상에서는 가진 게 많을수록
많은 이들에게 나의 가치를 인정받게 된다.

그래서 늘 세상의 평균을 쫓기 위해,
세상이 인정하는 위치에 도달하기 위해,

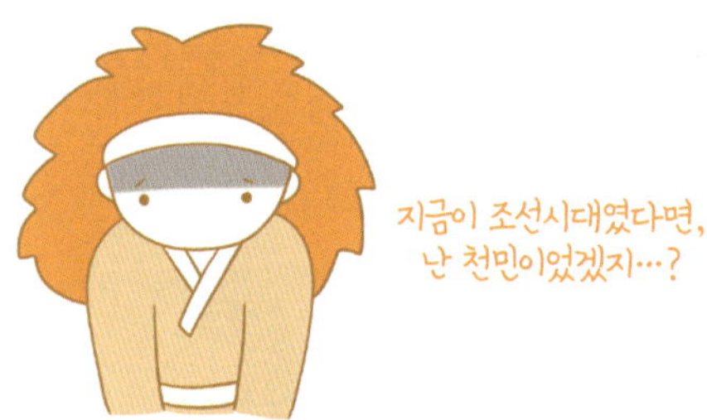


더 노력하지 못했던 스스로를
끊임없이 탓하기도 한다.



하지만 공연한 자책으로 괴로워하기보다는

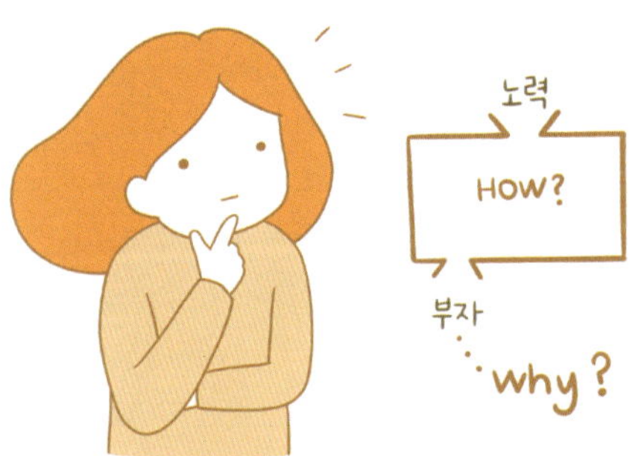


노력의 이유가 무엇인지 명확히 해야 한다.

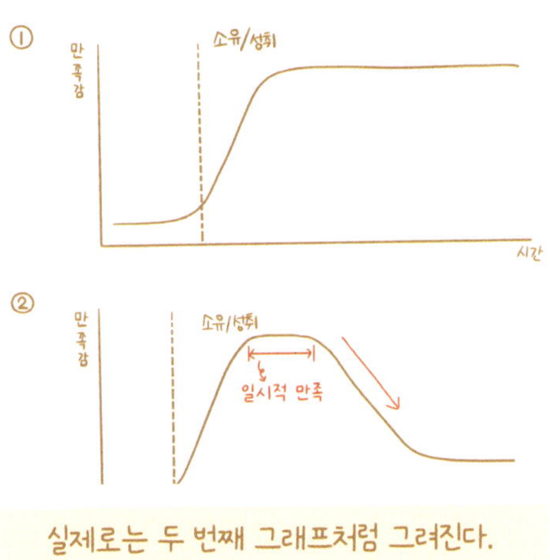






늘 우리는 과정이 아닌
결과에만 집중하기 때문이다.

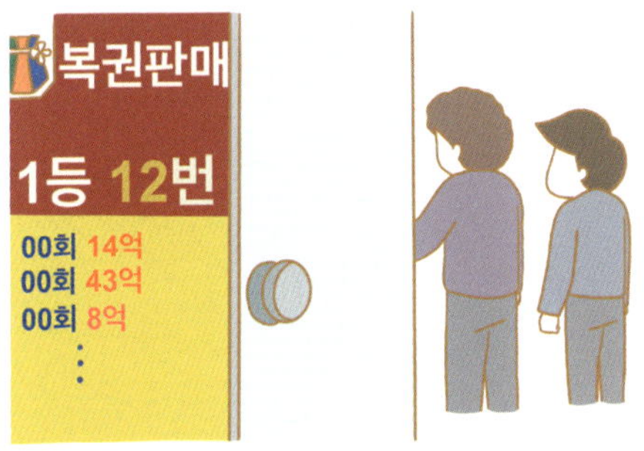


삶의 방향이 흔들리지 않으려면 노력의 이유를
'소유의 결과'보다는 '과정의 의미'에서 찾아야 한다.

만약 우리가 내일 소멸한다고 가정한다면,
지금껏 우리가 쫓고 있던 수많은 것들 중

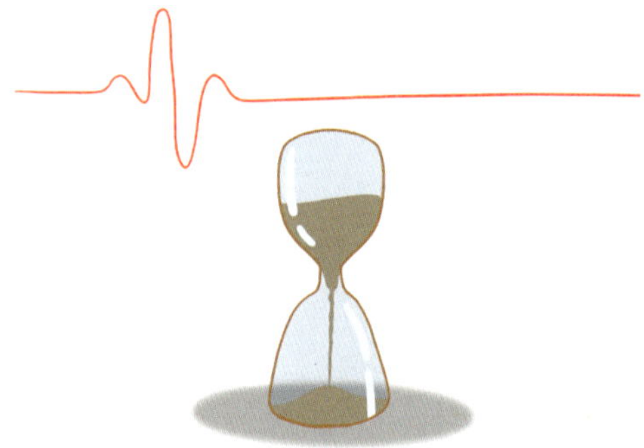

가장 우선적으로 하고 싶은 일들이
망설임없이 추려질 것이다.



결국 삶의 의미는 나만의 무언가를 위해
걸어가는 발걸음 하나하나에 있다.

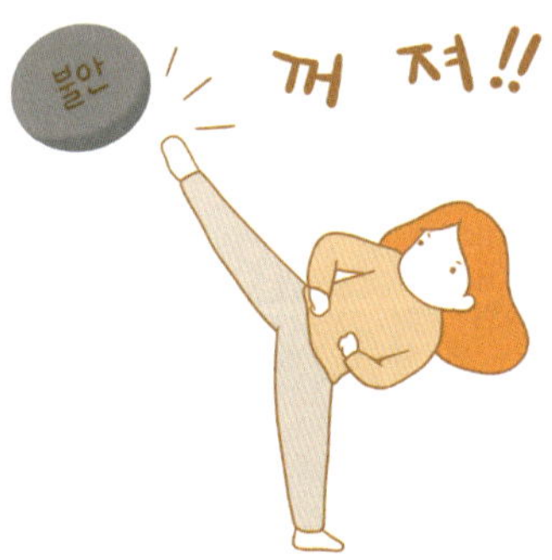


그래야만 결과에 쫓겨 불안해하는 일도,
결과에 의해 허무함을 느끼는 일도 줄어들게 될 것이다.

보기 좋게 편집된 다른 이의 삶에
조급해하지 말자.
그저 우리는 라이브(LIVE)의 삶을
당당히 즐기면 된다.

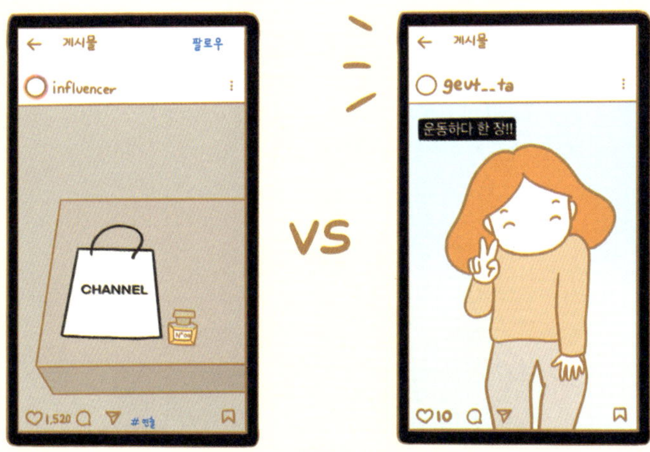

나는 원래 사람을 좋아한다.

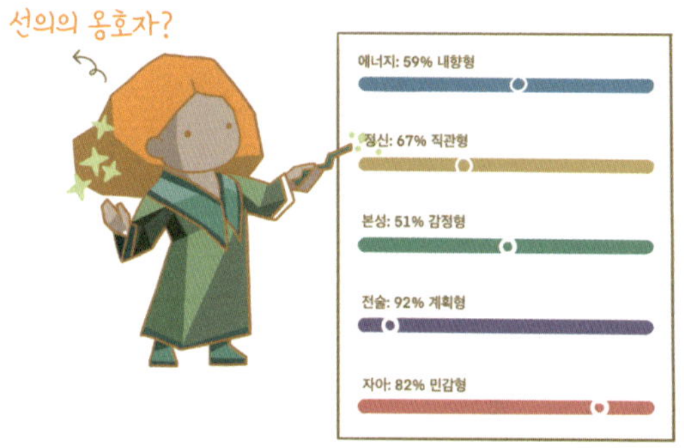


MBTI 성향은 가까스로 늘 I가 이기지만,
평소 서로의 이야기에 공감을 나누는 자리를 좋아한다.



그런데 요즘엔 피곤하다.
사람들을 만나고 나면
뭔가 모르게 지치는 기분이 들었다.

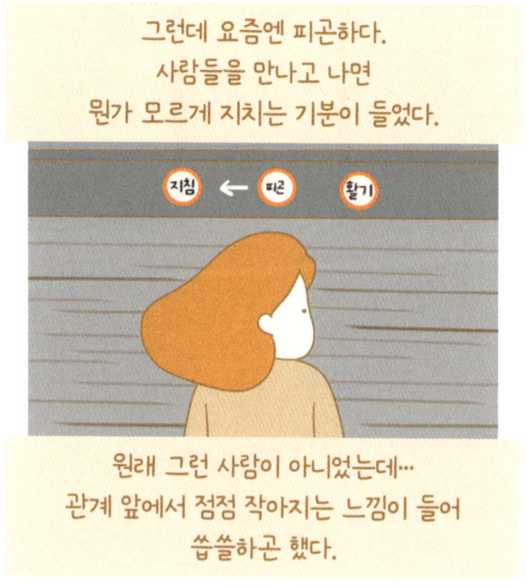


원래 그런 사람이 아니었는데…
관계 앞에서 점점 작아지는 느낌이 들어
쓸쓸하곤 했다.

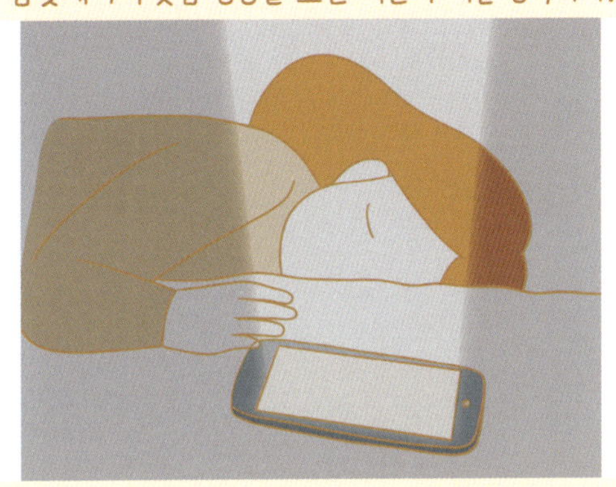






그런데 내가 언제부터 원래
그런 사람이었을까?

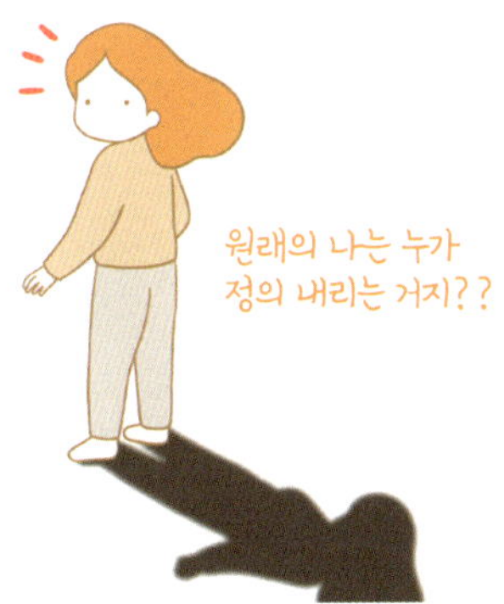


근본적인 의문이 들기 시작했다.

원래라는 단어는 참 마법 같은 말이다.

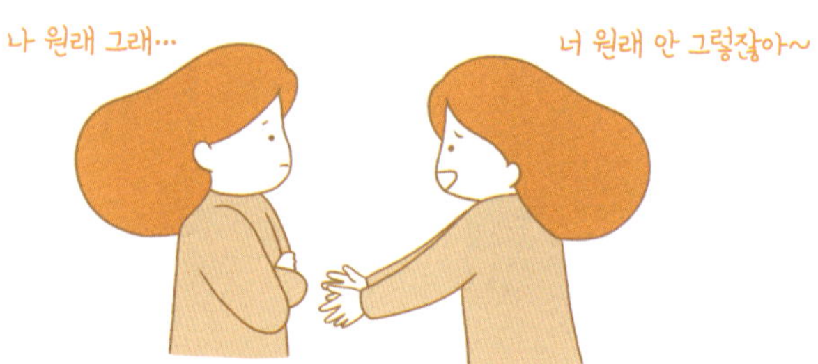


이 단어 하나로 모든 면죄부가 발생하고,
나에게 일어나는 변화가 거부되고 불편해진다.



사람을 좋아하는 나였지만, 안 좋아하는 나 역시
자연스러운 지금의 모습이다.

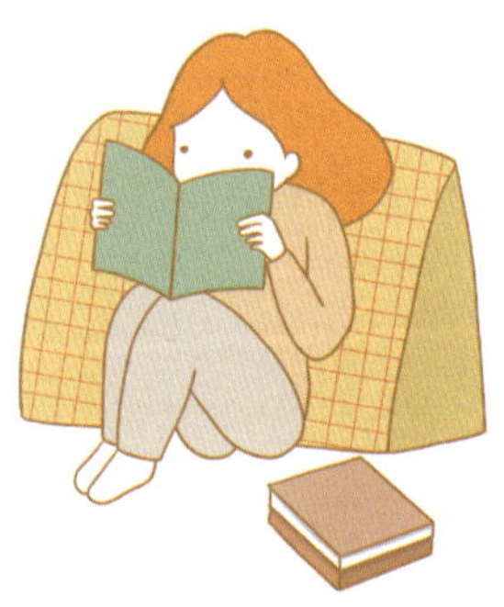

사실 나의 원래 모습이란
존재하지 않을지도 모른다.

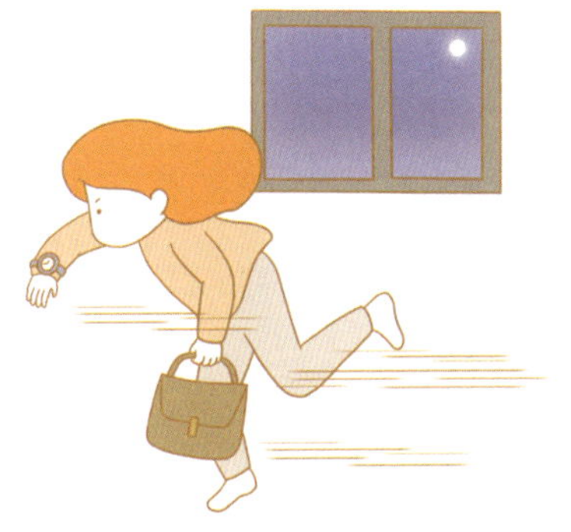





결국 중요한 것은
어떤 모습도 고정되어 불변인 것은 없다.

무수한 프레임을 규정하는 말에 기대어
스스로를 한정하기보다,
나는 필연적으로 변화할 수 있는 사람임을 믿고 걸어가 보자.

지금 어떤 모습이든
우리는
그 자체로도 충분하다.

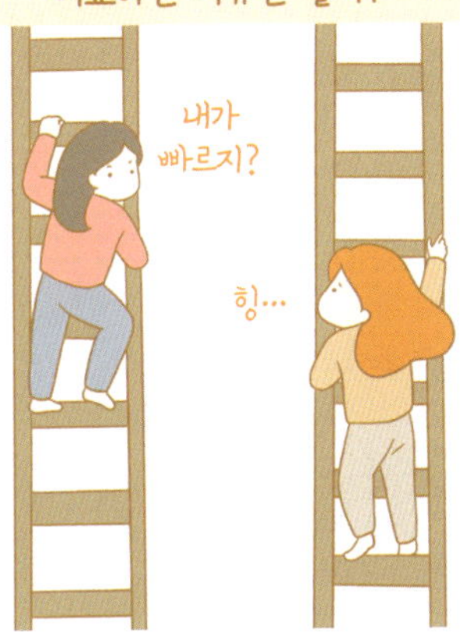


나의 인생만 되돌아봐도,
늘 나보다 능력있는 사람들을 동경하며

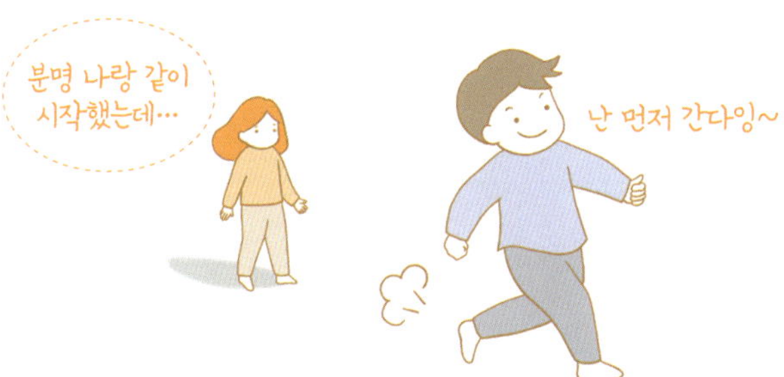


그만큼 해내지 못하는 나를 자책하고
속상해하는 시간의 연속이었다.

사람들은 늘 자신의 부족한 점에만 집중한다.

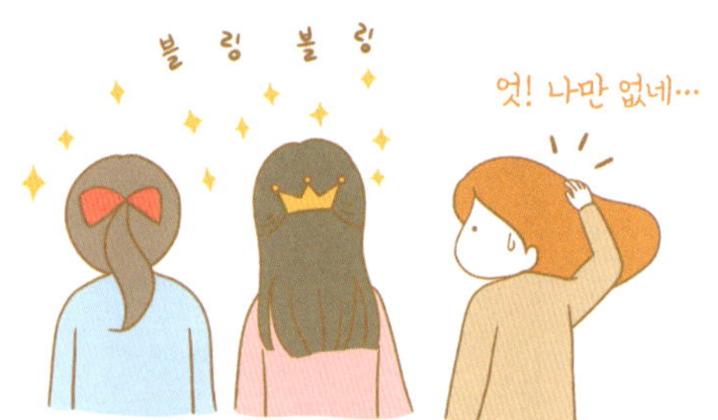
블 링 블 링
엇! 나만 없네…

심지어 자신이 목표한 바를 이뤘을 때도
비교는 계속된다.



물론 긍정적인 자극을 통해
현재에 안주하지 않는 태도가

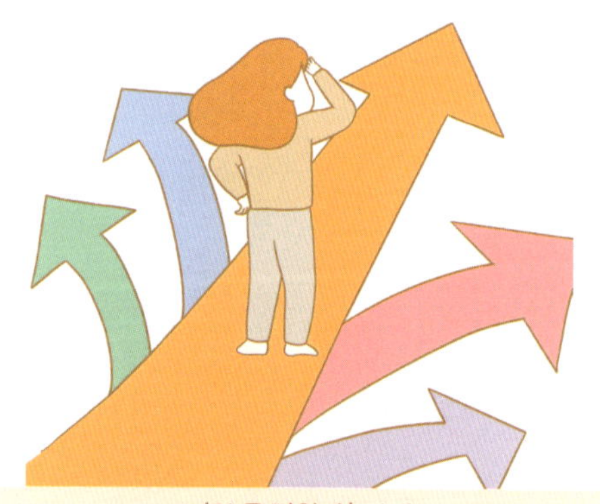

변화무쌍한 삶에서
훌륭한 동기부여가 될 수도 있다.

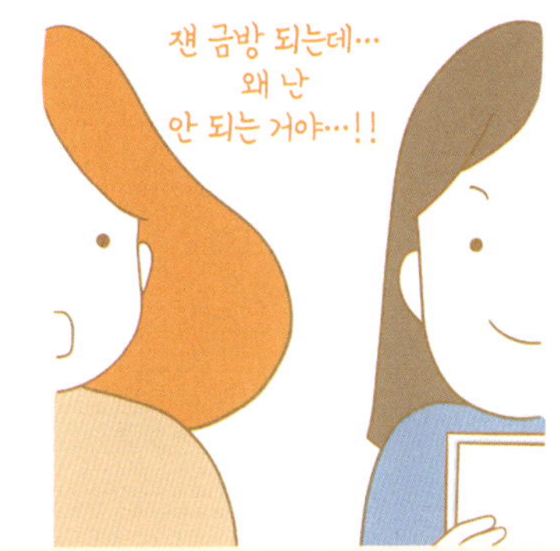






그것을 원하는 이유가 단순히
나만 갖지 못한 것 같은 열패감 때문이거나,

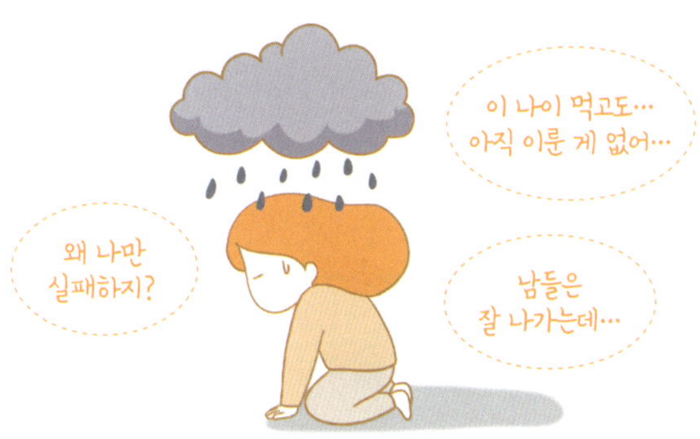


혹은 무엇이든 당장 성취해야겠다는
조바심 때문은 아닌지 냉정하게 고민해보아야 한다.

이상과 현실 사이의 간극이 좁혀지지 않는다면,

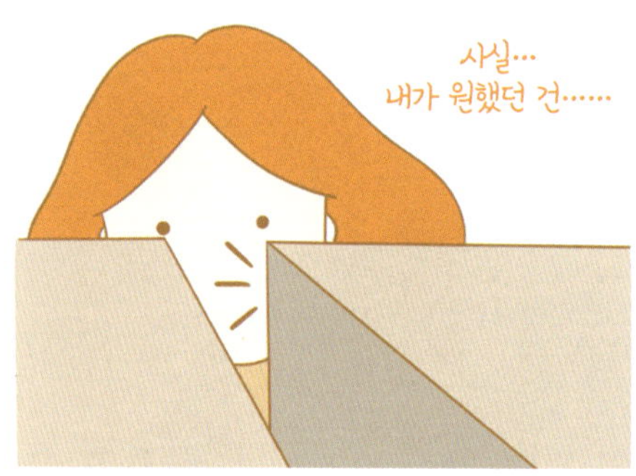


표면에 드러난 목표 이면에 숨어있는
진짜 나의 목표가 무엇인지 다시 원점에서 점검해봐야 한다.



나만의 진짜 목표를
정성껏 가꾸고 키워내는 과정에서

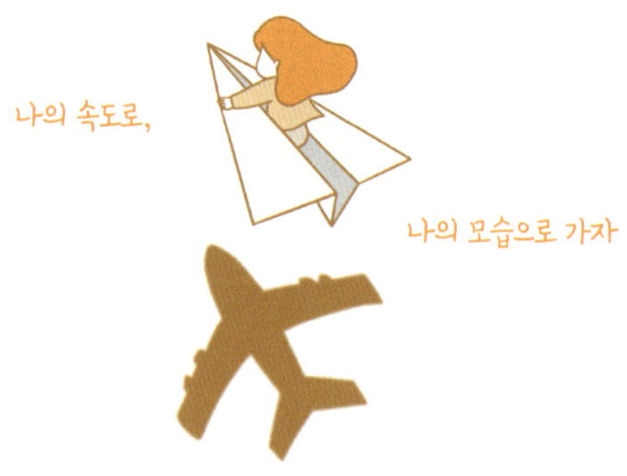


어떤 비교에도 쉬이 흔들리지 않는
나만의 내공이 쌓일 수 있기 때문이다.

오직 비교해야 할 대상은

어제의 나와
오늘의 나다.


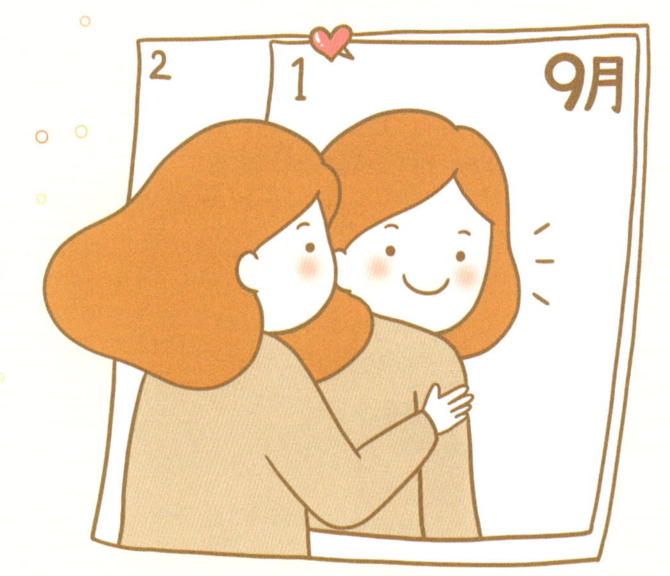

## 7화 · 어른이 된다는 것

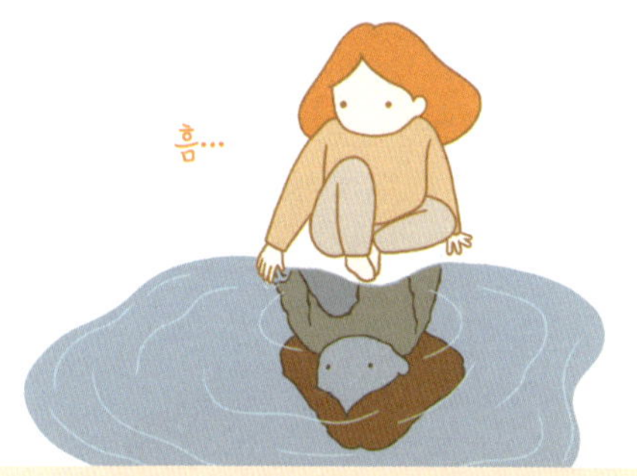


나이는 숫자에 불과하다고 하지만,
세상은 그 숫자에 기대치를 부여한다.

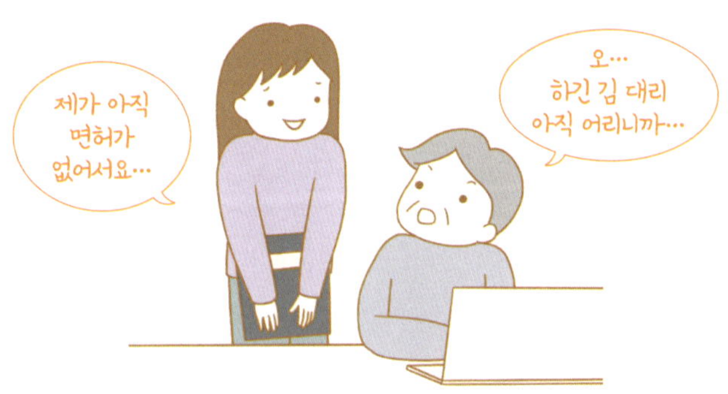


20대에는 아직 어리니까
미숙할 수 있다는 면죄부가 주어졌지만,
30대부터는 씨알도 안 먹히는 변명이 되는 것처럼 말이다.

어른이 된다는 것은 어떤 의미일까?

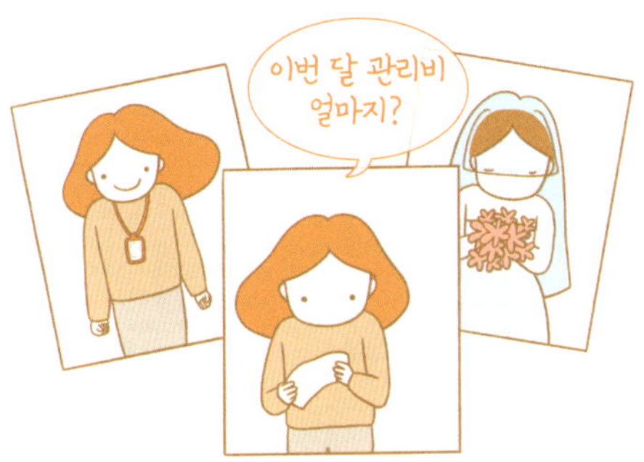


스스로 돈을 벌고, 경제적 독립을 하거나
결혼을 하면 어른다움을 장착하게 되는 걸까?



무엇보다 나의 모든 면을 있는 그대로 받아들이고,

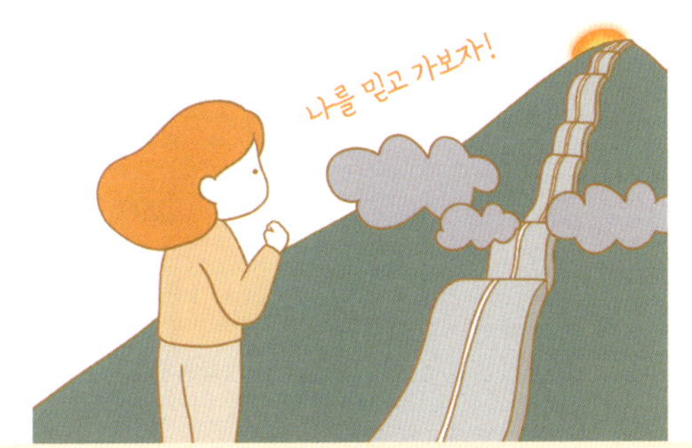


내가 선택한 삶의 모습을 온전히 책임질 수 있는 태도가
진짜 어른다움이라고 생각한다.

비록 서툴러도, 매번 멋지지 않아도 뭐 어떤가?

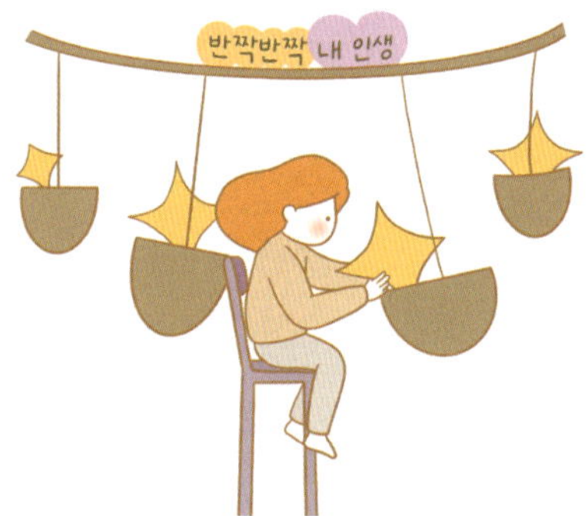


그러기에 그 누구도 대신할 수 없는
나만의 인생인 것이다.



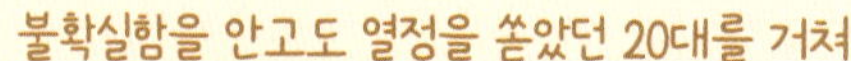


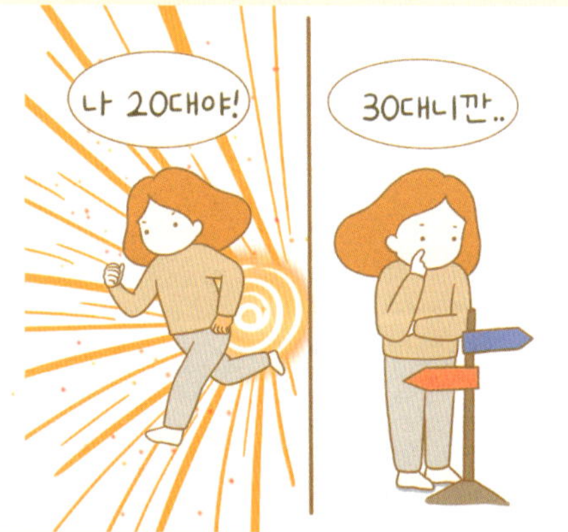


30대에는 열정의 방향을
치열하게 고민하는 깊이가 더해졌다.

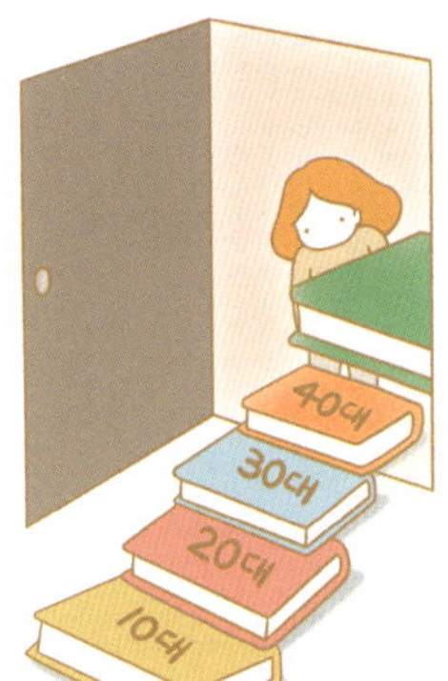






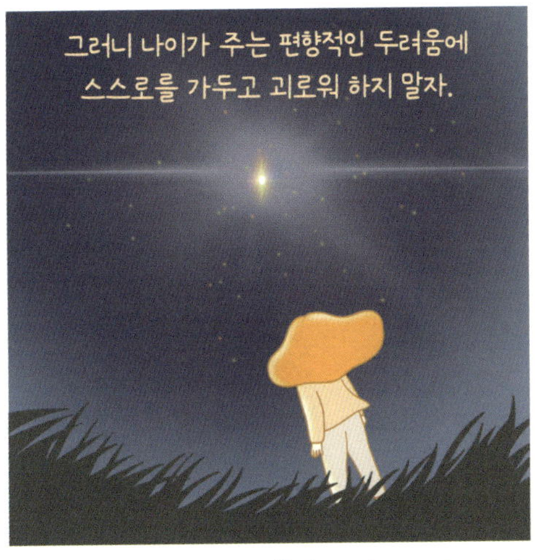


지금도 충분히 우리는 어른답게 빛나고 있으니까.

나이를 먹는다는 건
결국 젊음과 나이 듦의 공존이다.

젊음이라는
'의지'와 나이 듦이라는 '경험'이 섞여
오늘의 '기적'을 또 만들어간다.

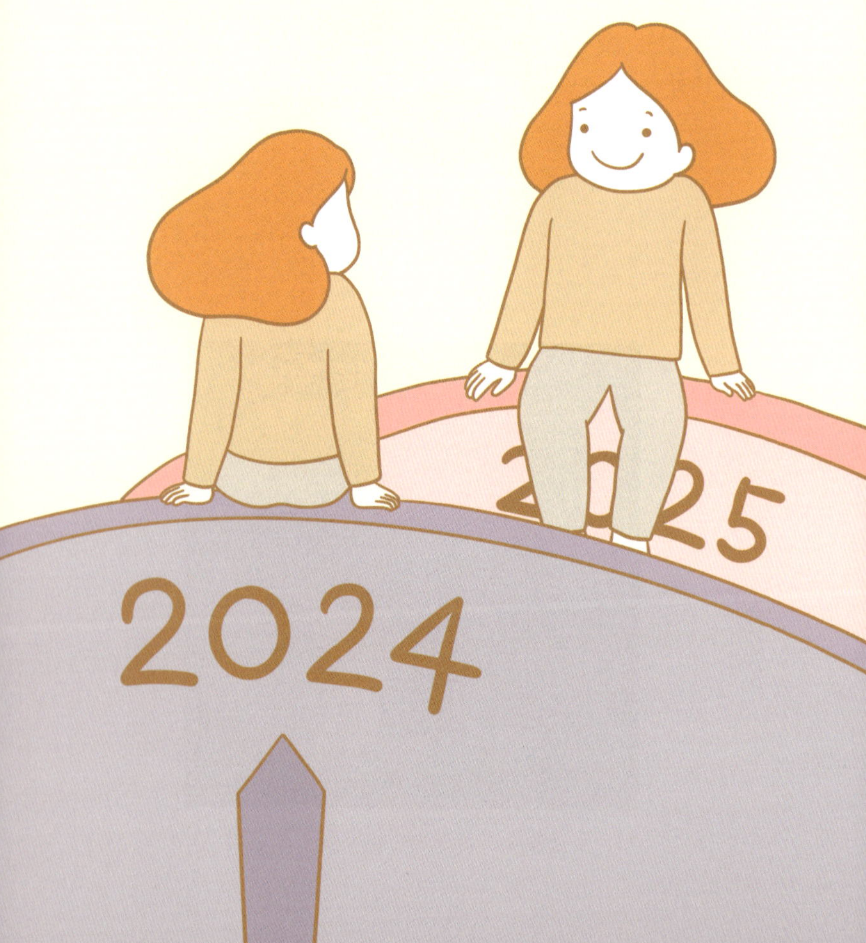

# 알고 보면 너나 나나    8화



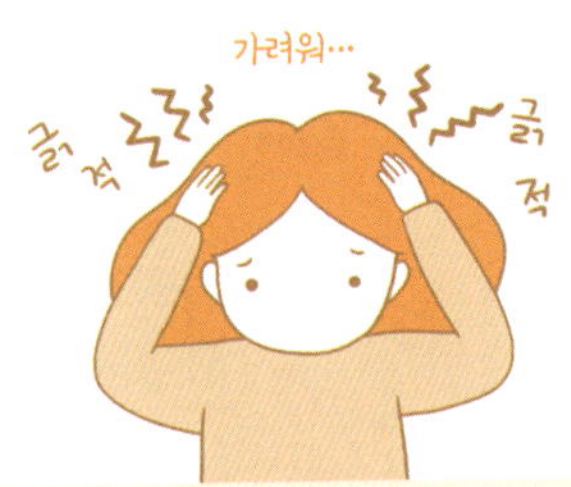




어느날은 회사에서 머리를 긁고 있는 나에게
옆자리 동료가 아는 체를 해왔다.

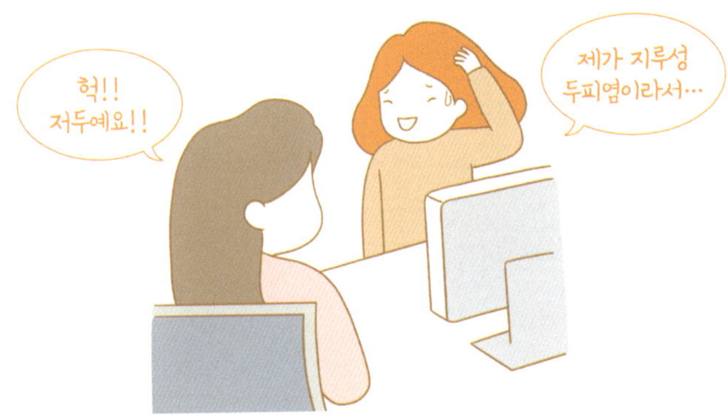


나는 겸연쩍은 듯이 지루성 두피염을 고백하였는데,
본인도 앓고 있다며 폭풍 공감을 하기 시작했다.

그러자 바로 맞은편에 있던 분도
우리 쪽으로 몸을 돌려

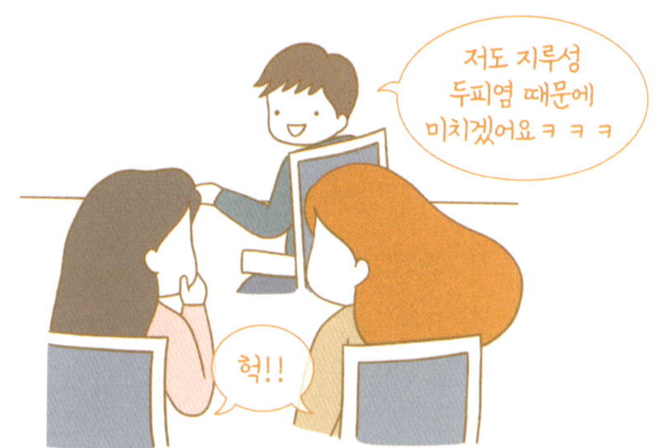


본인도 오래전부터 지루성 두피염을 앓았다며
본의 아니게 커밍아웃하였다.



평소에 전혀 티가 안 나서 불편함 없이
지내는 줄로만 알았는데

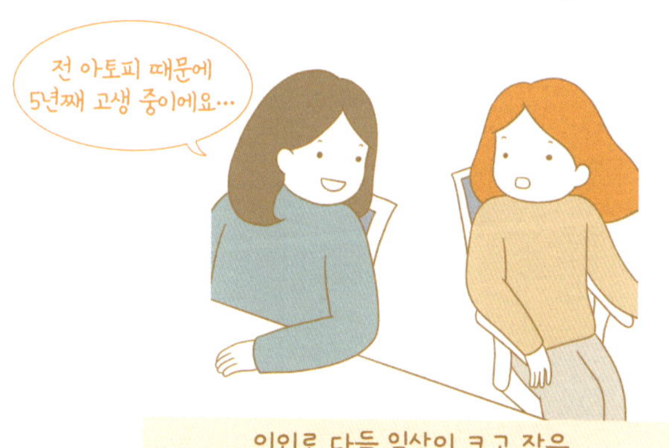


의외로 다들 일상의 크고 작은
애로사항들이 꽤 있었다.

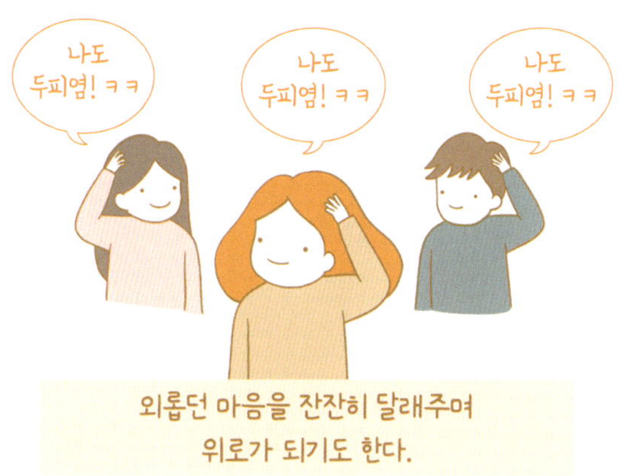




결국 서로가 비슷한 고민과 고통 속에서
살아가고 있지만,

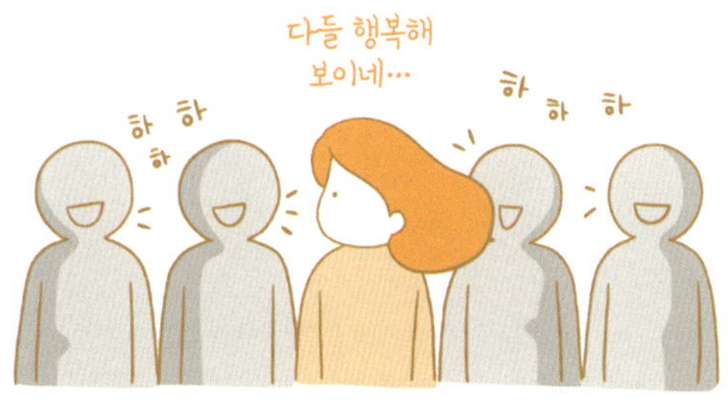


겉으로만 아무렇지 않은 척하며 지낼 뿐이다.

그러니 다 같이 힘드니까 너도 버티라는
고통의 보편성을 강조하기보다

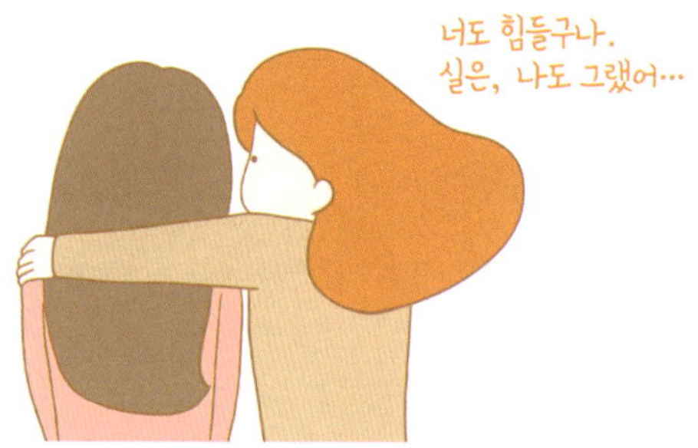


서로의 아픔을 이해하는 과정에서
각자의 삶 역시 조금씩 받아들여 보는 건 어떨까?



어떤 이의 작은 공감과 관심 어린
말 한마디 덕분에

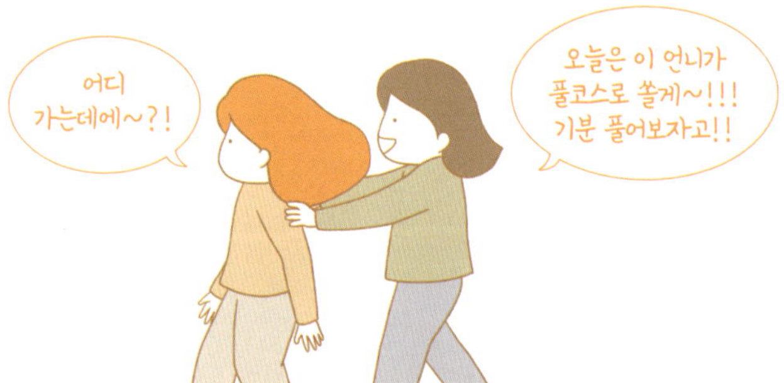


고통의 수렁 속에서도
다시 살아갈 힘을 얻기도 하는 걸 보면,
인간은 혼자서는 살 수 없는 동물이긴 한가 보다.

지금 내려놓지 못하는
억울함과 속상함을
그럼에도 살아내야 하는 더 큰 이유에서
잠재울 수 있길 바란다.

가끔 나와 비슷한 이들과
정다운 응원을 주고받으면서 말이다.

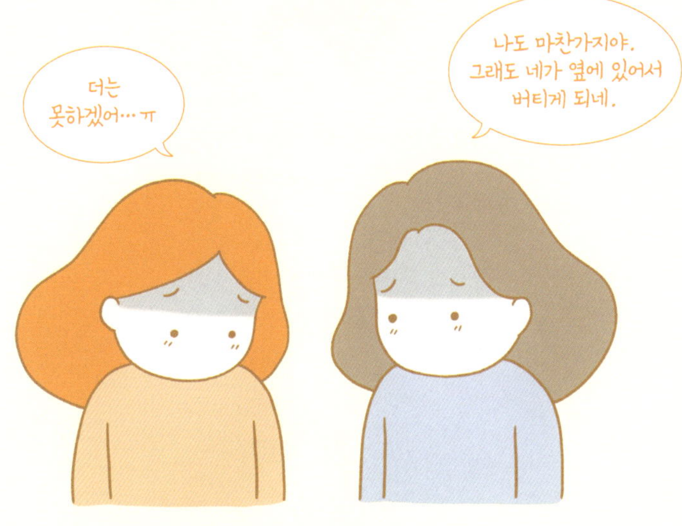

<table><tr><td>9화</td><td>

# 내 가치를 돌려 주세요

</td></tr></table>

SNS 채널에서 결혼 현실을 기준으로
여성 개인의 스펙을 평가하는 영상을 본 적이 있다.

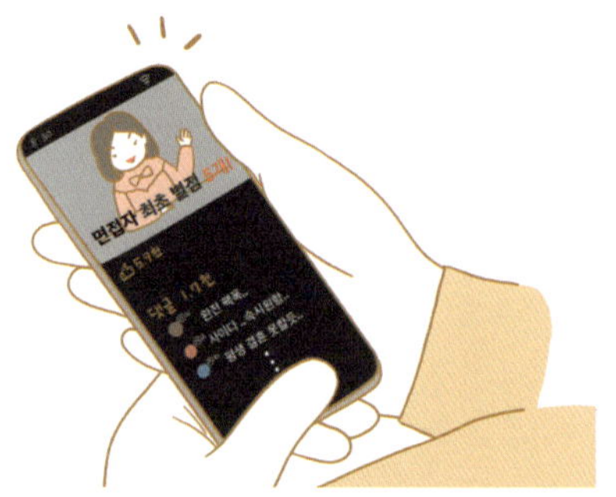


여성 출연자는 나이, 자산, 외모 등의
조건에 따라 등급이 매겨진다.

남자의 경제적 능력에 너무 집착하여
무리한 매칭을 기대하는 이들에게

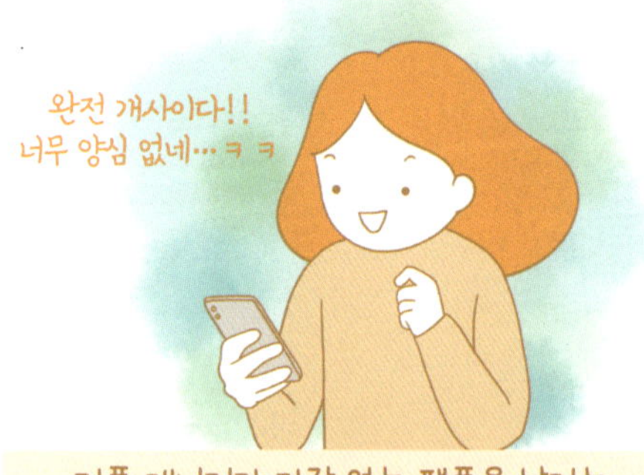


커플 매니저가 가감 없는 팩폭을 날리는
장면이 통쾌하기도 하지만,

나이가 30대만 되어도


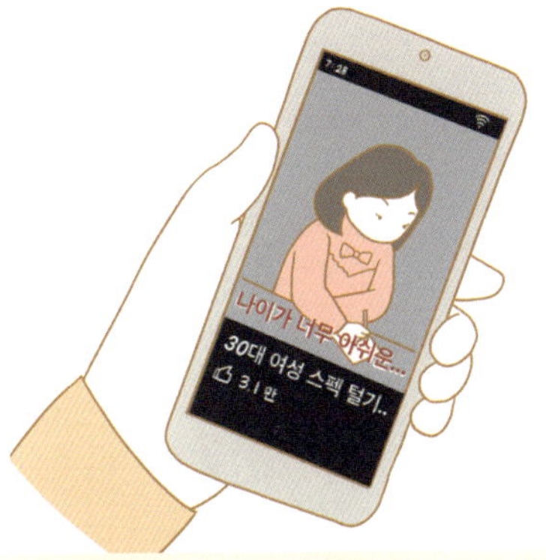

7:28
나이가 너무 아쉬운...
30대 여성 스펙 털기..
31만



출연자의 등급이 급격하게 떨어지는 걸 보면





어느덧 30대 중반을 넘어가고 있는 나 역시


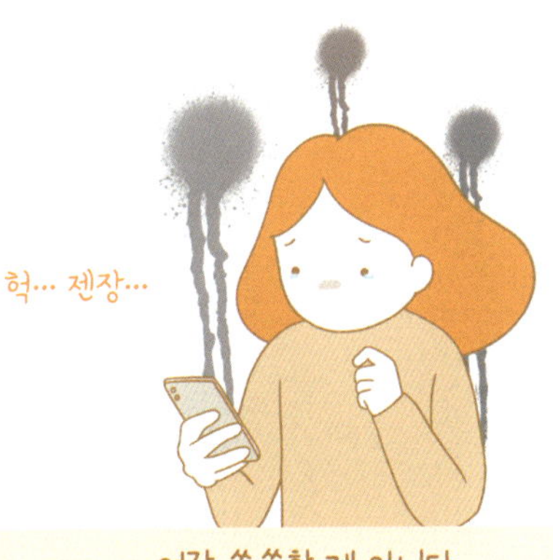

헉... 젠장...



여간 쓸쓸한 게 아니다.

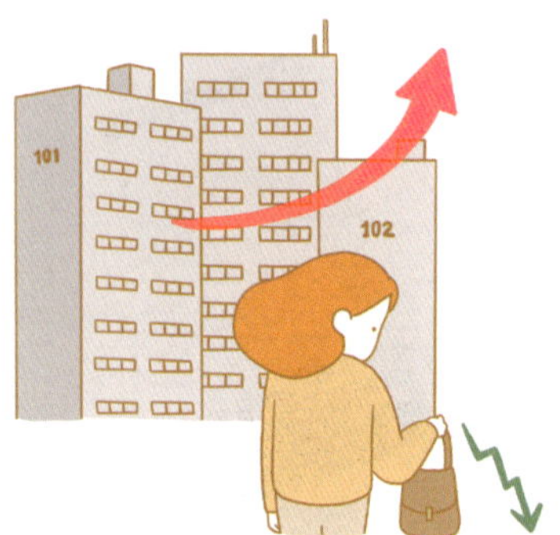


부동산과 같은 자산은
시간이 지날수록 우상향하는데

여자는 왜 단순 소비재의 가치 흐름과
비슷한 걸까.



멋 모를 때 빨리 시집가야 한다는 옛말이

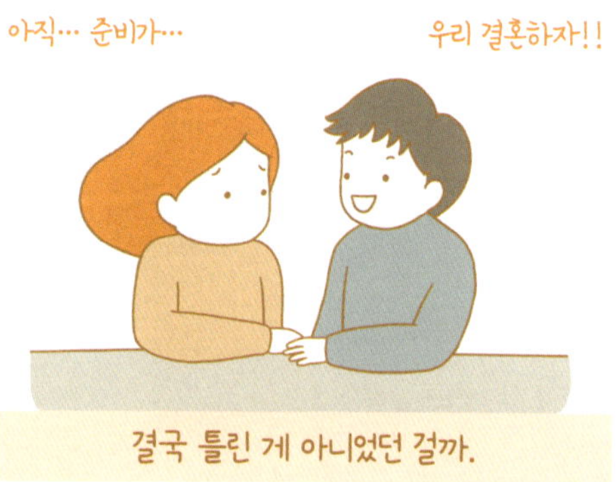


결국 틀린 게 아니었던 걸까.

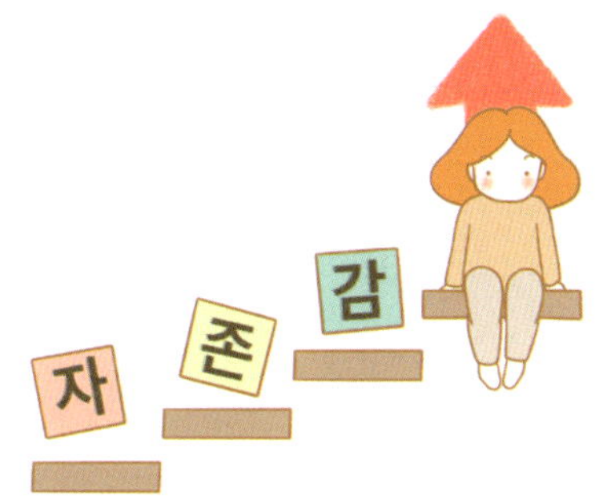







그러니 세상이 짜놓은 계획표를 지키지 않았다고
나의 가치를 떨어뜨리지 말자.

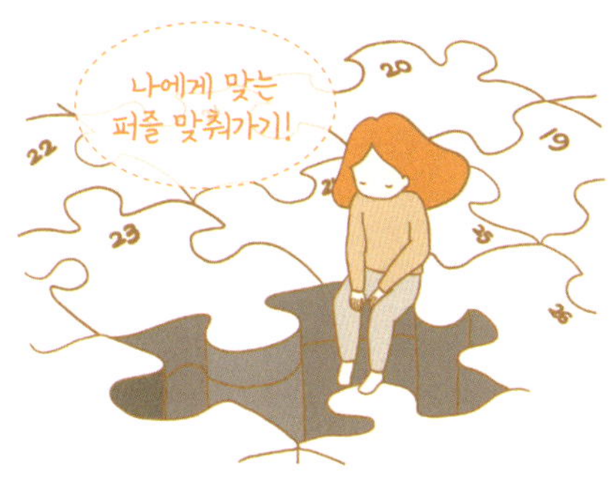



그렇게 소모되려고 지금까지 열심히 산 게 아닐 테니.

나이가 들어도
오히려 좋아!

우리는 희귀템으로
프리미엄 붙는 중.


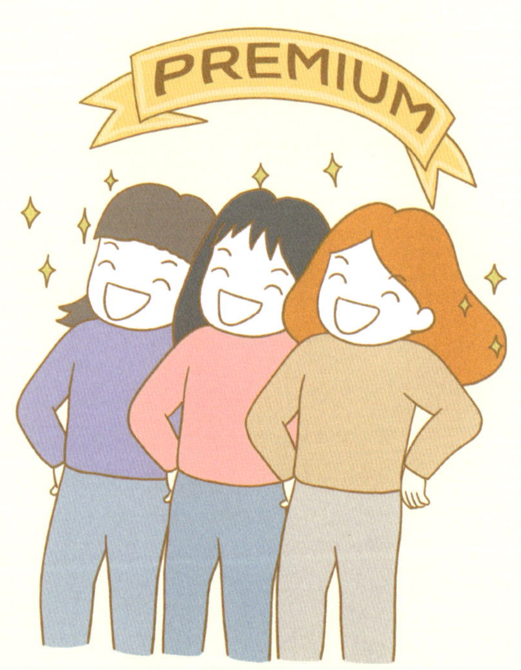

PREMIUM

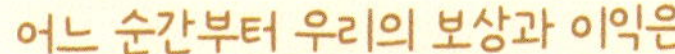


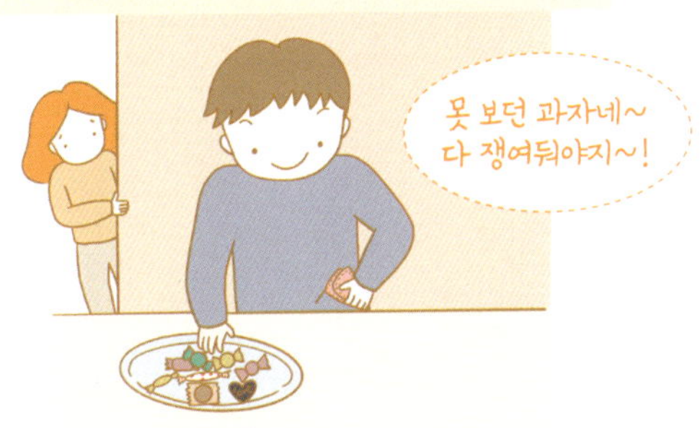




나만 안 망하면 된다는 마음으로 살다 보니,

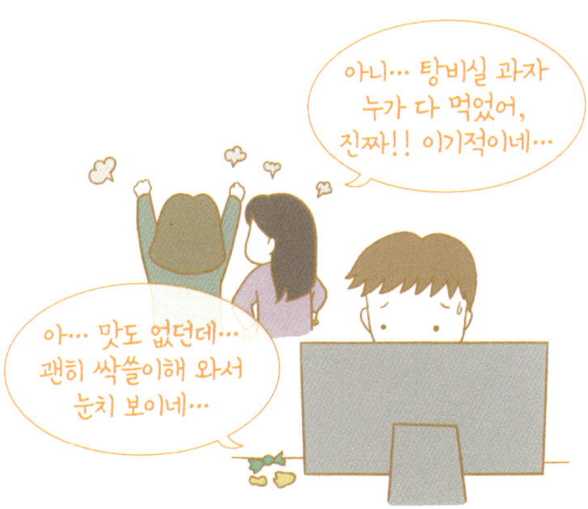


다 같이 폭망할 위기에 처하고 말았다.

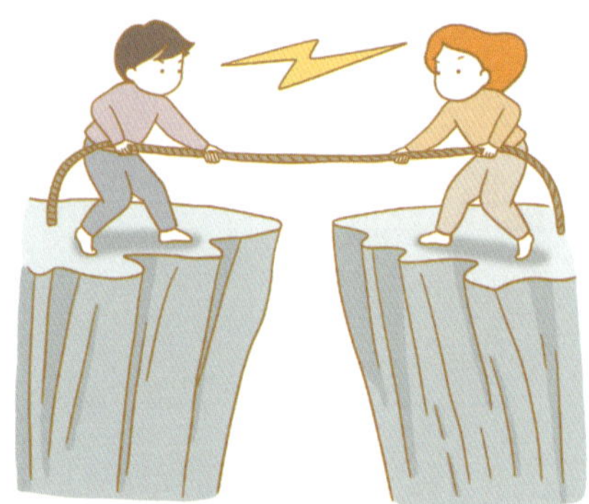





어느새 사회 전체를 위한 고민은 사지에 몰려있다.

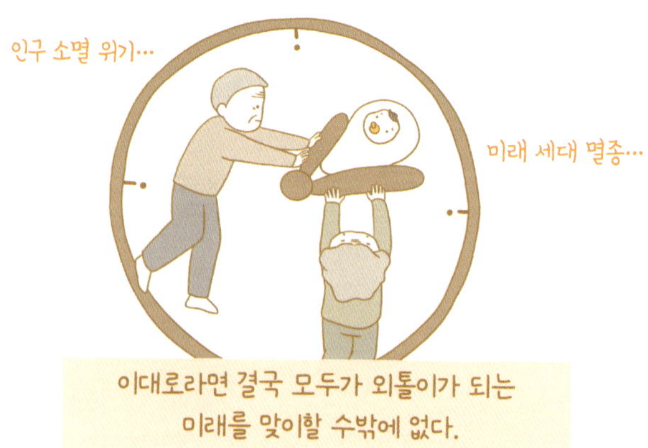



이대로라면 결국 모두가 외톨이가 되는
미래를 맞이할 수밖에 없다.

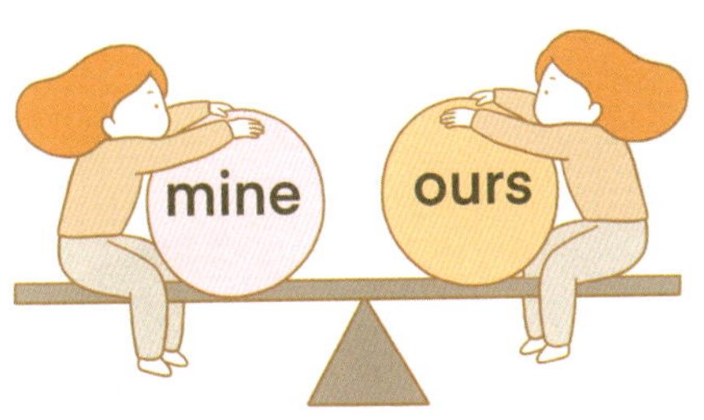




무한히 베푸는 봉사가 아닌 내가 타인에게 베푼
선의의 영향력을 직접 느끼는 것이다.

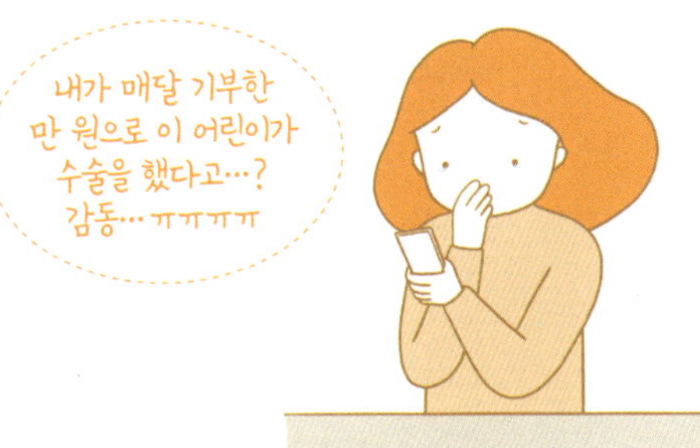


그 선의의 피드백이 클수록
나의 보상은 커지게 된다.

예전에 빌 게이츠가 한 말이 있다.

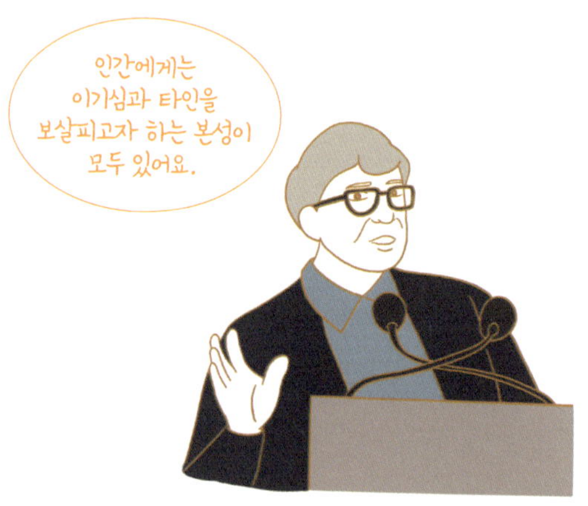




우리에게 필요한 건 무조건적인 희생도,
극단적인 이기심도 아니다.

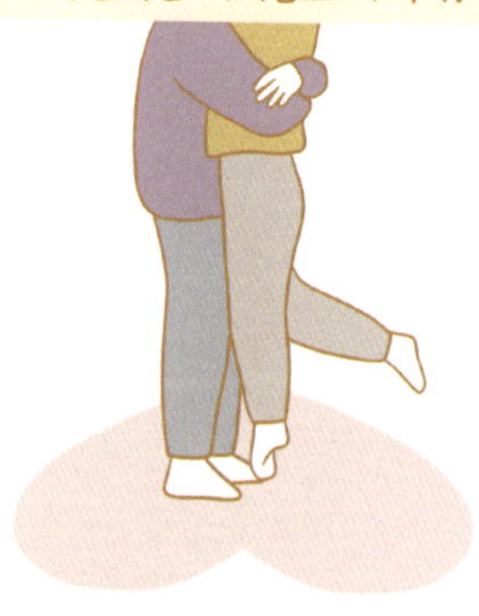

서로를 이해하고, 도우며 살아가는 것이
지치지 않고 가장 오래 잘 사는 법일지도 모른다.

세상은 결국
혼자 못 살아남게 설계되어 있다.

그게 삶의 아이러니이자,
유일한 희망이다.

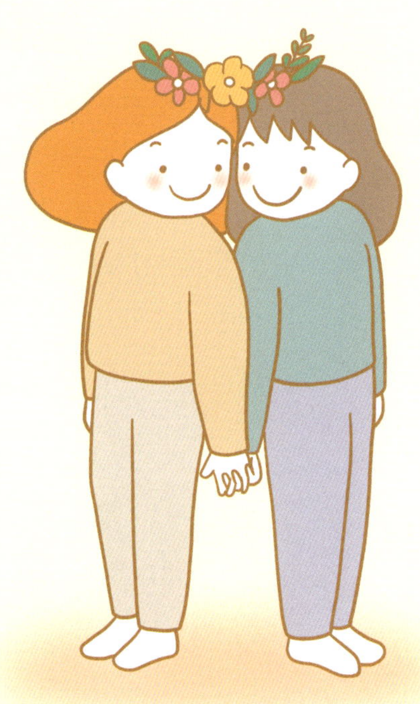

# 11화

# 평범함의 실종

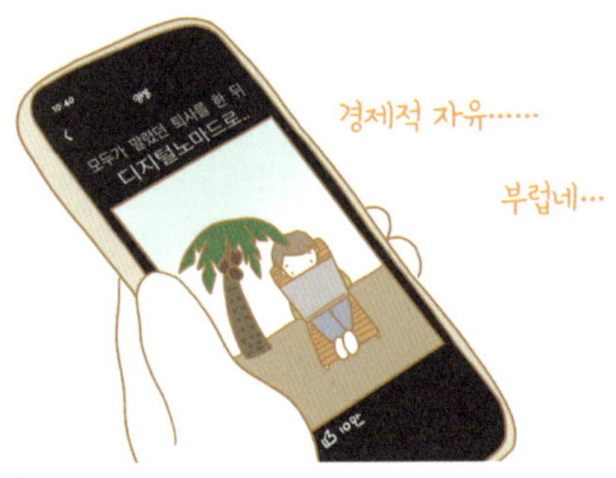


누군가의 특별한 삶은 늘 부럽다.



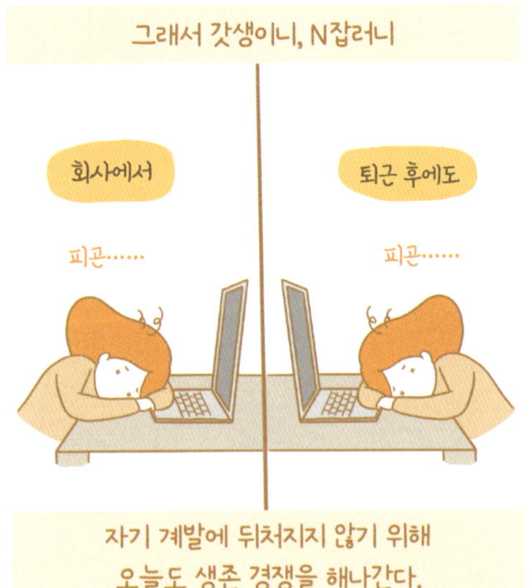


자기 계발에 뒤처지지 않기 위해
오늘도 생존 경쟁을 해나간다.

그런데 요즘은 평범한 삶을 지키기 위해서도


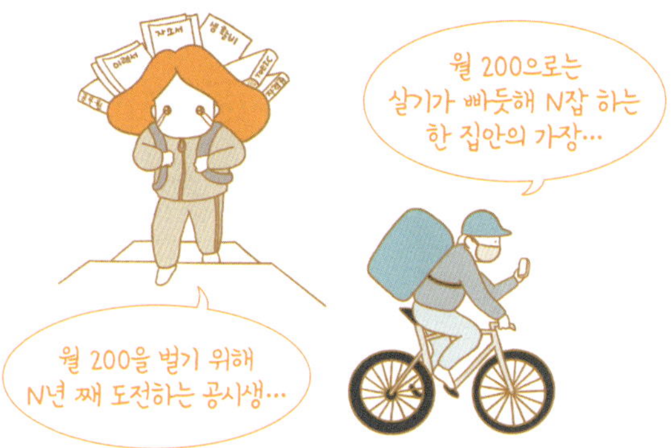

월 200으로는
살기가 빠듯해 N잡 하는
한 집안의 가장…
월 200을 벌기 위해
N년 째 도전하는 공시생…



평범하지 않은 노력이 필요하다.



심지어 평범함을 잠시 손에 쥐게 된 것 같다가도,
안주했던 세계에서 또 깨닫게 된다.


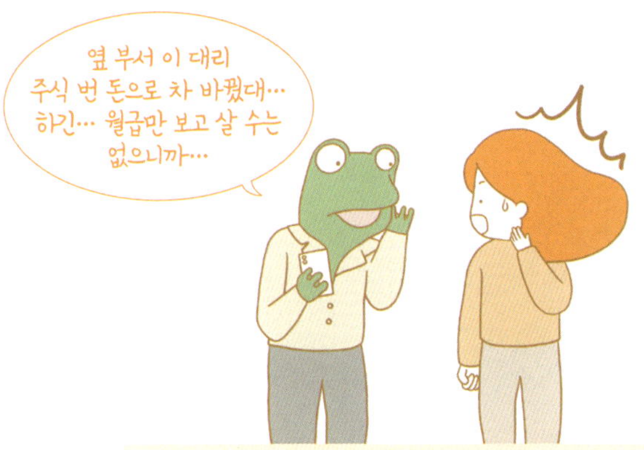

옆 부서 이 대리
주식 번 돈으로 차 바꿨대…
하긴… 월급만 보고 살 수는
없으니까…
사실 우물 안 개구리들도 치열하다는 사실을.

그냥 좋아하는 사람들과 맛있는 거 먹으며,

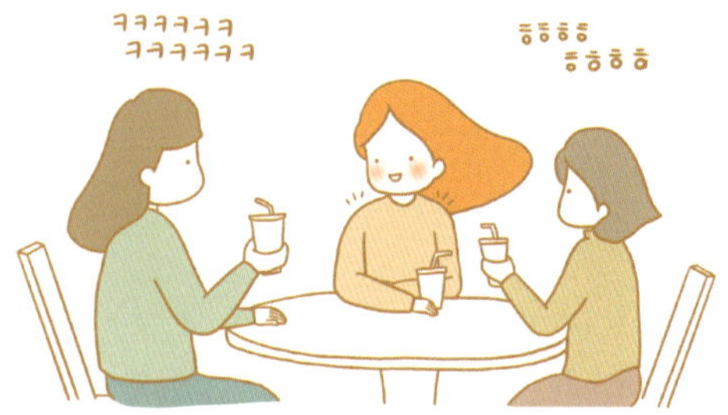


소소하게 살아가고 싶을 뿐인데.

가끔 아무 생각 없이 하루를 다 쓰더라도
개운하게 시간을 보내고 싶을 뿐인데.

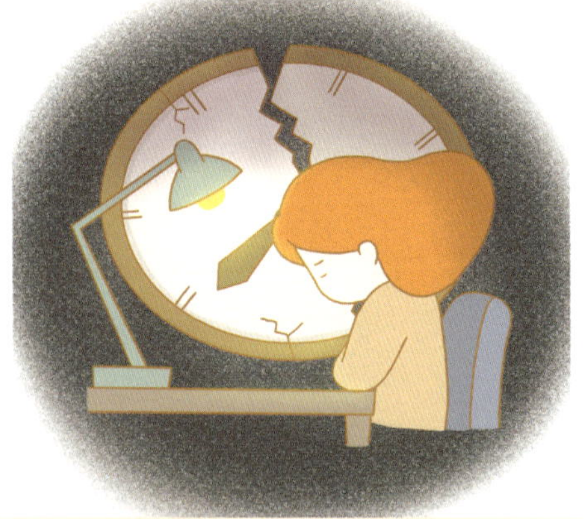

늘 마음 한구석이 쓰리다. 그 모든 것들 때문에.

몇 년째 유행하고 있는 '갓생'이라는 말이


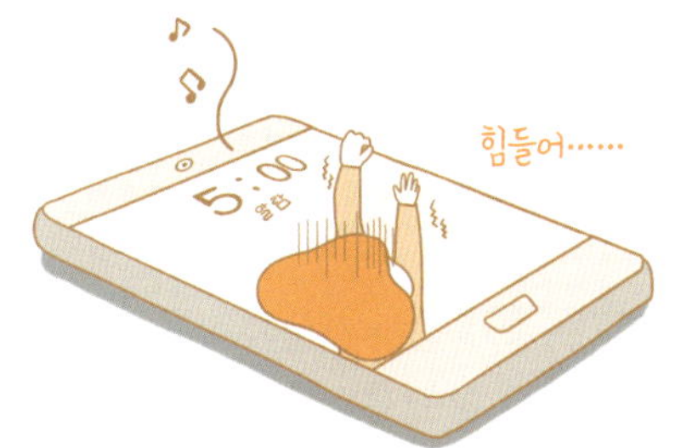


5:00 알람
힘들어……



무리하더라도 완벽하게 살아야 함을
의미하는 것이 아니라





각자의 모양에 어울리는 행복을 찾는 이들을
상징하는 단어가 되기를,


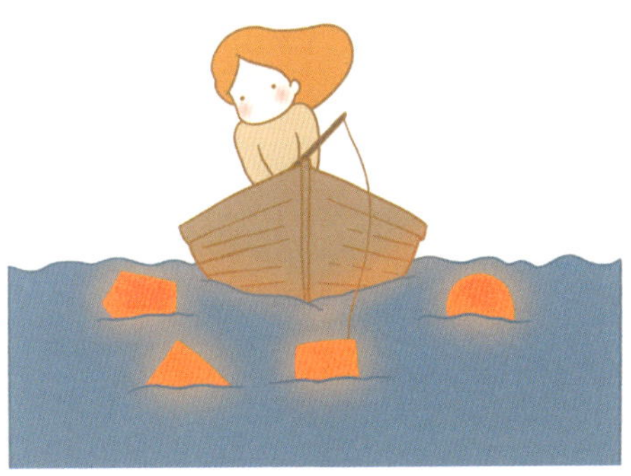


그렇게 살아도 충분한 세상이 오기를, 바라본다.

더 잘 살아내기 위해
지금 우리에게 필요한 건

빈틈없는 갓생이 아닌
죄책감 없는 휴식일지도 모른다.

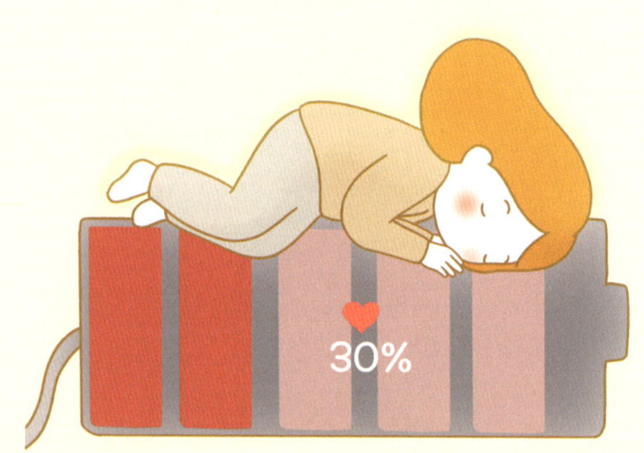

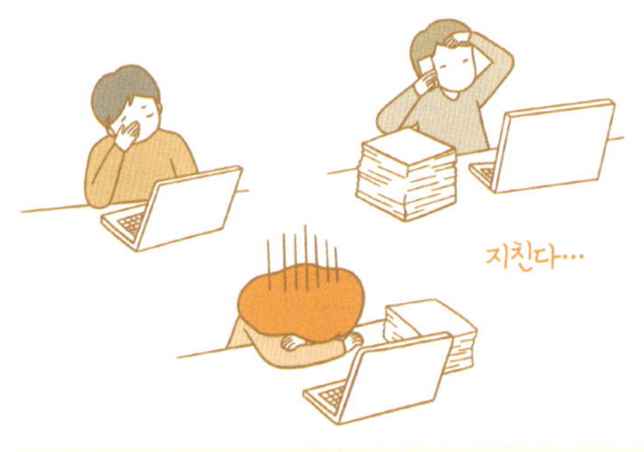


어떤 날엔 또 퍽이나 마음에 든다.



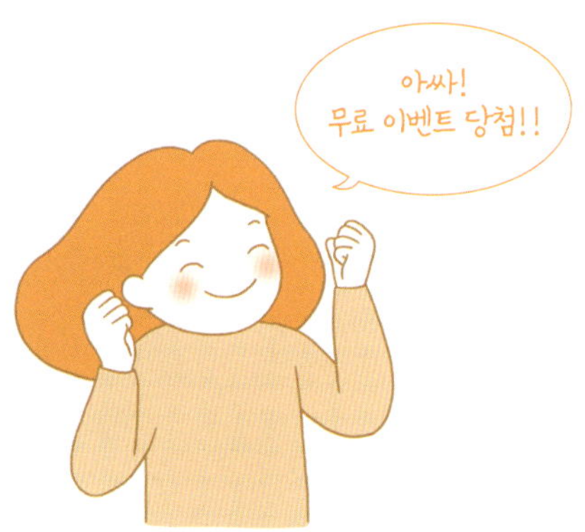

크고 작은 삶의 흐름과 인연을 이어가다 보니,

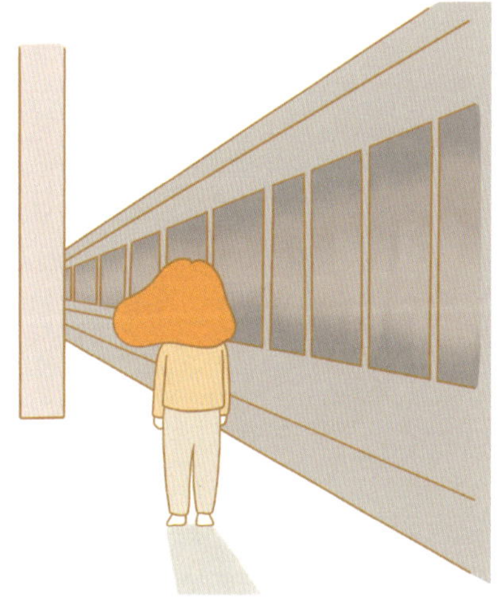

역시나 살아있다는 사실이

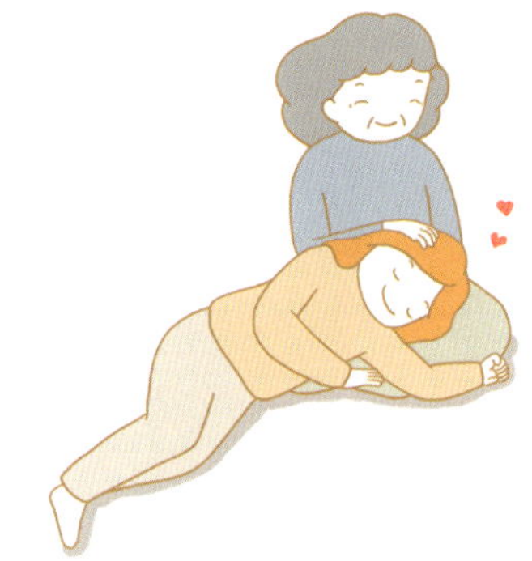

얼마나 소중한 기적인지를 다시금 깨닫게 된다.



사회적인 인지도나 대단한 영향력 따위와 관계없이

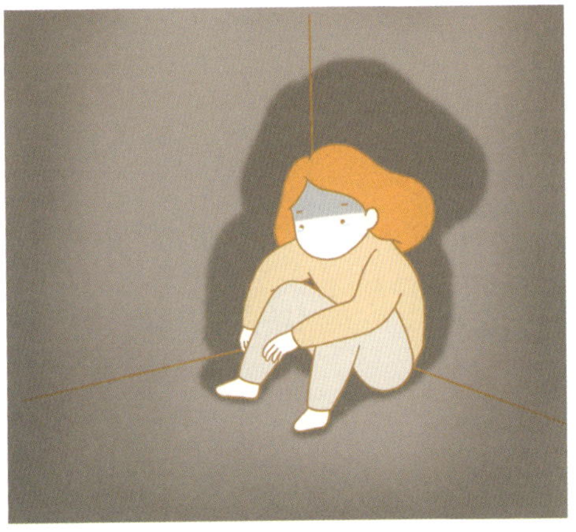

어떤 아픔으로 설령 남몰래 무너지고 있을지라도,

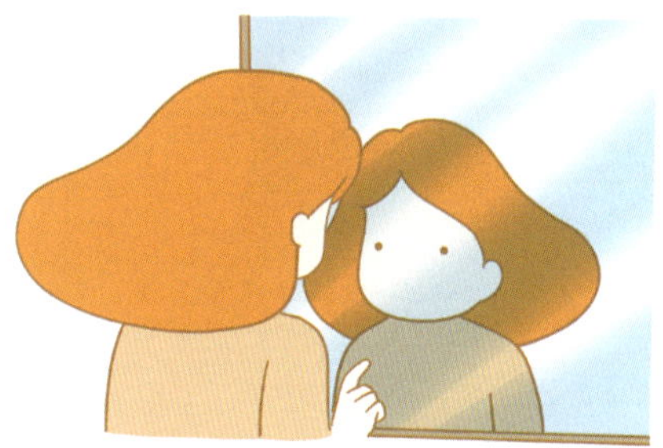





끝이 아니라 아직 쓰이지 않은 페이지가
숨죽이며 우리를 기다리고 있다는 사실을,

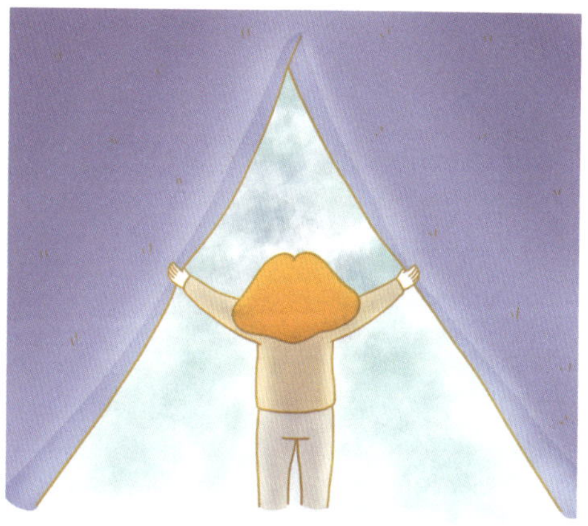

오늘도 부단히 고단했던 내가 기억하기를 바란다.

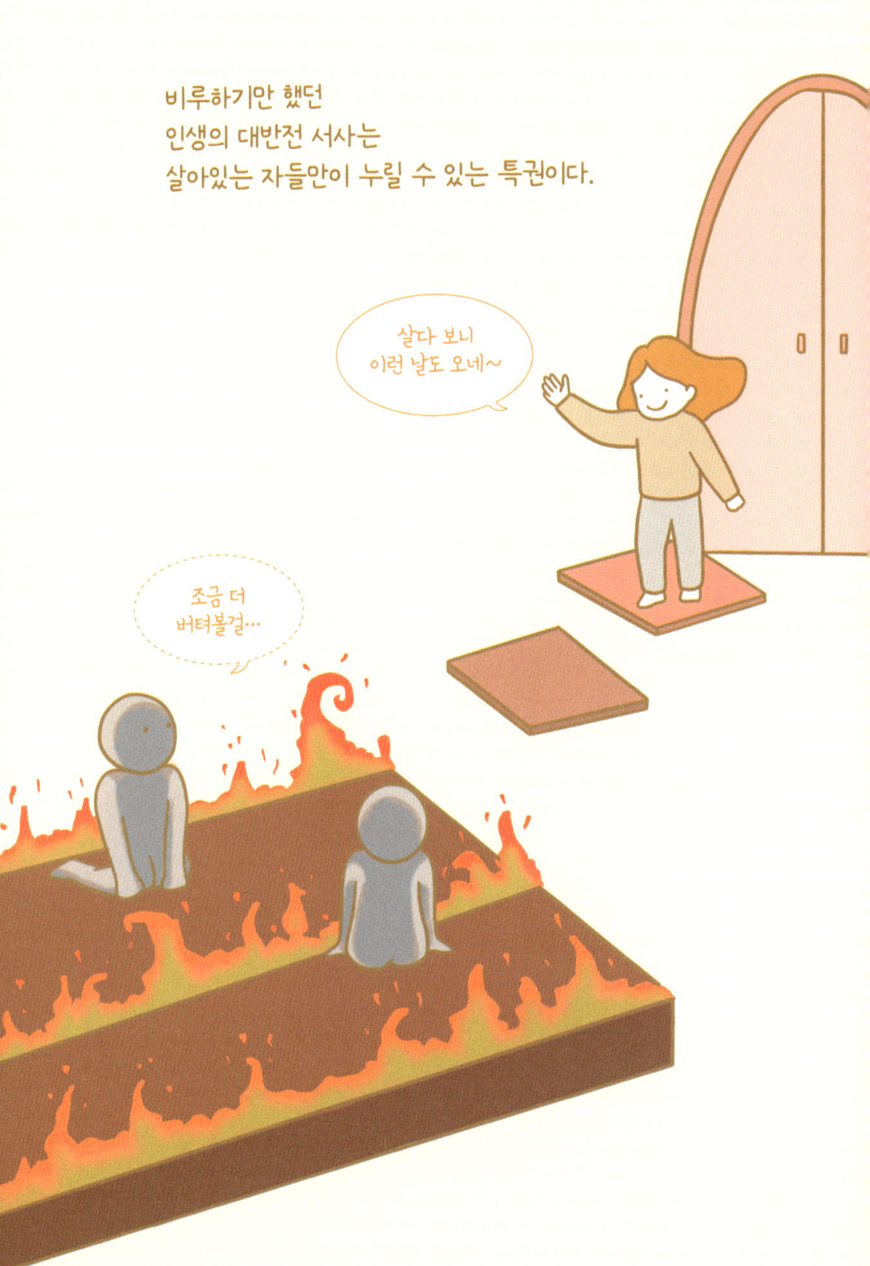

비루하기만 했던
인생의 대반전 서사는
살아있는 자들만이 누릴 수 있는 특권이다.
살다 보니
이런 날도 오네~
조금 더
버텨볼걸…

## 13화  나만의 선

사회생활을 시작하면서 지금까지

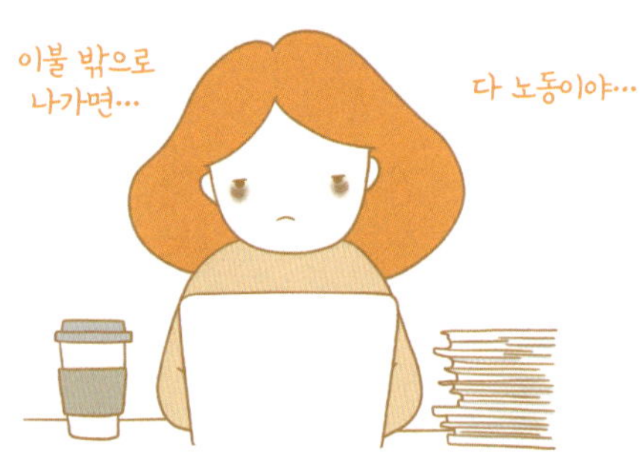


나의 겉모습을 가꾸는 데 정신이 없었다.

누군가의 인정을 위해
스스로를 다그친 적도 많았고,

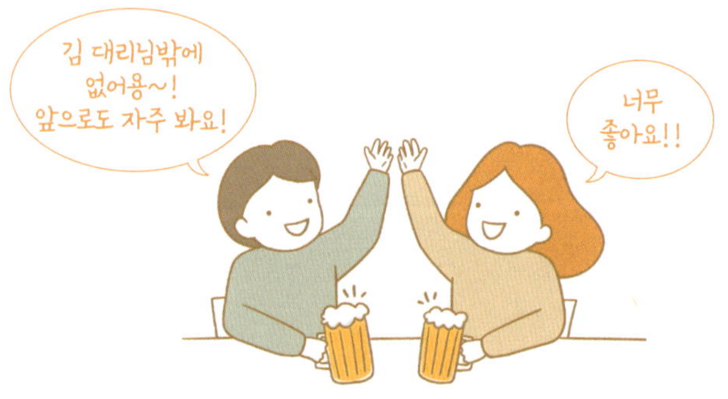


외로워지는 게 싫어서
인맥 만들기에도 여념이 없었다.

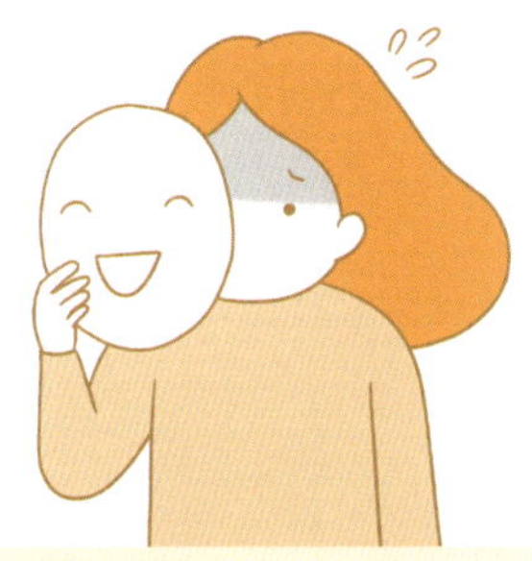





주변의 상황이 지금 나의 상태보다 항상 먼저였다.

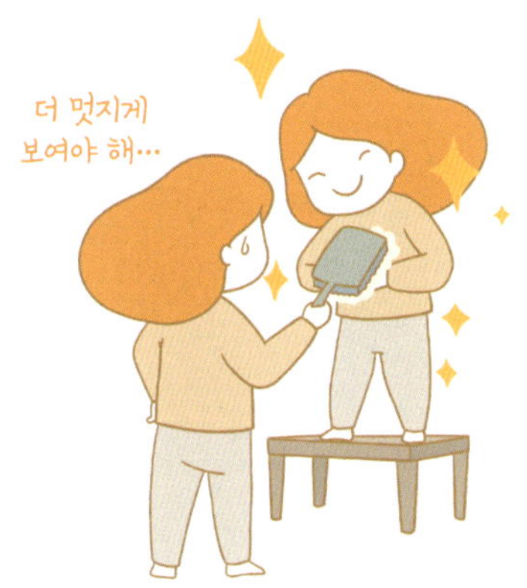



결과가 과정보다 중요했고,
'보이는 나'가 '내면의 나'보다 절실했다.

하지만 다이어리 캘린더에 타인과의 약속보다
나와의 약속한 시간들이 늘어나면서,

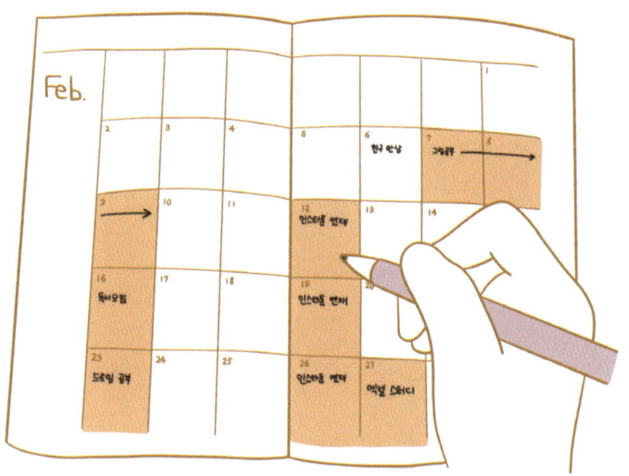
Feb.

그동안 외면하고 방치했던
진짜 나를 돌아보게 되었다.

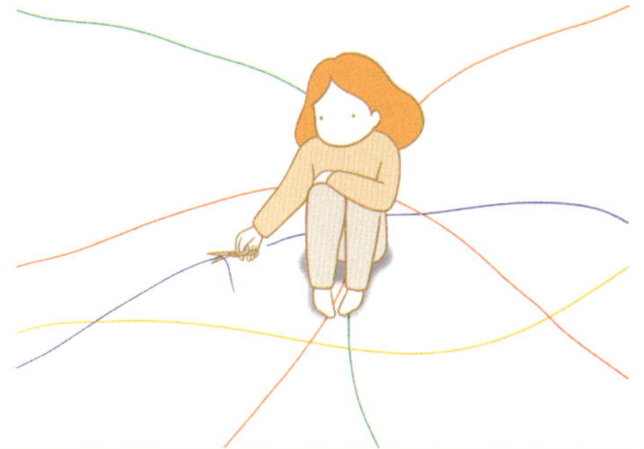





인생은 예측할 수 없는 변수들로 가득하다.

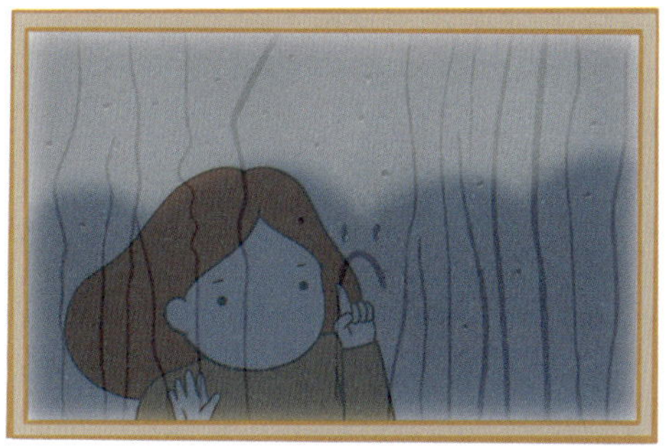

그럴듯해 보이는 나의 꾸며진 모습에만
의존하다 보면 준비되지 않은 위기에
크게 흔들릴 수밖에 없다.

진짜 회복력은 어느 순간에서든 감당할 수 있는
나를 유지할 때 제대로 발휘될 수 있다.

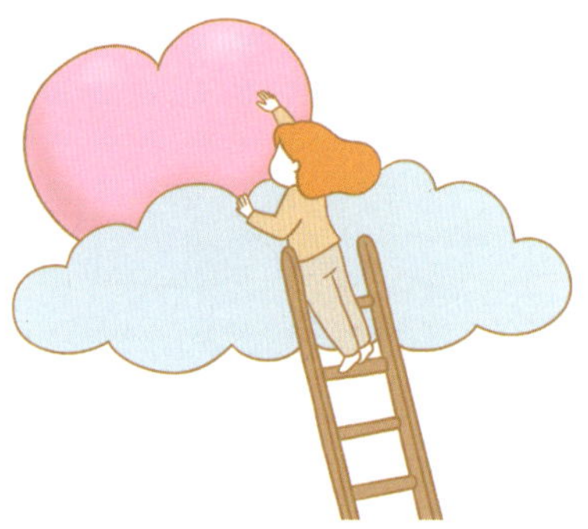

그러니 나의 감정을 건강하게 들여다볼 수 있는
내력을 쌓기 위해 집중해 보자.



달갑지 않은 나의 모습들을 포용하며
진짜 나 자신과 가까워지는 과정에서

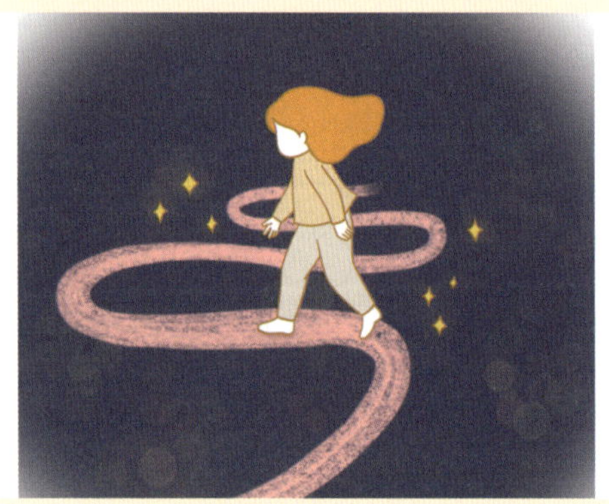

어떤 외력에도 쉽사리 흔들리지 않을
견고한 나만의 선이 그어질 것이다.

나를 위한 선을 그은 뒤로
예전보다 만날 친구가 줄었고,
예전보다 회사에서 존재감은 옅어졌고,
예전보다 하루의 스케줄은 단조로워졌다.

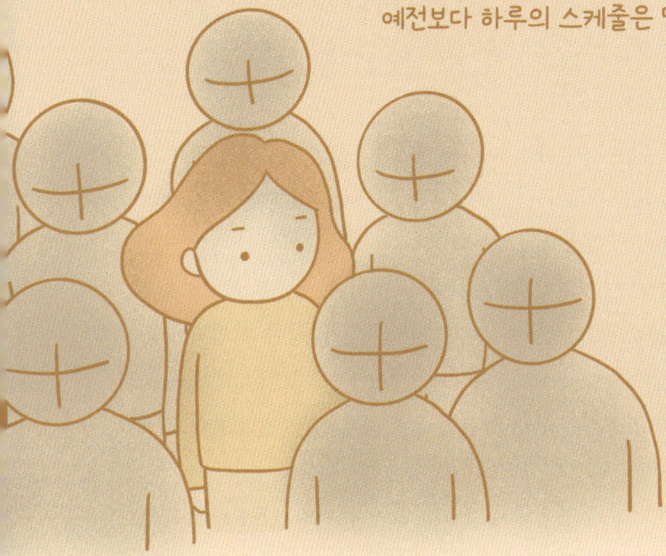

그리고 예전보다
나답게 살게 되었다.

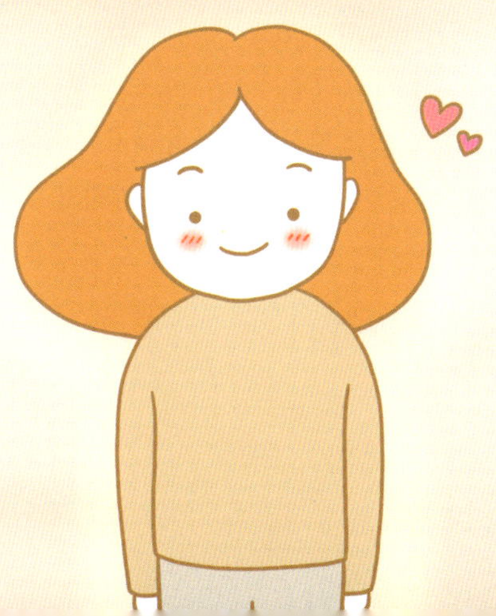

## 나를 위한 세상에
## 선 긋기

생각이 다른 사람과는 조용히 거리를 두고, 원치 않는 일은 오래 고민하지 않는다. 납득이 어려운 이야기에는 따르지 않고, 다수의 안녕을 위해 나를 희생하지 않는다.

그렇게 나는 '나'를 위해 사는 길을 택했다. 조금은 이기적으로 보일 수도 있겠다. 그런데 세상에서 가장 힘든 사람이 '책임져야 할 게 있는 사람'이라더라. 나를 책임져야 하는 사람은 나밖에 없는데, 나보다 더 중요한 것이 뭐가 있겠는가. 어차피 힘든 거, 소중한 것에 대한 우선순위를 확실히 하기로 하였다.

세상은 나를 중심으로 돌아가지 않는다. 다만, 나는 나를 중심에 두고 살아가야 한다. 그러니 세상 눈치에 속아 나를 외면하는 일은 이제 그만하자. 우리가 뭐, 누구처럼 화성을 지구로 만들 것도 아니고. 슬플 땐 좀 울어도 보고, 웃고 싶을 땐 의식하지 않고 호탕하게 웃기도 하면서, 내 모습 그대로 살아보는 것이다. 내가 무엇을 하든 결국 내 자리는 나만의 것일 테니까.

여전히 미래는 불확실하고 불안하지만, 매 순간 선택의 기준이 나라면 세상을 원망할 일도 줄어들 것이다. 적어도 타인으로 인해 내 삶의 억울함이 늘어나지는 않을 테니 말이다.

이 책을 통해 나에게 맞는, 나에게 편안한 '나의 선'을 발견했기를 소망한다. 살아온 만큼, 애썼던 만큼, 단단하게 그어졌을 그 선 위에서 나를 위한 삶으로 모두가 뜨거워지기를 간절히 바라본다.

# 나를 위한 선을 긋다

1판 1쇄 발행 2025년 9월 1일

| | |
|---|---|
| 글·그림 | 굿다 |
| 발 행 인 | 신혜경 |
| 발 행 처 | 마음의숲 |

| | |
|---|---|
| 편집이사 | 권대웅 |
| 편집 | 조혜민 |
| 디자인 | 여만엽, 장소희 |
| 마케팅 | 오세미 |

| | |
|---|---|
| 출판등록 | 2006년 8월 1일 (2006 - 0001595호) |
| 주소 | 서울시 마포구 와우산로30길 36마음의숲빌딩 (창전동 6 - 32) |
| 전화 | (02) 322 - 3164~5 | 팩스 (02) 322 - 3166 |
| 이메일 | maumsup@naver.com |
| 인스타그램 | @maumsup |

용지 월드페이퍼(주)  인쇄·제본 (주)교보피앤비

ISBN        979-11-6285-177-7 (03810)